SEULS
DANS LA TOURMENTE

DU MÊME AUTEUR

DANS CETTE COLLECTION

LE MÉDECIN DE STALINGRAD
LA NEIGE SUR LE GRAND FLEUVE
DANS UN MONDE INCONNU
SYMPHONIE RUSSE
LE CANAL SILENCIEUX
LE DÉFI DES HOMMES
LASKA, UN NOM HONGROIS QUI
SIGNIFIE L'AMOUR
L'ANGE DES OUBLIÉS
AUSWEIS POUR LA NUIT
LA GRANDE PEUR VENUE DU CIEL
LE MÉDECIN DE LA VALLÉE
LA ROUTE INFERNALE
LE FILS DU SOLEIL
ALARME
UN HEUREUX MARIAGE
LA CLINIQUE DES CŒURS PERDUS
ILS ÉTAIENT DIX
LA FACE OBSCURE DE LA GLOIRE
DIABOLIQUE RIVAL
ENTRE L'AMOUR ET LA HAINE
AU FIL DE L'EAU
LES AMANTS DE SOTSCHI
UNE AVENTURE AMOUREUSE

HEINZ G. KONSALIK

SEULS DANS LA TOURMENTE

roman

PRESSES DE LA CITÉ
PARIS

Le titre original de cet ouvrage est :

DIE FAHRT NACH FEUERLAND

Traduit de l'allemand par
Jeanne-Marie GAILLARD-PAQUET

ISBN 2-258-01395-X

IL N'ETAIT PAS DE CEUX qui, à la limite des forces humaines, succombent à la résignation et laissent au destin le soin de régler tout le reste. Pas même à ce moment précis où il semblait quasi impossible de sortir jamais de cet enfer d'eau et de vent. Il lui restait bien une certitude dans cette angoisse qui précède la mort : à chaque lame qui le précipitait dans un gouffre mugissant pour l'enlever aussitôt et le vomir sur les vagues, il pouvait toujours se dire et se répéter : mon bateau est insubmersible ! Donc moi non plus, je ne peux pas couler ! Une embarcation faite de matériaux de première qualité, dont la coque a été construite selon les dernières découvertes techniques, un bateau capable de se redresser de lui-même, comme on dit si bien, une véritable petite merveille de bateau dont la mer peut se jouer à sa guise — aller la chercher au plus profond des masses d'eau mouvantes et rugissantes, la lancer dans le ciel en furie et la précipiter de nouveau dans ses entrailles : toujours il se redresse, ce voilier, toujours il retrouve son équilibre, comme un petit poussah lesté, les caissons à air de la coque sont là pour le remettre d'aplomb. Du moins tant qu'elle résiste, la coque ! Tant que la mer ne la brise pas, engloutissant du même coup embarcation et navigateur.

Il s'était enchaîné du mieux qu'il avait pu au bloc de la barre avec de gros crochets, son ceinturon et ses bretelles. Chaque fois qu'une énorme vague fignolait ses rouleaux devant lui pour l'assommer aussitôt avec un glapissement étrange, il fermait les yeux, retenait son souffle et, cramponné à l'axe de la barre disparue depuis longtemps dans l'ouragan, il s'abandonnait à la fureur effarante des éléments. Le petit bateau blanc faisait mille tours avant de se redresser et de reprendre sa danse ininterrompue à la surface de l'eau glauque. C'était pour lui le moment de respirer un bon coup ; puis un regard rapide sur ce déchaînement d'enfer, sur le ciel plombé et sans vie, et il lui fallait déjà reprendre la pose pour le coup de boutoir suivant.

Non pas que l'ouragan l'eût surpris. Lorsqu'il avait levé l'ancre du quai nord-est d'Helgoland sept heures plus tôt environ, le chef du service météorologique l'avait appelé du môle :

— Il faudrait vous enchaîner de force ! Peter ! Revenez ! Ça n'a plus rien à voir avec la recherche, ce que vous faites là !

Mais il s'était contenté de rire et d'agiter les deux mains en guise d'adieu. Puis il avait tourné la grand-voile et le spinnaker sous le vent violent, ce qui le catapulta littéralement vers le large. Il y avait déjà plusieurs jours que soufflait une forte brise, mais depuis une heure seulement, on pouvait se rendre compte qu'une véritable tempête approchait, envoyée par l'Islande. Toute la côte de la mer du Nord fut mise en état d'alerte, les petites embarcations firent demi-tour pour essayer de regagner au plus vite un abri sûr. On distinguait fort bien les contours de l'ouragan sur les photos envoyées par les satellites.

C'était précisément cette heure-là qu'avait attendue Peter von Losskow. Il prépara son petit rafiot de sept mètres pour le départ, avala encore trois bons grogs bien tassés et enfila sa combinaison de nylon orange, minutieusement doublée et garnie de poches d'air... Elle formait également gilet de sauvetage, gonflable à l'aide d'un petit flacon d'air comprimé.

Le docteur Faller, responsable depuis deux ans de la station météorologique d'Helgoland, se frappa le front de son index lorsque Peter von Losskow vint lui rendre visite dans son antre pour lui dire adieu.

— C'est ça, votre géniale découverte ? demanda-t-il après avoir jeté un bref coup d'œil sur le bateau et l'équipement. Mon Dieu, mais vous êtes donc marié avec la mer ? Vous devriez pourtant savoir comment ça se finit, une tornade, Peter ! Vous avez vu votre bateau ? Ce n'est pas une embarcation, c'est un joujou !

— Insubmersible, Docteur ! Il se redresse de lui-même ! Et ma combinaison ? Vous l'avez vue, ma combinaison ?

— Ce matériel-là, en principe, on l'expérimente en atelier de simulation.

— Le meilleur ventilateur ne remplacera pas la mer en

furie. J'ai besoin d'une preuve authentique, pour retrouver confiance en moi-même.

— Et si la mer du Nord vous engloutit ?

— Impossible !

— Ai-je besoin de vous dire ce dont la mer est capable ? Il suffit parfois d'une seule vague pour avaler un navire de deux cents mètres de longueur !

— Bien sûr ! C'est justement cela qui les rend vulnérables ! Mais sept mètres ! Sept mètres, c'est un jouet qui danse à la surface de l'eau ! Mettez dans une baignoire un étui à savon et la moitié d'une coque de noix, et remuez l'eau en agitant vivement les bras. Que se passera-t-il? L'étui à savon se remplit et sombre ; mais la petite coque de noix reste à la surface ; elle ne peut pas couler !

— Voyons, Peter, votre comparaison est stupide... !

Le docteur Faller lui montra du doigt la plus récente des cartes météorologiques qui venait juste d'être complétée.

— Il y a là quelque chose qui approche, et qui représente un grand danger, même pour une coque de noix ! D'ailleurs vous êtes un être humain, et non pas une coque de noix ! La mer va vous battre, vous noyer, vous déchirer, vous broyer, vous écraser ! Vous savez bien qu'une grosse vague pèse plusieurs tonnes !

— Et je sais aussi que mon rafiot et moi, nous sommes légers. Pendant que les vagues déferleront sur nous, nous continuerons à danser à la surface de l'eau.

Personne ne réussit à détourner Peter de son idée fixe. Il avait débarqué à Helgoland trois semaines auparavant, avec son minuscule bateau blanc qu'il prétendait insubmersible, en provenance de Hambourg ; puis il était allé droit chez Jan Breuner, au nord-ouest de l'île, pour y louer une chambre. Au bout de deux jours, tout le monde l'avait surnommé « le dingue du continent ». Vêtu de sa fameuse combinaison, il se laissa flotter au gré des flots comme une orange, non sans effrayer les pêcheurs surpris qui s'empressèrent d'aller à la rescousse, s'attendant à sauver un pauvre naufragé d'une mort certaine. Et au dernier moment, ils découvraient un gars tout content de sa bonne blague, qui semblait un jouet offert aux caprices de la mer et refusait énergiquement tout secours. On parla de cette étrange arrivée dans tous les bistrots de l'île, et Jan Breuner finit par avoir honte d'héberger chez lui un client aussi encombrant.

A l'opposé des habitants d'Helgoland, le docteur Faller eut droit à quelques explications. Il invita « le dingue » à prendre un pot, et eut la surprise de découvrir en Peter von

Losskow un ingénieur du génie maritime, ancien lieutenant de vaisseau ; il connaissait la mer mieux que n'importe quel insulaire dont l'horizon se limitait aux dunes, à la longue Anna, et parfois au bras de mer qui séparait Helgoland de Cuxhaven. Lequel d'entre eux avait déjà fait le tour de la terre sur un bateau à voile, jeté l'ancre devant Singapour ou s'était battu en duel à Freetown pour une superbe mulâtresse ? Tandis que Losskow en avait des histoires à raconter !

Mais l'histoire qui lui tenait le plus à cœur, c'était son idée fixe du moment, l'idée qui dominait toute son existence : avant les grands découvreurs et navigateurs célèbres de l'histoire, Magellan, Cook, Vasco de Gama, Christophe Colomb ou Vespucci, il avait dû y avoir d'autres marins inconnus qui avaient hanté les océans et les mers et pénétré sur des rivages vierges. Ainsi Thor Heyerdahl, avec son radeau primitif fait de papyrus, avait pour ainsi dire prouvé que les Egyptiens connaissaient déjà la terre d'Amérique et avaient construit des pyramides à Mexico.

— Que voulez-vous y faire encore, alors ? demanda le docteur Faller, toujours réaliste. Il n'y a plus rien à découvrir là-bas !

— On nous considère, nous les hommes du xxe siècle, comme des gens saturés de tout, trop ramollis, trop dégénérés et trop nonchalants pour, disons, contourner la Terre de Feu comme Magellan et découvrir là-bas une nouvelle voie maritime.

— C'est vrai ! Nous montons dans un avion et voyons tout de haut. C'est beaucoup plus simple et moins dangereux. Pourquoi, au siècle de l'atome, vouloir en revenir aux méthodes moyenâgeuses ? — Le docteur Faller alluma une cigarette et remplit de rhum le verre de Peter von Losskow. — Vous m'avez raconté que vous vouliez partir de Hambourg avec un petit cotre et un équipage de quatre hommes tout au plus, sans grand matériel technique, pour aller contourner la pointe sud de l'Amérique, faire une croisière dans les îles du Pacifique et de là, rejoindre la Chine et le Japon...

— C'est exact.

— Et ceci, uniquement pour prouver que les anciens Vikings, par exemple, pourraient avoir fait le même périple. Mais mon cher, qu'est-ce que le monde aura de plus s'il apprend cela ?

— Qu'est-ce que ça rapporte au monde quand une équipe plante son fanion au sommet d'un plus de huit mille mètres ?

— Un frisson en suivant le reportage photographique et le soulagement de savoir qu'il existe encore çà et là des gens dont les aventures garantissent l'immortalité. Je n'ai rien contre la recherche, mon vieux. Voyez Piccard qui plongeait au plus profond de la mer ; mais il avait une bonne raison, lui ! Découvrir des civilisations englouties. Ou la conquête de la lune ! Voilà la réalisation d'un rêve vieux comme le monde ! Nous savons maintenant que Madame la Lune n'existe pas, et que notre fameux satellite ne fera jamais un paradis luxuriant. Mais ce que vous voulez faire là, vous, Losskow, ça n'a aucun intérêt pour la recherche !

— Je ne suis pas de votre avis, répondit Losskow perdu dans ses pensées. Tant qu'il y aura des hommes, ils seront fascinés par l'insolite et l'inaccessible. Chacun rêve en secret de la Grande Aventure ! En outre, je veux mettre ma combinaison insubmersible à l'épreuve. — Il jeta sur son interlocuteur un coup d'œil interrogateur, comme un adolescent en quête de compliment. — C'est une contribution au progrès, ça, non ? Il va bientôt devenir impossible de se noyer !

Dans la situation où il se trouvait, il n'en était plus tellement persuadé. Les lames hurlantes qui fondaient sur lui et le plaquaient durement contre le bloc de la barre, la force des vagues qui lui coupait le souffle, lui avaient fait perdre un peu de sa superbe. Non, il ne se noierait pas, il ressemblait vraiment à la petite coque de noix qui refusait de couler. Mais survivrait-il aux coups de boutoir des vagues ? N'allaient-elles pas le broyer et le pulvériser ?

Il y avait longtemps déjà que le mât du voilier s'était brisé comme un fétu de paille et avait été arraché de son support. On aurait cru que la mer voulait se moquer de lui, lorsqu'elle s'amusa à redéployer les voiles pourtant arisées. Tel un oiseau géant, le mât s'envola dans la tempête avec ses toiles, léger comme un papillon, blanc et lumineux ; il entama une danse extatique au-dessus des vagues écumantes jusqu'à ce qu'un creux l'engloutisse définitivement, sous les yeux écarquillés de Peter von Losskow. A présent, malgré sa combinaison insubmersible, il ne se sentait plus maître des éléments, mais plus du tout. Au contraire, il s'attendait à tout moment à être à son tour écrasé par une lame impitoyable. Au bout de deux ou trois jours, on finirait par repérer cette petite épave blanche au milieu des flots, et on détacherait un cadavre déchiqueté, vêtu d'une combinaison spéciale en nylon orange qui l'aurait empêché de se noyer jusqu'au bout. Car il ne serait pas mort noyé, mais assommé par la mer en furie.

Une fois de plus, Losskow rentra la tête dans les épaules. Un énorme paquet de mer s'éleva en face de lui comme une muraille imprenable et lui cacha le ciel... Cette fois, c'est la fin, se dit-il. Cette fois, mes poumons n'y résisteront pas !

Un remous l'emporta à la rencontre de la muraille mouvante ; il le fit grimper le long des flancs lisses ; sur la crête de la vague, il plana un instant et aperçut la mer au-dessous de lui, semblable à un horizon crénelé. Il eut l'impression de voler, de s'envoler dans la tempête, comme le mât et les voiles, et tout en se cramponnant de toutes ses forces à la vergue, il eut encore l'occasion de contempler une dernière fois cette vision féerique dans sa beauté effrayante avant de retomber dans le gouffre mugissant. Le bateau tourna comme une toupie, l'entraînant dans sa course folle. Et au moment où il s'enfonçait dans la mer déchaînée, il se dit encore : « Je suis insubmersible... Le bateau se redressera de lui-même... » Puis les eaux l'engloutirent et le monde sombra.

Deux jours après la tempête, un hélicoptère de la marine fédérale aperçut un petit bateau blanc qui dansait au milieu de la mer toujours agitée, à trente-sept milles au nord d'Helgoland. Le croiseur affecté aux expéditions de sauvetage en mer alla le recueillir ; on détacha l'homme sans connaissance de la barre. Il donnait encore de faibles signes de vie, semblait indemne, du moins à première vue, mais il souffrait d'un refroidissement déjà très avancé, et malgré son transport immédiat à l'hôpital de Wilhelmshaven, on ne lui donnait guère de chances de survie.

Le docteur Faller apprit le sauvetage du « dingue » le soir même, à la table des habitués de son bistrot d'élection. Pour tout commentaire, il bougonna entre ses dents :

— Cette histoire stupide et suicidaire aura au moins un effet positif : si Losskow en réchappe, il jettera sûrement aux ordures ses projets de tour du monde à la voile !

Peter von Losskow en réchappa.

Pour le réchauffer, on utilisa la méthode la plus simple et la plus efficace qui soit : on le plongea dans un bain très chaud tout en lui injectant tout doucement un produit destiné à stimuler le cœur et les poumons pour éviter un collapsus. En effet les battements cardiaques ne tardèrent pas à retrouver de la vigueur, et il fallut alors attendre pour se prononcer que le système affaibli du malade prouve sa régénérescence en supportant cette phase éprouvante. Lorsqu'on l'avait repêché dans la mer du Nord, sa température corporelle était descendue à vingt-cinq degrés... L'extrême limite que puisse supporter l'organisme humain.

L'attente dura trente heures. Au bout de cette éternité, le patient avait suffisamment retrouvé l'usage de la parole pour pouvoir bavarder quelques minutes.

Il buvait du thé bouillant et grignotait un biscuit sec tout en écoutant ce que le professeur Dehner, le médecin-chef de l'hôpital de Wilhelmshaven lui disait.

Comme il fallait s'y attendre, les paroles du médecin ne brillaient pas par leur amabilité. Tout à fait le style du docteur Faller ; on aurait pu croire que Faller avait dicté son propre discours au professeur.

— Je sais, dit Losskow lorsque le sermon eut pris fin. Je suis un dingue ! Mais j'ai tout de même prouvé que j'étais insubmersible !

— Que vous vous noyiez ou que vous flottiez à la surface de la mer transformé en bloc de glace, je ne vois pas la différence, mis à part l'aspect extérieur, grogna Dehner. Et encore, ne vous plaignez pas, la mer ici reste un élément généreux. Si vous passez par-dessus bord dans les mers australes, certes l'eau est relativement tiède, mais il n'y a pas d'assurance-vie là-bas ! Votre fameuse combinaison ne vous protégera pas des crocs des requins ! Du reste, je me demande pourquoi je vous raconte ça. Vous connaissez la mer mieux que moi !

— En effet.

— Et malgré tout, vous vous lancez dans de pareilles folies !

— Puis-je vous poser une question, Monsieur le Professeur ?

— Bien sûr.

— Combien de malades sont morts entre vos mains ?

— Quoi ? Pourquoi cette question ? riposta le professeur Dehner en sursautant, et non sans indignation.

— ... et malgré tout, poursuivit Losskow imperturbable, avec ces mêmes mains, vous continuez à palper, ausculter, soigner des malades, et vous ne cessez pas de lutter contre les maladies. Parfois les virus, bacilles et autres bestioles sont plus forts que vous, parfois c'est vous qui sortez triomphant du combat. Votre collègue de la salle d'opération réussira cent fois de suite à pratiquer une ablation partielle de l'estomac ou totale d'un rein, et une ou deux fois, il essuiera un échec. Est-ce une raison pour qu'il jette ses bistouris à la poubelle et se recroqueville dans un coin ?

Ne venez pas me dire que ce n'est pas la même chose ! Quelle est votre spécialité, Monsieur le Professeur ?

— La pancréopathie. Tout ce qui est en rapport avec le pancréas, répondit Dehner sur un ton peu amène.

— Et moi, c'est la mer qui m'a pris dans ses filets. Il est inutile de discuter, c'est comme ça, non ?

— Avec vous, oui ! La seule chose qui m'intéresse, c'est de savoir ce qui va se passer maintenant !

— Moi aussi ! — Losskow se mit à rire comme un gamin. — Combien de temps allez-vous me garder au lit ?

— Jusqu'à ce que votre organisme tout entier ait retrouvé son rythme normal. Pour un peu, je souhaiterais qu'il vous reste une petite séquelle... pour votre bien !

— Vous êtes un médecin dangereux, Professeur ! Samedi prochain, je me sauve. D'accord ?

— Vous en prenez l'entière responsabilité ! — Le professeur Dehner s'assit sur le bord du lit. Il portait un petit poste émetteur dans la poche de poitrine de sa blouse et appuya sur un bouton. — Voiture M pour le 18, dit-il. Puis, tourné vers Losskow, il ajouta avec un demi-sourire : Je vais vous faire une injection pour rendre du tonus à votre cœur et en même temps vous plonger dans un profond sommeil réparateur. Une chose encore : vous avez une constitution exceptionnelle ! Ils ne sont pas nombreux ceux qui auraient survécu à cette aventure de l'Helgoland ! Vous n'avez d'ailleurs pas besoin d'en être fier ! Votre santé indécente ne tiendra pas non plus éternellement !

Un journaliste, s'il est bon, arrivera même à vendre la vie amoureuse d'une arrière-grand-mère de quatre-vingts ans, et s'il est très bon, il sera aussi capable de fournir les photos correspondantes. On ne peut pas dire que Dieter Randler fût une de ces super-stars en la matière, mais il avait ce petit quelque chose qui fait partie de la dot d'un expert en tabac ou en parfums : il avait un flair infaillible. En tant que journaliste, il flairait les sensations ou les situations dont on pourrait faire une sensation.

On lui raconta au bistrot comme un banal fait divers qu'un homme nommé Peter von Losskow avait été repêché au large d'Helgoland après avoir mis le cap sur la pleine mer au milieu de la tempête, à bord d'un petit voilier. Le cœur léger et l'esprit complètement obscurci par une douce idiotie. En entendant ce récit, Randler perdit la notion du temps, son regard se fixa quelque part devant lui, et au bout de plusieurs minutes, il finit par se dire : « On peut en tirer quelque chose ! » Le duel de l'homme contre la mer...

Sa brave petite voiture de sport l'amena en une heure et demie à Wilhelmshaven. Mais il commença par se heurter à la résistance du Professeur Dehner.

— Le malade a besoin de repos ! déclara Dehner sur un ton qui n'admettait pas de réplique. En outre... Que vient faire la presse ici ? Un homme qui tombe à la mer et qui est repêché en hélicoptère, ça arrive souvent, non ? Mon hôpital n'a pas été construit pour vous donner le moyen de mettre du beurre dans vos épinards !

— Je ne viens pas en tant que journaliste, je suis l'ami de Peter. Au fait, est-ce que ça ne ferait pas un beau titre ? « La victoire du Professeur Dehner sur la mort par refroidissement » ?

Le professeur Dehner ne jugea pas utile de s'engager avec le journaliste dans une discussion sur l'efficacité d'un titre ronflant. D'un geste brutal de la main, il coupa court à toutes les objections.

— Vous pourrez bavarder avec votre ami quand il sera en état de partir d'ici. Mais tant qu'il est entre mes mains, il restera dans son lit et personne ne viendra le déranger, vous pouvez me faire confiance ! Au revoir !

Un infirmier au ventre provocant et aux épaules inquiétantes regarda Randler en grimaçant un sourire. Il leva vers lui deux mains semblables à des battoirs, et les exhiba comme si elles étaient des œuvres d'art à offrir aux amateurs dans une vente aux enchères.

— On y va ? demanda-t-il gentiment avec une nuance d'autorité qui ne laissait guère le choix à l'interlocuteur.

Pour Randler, la chose était claire : une telle animosité contre la presse et ses représentants lui coupait littéralement l'herbe sous le pied ; impossible même de tendre un petit billet, c'eût été peine perdue, voire dangereux.

Il inclina la tête d'un air soumis et quitta la clinique. Mais au rez-de-chaussée, il s'immobilisa devant la réception et prit un air désolé.

— Que je suis bête ! dit-il à l'infirmière de service, plutôt surprise de cet accent de vérité. Je reviens de chez Monsieur von Losskow, Peter von Losskow, vous savez bien ? C'est un ami d'enfance. Et je n'ai même pas retenu le numéro de sa chambre ! C'est trop bête à la fin ! C'est sans doute le début de la sclérose du cerveau, autrement dit de la sénilité, hein ? Quel est donc le numéro de sa chambre ?

La jeune fille fouilla dans son fichier, trouva le nom et répondit :

— Chambre 139, service du Professeur Dehner, Premier étage.

— Ah oui, c'est vrai ! s'écria Randler en se frappant le front de l'index gauche. Elle donne sur le jardin, n'est-ce pas ?

L'infirmière acquiesça d'un signe de tête, et Randler quitta l'hôpital. Une fois dehors, il se mit à contempler la façade, depuis le haut jusqu'au sol ; au bout de quelques minutes, il fit demi-tour, manifestement satisfait de son inspection, et revint en voiture au centre ville où il s'engouffra dans une brasserie et dévora un plat de choucroute.

La nuit suivante, Peter von Losskow fut réveillé par un bruit venant du petit balcon attenant à sa chambre. Un bruit de claquement sourd accompagnant une silhouette qui se détachait sur le ciel nocturne éclairé par la lune. Puis la porte-fenêtre s'ouvrit lentement et une voix murmura :

— Pas un mot, Peter, ne crains rien ! C'est moi, Dieter, mon médecin m'a ordonné un peu de gymnastique en plein air.

Il sauta légèrement dans la chambre, referma la porte du balcon et approcha une chaise du lit. Losskow alluma la veilleuse. Pas de doute, c'était bien ce sacré Dieter et son sourire à nul autre semblable.

— Tu es encore ivre sans doute ! grogna Losskow. C'est tout ce que tu as trouvé comme porte d'entrée ?

— Tout est gardé ici comme au paradis. Mince alors, vieux, qu'est-ce que tu as fabriqué ? Tu as rencontré Neptune ? Ou engrossé une nymphe ?

— J'ai décidé d'écrire un livre.

— Oh mon Dieu ! Quelle horreur ! Et c'est la raison pour laquelle il te fallait un ouragan au large d'Helgoland peut-être ?

— Je veux prouver que l'homme d'aujourd'hui qu'on accuse sans arrêt de ramollissement peut être tout aussi valeureux et résistant que ses ancêtres, les célèbres navigateurs des temps passés. Un petit voilier, avec pour toutes ressources les mains et la volonté de vaincre la mer, sans le secours de la technique, voilà ce que je veux ! Renouveler les aventures d'un Vasco de Gama ou d'un Cook !

— Comme tu dis ça... à peine arraché au sommeil ! On voit bien que minuit approche, l'heure des fantômes ! Alors, tu veux aller au cap Horn avec ta coquille de noix, contourner la Terre de Feu ?

— Entre autre... oui !

— Et c'est pour ça que tu commences par te jeter dans la gueule d'un ouragan ?

— Cela faisait partie de l'entraînement.

— Quelle idiotie ! Il y a de quoi faire rire les générations futures ! A quelle date as-tu prévu l'instant historique où tu quitteras les côtes européennes ?

— Dès que j'aurai les fonds nécessaires. Je n'ai besoin que d'un cotre construit selon mes plans !

— C'est tout ? — Randler caressa légèrement la main du malade d'un geste apaisant. — Bon, bon, il doit bien y avoir quelque part une tante à héritage qui ouvrira tout grand son bas de laine pour toi ? Si j'avais su ça, je n'aurais pas pris le risque d'escalader le mur, crois-moi !

Comme quoi même un reporter rusé comme Dieter Randler peut se tromper !

Au cours de la conférence de la rédaction du journal, il parla de son copain Peter von Losskow atteint d'une commotion cérébrale comme d'un banal fait divers, et il fut tout ahuri de voir son chef, ou plus exactement le sous-chef, bondir sur sa chaise en s'écriant :

— Dieter, bon Dieu, mais c'est un vrai thriller, ça ! Nous allons en faire un tube ! Je te garde soixante lignes. Allez, au boulot. Il me les faut pour le canard de demain !

Dieter Randler fit de son mieux. Il écrivit une histoire dramatique, caressée par la brise marine, une épopée sur l'héroïsme moderne qu'il intitula : « Un jeune pionnier à la conquête des océans sur une coque de noix. »

Le professeur Dehner arriva vers 10 heures, l'air buté. Il posa le journal sur le lit de Peter et déclara :

— Je ne vous retiens plus. Allez donc jusqu'à la Terre de Feu sur votre ridicule rafiot. Si vous croyez que deux et deux font cinq, je n'ai pas les moyens de vous prouver le contraire.

Losskow prit le journal, parcourut des yeux la première page et secoua la tête.

— Je n'ai pas la moindre idée de ce que raconte cet article. Et d'ailleurs l'essentiel ne correspond pas à la vérité !

— Mais vous connaissez l'auteur ?

— Oui, bien sûr. C'est Dieter Randler.

— Moi aussi, je le connais. C'est moi qui l'ai chassé de la clinique.

— Grave erreur, Monsieur le Professeur. Il est venu me rendre visite la nuit suivante... après avoir escaladé la façade.

Le professeur Dehner soupira.

— Des cas comme le vôtre, je les expédierais volontiers directement à l'étage supérieur !

— Et les gars viendront avec l'échelle de pompiers !

Peter von Losskow lut lentement l'article.

Tout ce qu'avait écrit Randler était juste en principe, mais le journaliste avait gonflé les faits pour les besoins de la cause. Le professeur attendit que son malade relevât la tête.

— Avant que vous échappiez à mes soins, dit-il alors, j'aimerais bien savoir une chose : si j'ai bien compris, vous cherchez un équipage... c'est ce que l'on dit dans le langage des navigateurs, n'est-ce pas ?... qui accepte de parcourir les océans en tous sens sur un voilier minuscule pour prouver que vous êtes un gars sensationnel ! Cette aventure prend alors le nom d'expérience socio-psychologique. Je voudrais vous poser une question : sommes-nous des dégénérés, nous les hommes du XXe siècle, ou pourrions-nous encore nouer les lacets de Christophe Colomb ?

— N'exagérez pas, Monsieur le Professeur. Ce que je veux prouver, c'est que les Vikings par exemple, avec leurs dragons, étaient parfaitement capables d'atteindre non seulement l'Amérique du Nord — ce qui est déjà fait —, mais aussi de traverser les mers du Sud. On trouve en Afrique noire des masques de danses sculptés dans le bois qui ressemblent presque trait pour trait à un casque de Viking ! Je me demande pourquoi leurs voiliers n'auraient pas longé la côte africaine et de là, traversé l'océan pour accoster en Amérique du Sud, et plus bas encore, pour contourner la Terre de Feu ? Certes, aucun document ne nous est parvenu qui pourrait répondre à cette question. On sait seulement que les Normands n'avaient pas peur de ces étendues d'eau infinies. Mais ce problème m'intéresse, je voudrais le suivre, je voudrais finir de réaliser ce rêve des grands conquérants du monde... Je sais, Monsieur le Professeur, que votre esprit scientifique s'intéresse à la lymphogranulomatose, la maladie de Hodgkin, bien que dans ce secteur, précisément, les échecs succèdent aux échecs ! Mais vous refusez d'abandonner la lutte. Moi aussi, je refuse d'abandonner la lutte. — Losskow souleva le journal posé sur son lit. — D'ailleurs Randler se trompe : je ne cherche pas de partenaires. Je veux naviguer en solitaire sur mon bateau. Sans moteur, sans compas, sans rien d'autre que quelques mètres carrés de tissu accrochés au mât. Les Vikings non plus n'avaient ni fuel, ni compas rotatif... — Il replia le journal et le déposa sur la table de chevet. — Quand voulez-vous récupérer mon lit ?

— A vous entendre parler, je vous dirais... restez-y ! Un traitement intensif du système nerveux ne vous ferait pas de mal. — Le professeur haussa les épaules d'un air résigné. — Vous pourrez partir quand vous voudrez.

— Dans deux heures ?

— Ma foi...

— Je vais courir à la rédaction de ce canard, pour dire un mot à mon ami Randler. Par mesure de prudence, gardez-lui un lit libre aux urgences !

Quelques heures plus tard, Losskow fit une entrée remarquée dans la salle de rédaction avec la ferme intention de river son clou à Randler. Mais son ami le reçut à bras grands ouverts. Comment pourrait-on maltraiter un homme aussi gentil, aussi accueillant, aussi heureux de vous revoir ?

— Ah ! Tu tombes bien, Peter ! s'écria Randler avec fougue. Qui aurait jamais pensé ça ? Nous en sommes tous baba ici. La grande industrie joue le jeu ! Nous avons déjà reçu trois propositions, de trois konzern de produits alimentaires ! Te voilà inondé de viande en boîte, de nouilles en conserve et de saucissons ! A cela s'ajoutent du jus de fruits riche en vitamine C, des fruits séchés, des tablettes de chocolat, de quoi fortifier le système nerveux et les muscles ! Au cas où tu viendrais à te perdre sur le pôle Sud, rien à craindre ! Proposition numéro 6 : sacs de couchage en duvet dernier cri dotés d'un appareil de chauffage branché sur piles avec lesquels tu peux passer la nuit sur un iceberg sans encombre. Des bottes avec semelles de caoutchouc exclusives. Elles te fixent partout où tu mets les pieds, comme un aimant. Tu ne peux pratiquement plus tomber. Alors, que veux-tu faire de plus ? Et même ton rafiot ! Tu l'as pour ainsi dire dans la poche, ou plutôt sur l'eau !

— Dieter ! — Losskow fut obligé de demander secours à la chaise la plus proche. — Mais c'est à peine croyable !

— Tu pourras les lire toi-même ! Pour l'instant, on s'en sert pour pondre un nouvel article. Quand il sortira demain, ce sera la ruée ! Comment veux-tu que les chocolats « Farniente » t'assurent tes provisions de bord sans que la marque concurrente « Dolce Vita » réagisse ? Ils ne vont tout de même pas se laisser souffler cette aubaine publicitaire ! Tu vas voir, Peter, nous allons recevoir dans les jours qui viennent une véritable averse de propositions ! Et de dons ! Ah, j'oubliais, le bateau ! C'est une grande marque de poudre à laver qui veut s'en charger ! A une condition : que tu le baptises du nom de leur dernier rejeton, une poudre à laver pour toutes les températures, et que tu inscrives le nom sur la coque du bateau, à bâbord et à tribord : « Transclair ».

— Pas question ! hurla Peter von Losskow.

— C'est un nom prédestiné pourtant pour un voilier. Ecoute ça, « Transclair ». Une filiale de ce trust qui fabrique un produit à récurer se chargera de toute la partie gréement ; il te suffira d'imprimer sur tes voiles leur slogan publicitaire : « Là où Clairsol passe, poussière ne repasse... »

— Et c'est pour en arriver là que je devrais te sauter au cou ? grinça Losskow. Vous avez transformé mon idée en un bric-à-brac de braderie ! Il n'y a rien encore ! J'ai tout mon temps ! Cette expédition est reportée à une date ultérieure qui reste à préciser.

— Ce n'est plus possible ! — Randler prit la précaution de s'éloigner de son ami, pour être hors d'atteinte de ses poings. — L'affaire est déjà enclenchée, tu ne peux plus rien faire pour la freiner. Nous avons écrit noir sur blanc : Pour que ce projet grandiose devienne réalité, véritablement l'expédition du siècle...

— Rien que ça ! C'est complètement idiot !

— Mais les lecteurs jouent le jeu. Peter ! Les lecteurs sont de ton côté ! Ils vivent avec toi, souffrent quand tu souffres, lovent les voiles quand tu loves les voiles ; ils ont peur quand tu as peur, ils laissent les vagues leur caresser les fesses en même temps que toi. Bon Dieu ! Tu ne sais pas ce que ça signifie, une popularité aussi unanime ! Ça crée des obligations ! Ça te ligote ! Tu ne t'appartiens plus tout entier, tu es devenu un bien commun ! Il ne s'agit pas de flancher, mon vieux, ce serait ta ruine ! La foule n'admet pas qu'un fou redevienne normal tout d'un coup, c'est ce qu'elle pardonne le moins facilement sans doute ! Tu ne peux plus reculer maintenant, Peter ! A partir de demain, nous lançons l'affaire « Expédition Terre de Feu » à laquelle tout le monde aura sa part et pourra se régaler !

— La Terre de Feu n'est qu'un chapitre de mon projet, et même pas le plus intéressant !

— Mais ça se vend bien ! Comme du miel ! Terre de Feu... Il suffit de prononcer ce nom pour que l'imagination se déchaîne ! On y sent un parfum d'aventure, de continent vierge, de danger, d'héroïsme. Terre de Feu ! Quel nom, bon Dieu ! « L'homme qui a vaincu la Terre de Feu » ! Ça sonne cent fois mieux à l'oreille que « L'homme qui a gagné la guerre », mon vieux !

Randler était hors de lui. Impossible de refréner ses ardeurs. Losskow n'en revenait pas : son idée, sa propriété à lui tout seul, devenait soudain un produit négociable. Le journaliste avait raison : à moins de risquer un scandale, on ne pouvait plus faire machine arrière. S'il lui prenait la fantaisie de refuser toutes les propositions dont il était inondé, tout le monde dirait qu'il recule, parce qu'il a peur sans doute. Quel est l'homme qui accepterait de gaieté de cœur de se laisser ainsi calomnier ?

— Je voudrais bien les voir, ces fameuses propositions, dit-il. Du reste, je serais tout à fait en droit de déposer plainte contre vous ! Et vous seriez obligés de reconnaître publiquement que tout votre baratin est faux !

— Et après ! Un petit encart à la page 5, dans un coin, avec un grand titre en haut de la page, souligné en rouge : « La poitrine la plus fabuleuse de Los Angeles. 125 centimètres de tour, et pas de soutien-gorge !... » Et je te jure que ton essai de justification n'intéressera plus personne. Allons, vieille branche, ne viens pas faire de la morale ici ! Tout ce dont tu as besoin pour réaliser ton grand rêve, on te l'apporte sur un plateau d'argent ! Que veux-tu de plus ? Ça ne peut pas être plus simple ! Tout seul, à la seule force de tes poignets, tu n'y arriveras jamais ! Bon sang, Peter, baptise ton rafiot « Transclair », et fais imprimer sur la voile « Poussière ne repasse... » Qu'importe ! L'essentiel, c'est que tu puisses te consacrer à tes recherches. Tous les grands hommes ont eu leurs mécènes : Wagner son roi de Bavière, Haydn son prince Esterhazy, Goya son Alba, Michel-Ange son Médicis. Peter von Losskow vogue sur les océans grâce à une poudre à laver. Et après ? Ce qui compte, c'est le résultat ! La réussite ! Et nous, nous t'offrons les conditions matérielles idéales ! Alors...

Il était vraiment inutile de se défendre, Losskow s'en rendait compte. Sans un mot, il se leva et vida d'un trait le verre de whisky que Randler lui avait offert. Puis il dit simplement :

— S'il y a quoi que ce soit, je suis chez moi. Tu sais où j'habite.

Et il s'en alla. Avec le secret espoir que les choses ne prendraient pas cette tournure affolante, prophétisée par le journaliste. Tout cela n'est qu'une nouvelle sensation, un feu de paille, qui s'éteindra de lui-même dès demain, se dit-il. Dans deux jours, plus personne n'y pensera. Qui s'intéresse à la nostalgie qu'éprouvaient les Vikings pour les lointains inaccessibles ? Qui s'intéresse à la Terre de Feu ? C'est bien trop loin ! La pointe extrême de l'Amérique du

Sud ! L'extrémité d'un continent ! Qui se soucie de la Terre de Feu aujourd'hui ? Personne !

Il se trompait.

Pendant toute une semaine, la page trois du journal connut un succès immense ; elle était entièrement consacrée à l'histoire de Peter von Losskow. Dieter Randler se surpassa. C'est fou ce qu'il put dénicher à propos de la Terre de Feu en si peu de temps. Au premier abord, on pouvait parler d'une prouesse journalistique sans égale, mais en réalité, c'était une véritable insulte à l'égard du lecteur, une insulte impardonnable. A en croire les belles phrases de Randler, cette Terre de Feu, cet amas de rocs et de rocaille à l'extrême pointe méridionale du continent américain, était le territoire le plus dangereux de tous ceux qui n'avaient pas encore été explorés à fond sur la planète. Il poussa l'audace jusqu'à prétendre que des navigateurs de passage dans ces eaux lointaines avaient aperçu au fond de grottes immenses des animaux qu'on ne connaissait que par la reconstitution scientifique de la faune préhistorique.

« Existe-t-il encore des dragons ? demanda Dieter Randler en s'adressant à ses milliers de lecteurs. C'est également l'énigme que Peter von Losskow a l'intention de résoudre.

Un photo accompagnait ce texte, ou plus précisément un montage photographique. A l'arrière-plan, la Terre de Feu, en premier plan, la mer agitée de soubresauts terrifiants. Par-dessus une image servant à illustrer une légende antique : un dragon volant de taille gigantesque. On ne pouvait pas s'empêcher de frémir et d'y croire.

A la fin de la semaine, Dieter Randler alla rendre visite à son ami Peter von Losskow. Il transpirait d'abondance sous le poids d'une énorme valise, dont il vida le contenu sur un canapé, avant de se laisser choir d'un air satisfait dans un confortable fauteuil club.

— Alors, vieux, tu ne crois pas que ça vaut un petit compliment ? dit-il gaiement. Rien que du papier ! Des lettres. Le courrier des lecteurs. Des offres. Des propositions. Des suggestions. Des commentaires.

— En provenance d'un asile psychiatrique bondé de clients sans doute ? interrogea Peter sans aménité.

— Pas encore. Ça viendra si jamais nous sommes obligés d'écrire : Peter von Losskow a peur ! Il renonce à tous ses projets ! Il cale !

Randler montra du doigt la montagne de lettres.

— Tu trouves là-dedans de quoi écrire une centaine de romans ! Moi-même, j'ai sauté au plafond en les lisant, et pourtant, je suis blindé ! Fouille un peu, Peter ! Tu y trouveras même le début d'un nouveau tube : « Terre de Feu ! Terre de Feu ! Où l'amour brûle comme une flamme dévorante... »

— Va-t'en ! grogna Losskow d'une voix sourde. Va-t'en, et tout de suite ! Et emporte ta valise ! Tu sais que si je t'étrangle ici même, je bénéficierai des circonstances atténuantes ?

— Contente-toi de m'apporter une vodka ! Avec un peu de bitter lemon, s'il te plaît.

— Et un doigt de mort-aux-rats, non ?

— O mon doux ami ! Je n'ai vraiment pas mérité un tel traitement de ta part ! J'ai trimé comme un âne pour ta popularité. Un mot de toi, un seul mot, et l'aventure « Terre de Feu » démarre ! Au fait, il y a aussi une lettre d'un homme de quatre-vingt-douze ans qui prétend avoir vu dans les Andes, il y a trente-quatre ans, un dinosaure semblable à celui de notre photo. C'est dingue, hein ? Tu penses si nous allons exploiter cette manne ! « Un témoin oculaire prévient Peter von Losskow : les dinosaures de la Terre de Feu ont une haleine souffrée... » ... Je suis ravi !

— J'arriverai bien à trouver quelqu'un qui te cassera la gueule ! — Losskow apporta la vodka et la bouteille de lemon. — A propos, la boîte de poudre à laver m'a téléphoné. Ils m'ont promis mon voilier.

— Alléluia !

— Et m'ont dégagé de l'obligation de le baptiser « Transclair », comme tu me l'avais dit.

— Bravo. Alors, comment vas-tu l'appeler ? demanda Randler légèrement inquiet.

— Oh, un nom tout à fait neutre, comme... « Milord », par exemple...

— C'est bien ce que je me disais ! Ah ! ces gars de la pub ! Ils sont vraiment géniaux ! Dans un mois, tu verras débarquer un nouvel article sur le marché : Milord ! Le produit miracle qui résiste même aux assauts de l'océan ! Bravo Peter !

Il y avait vraiment de quoi finir d'un coup la bouteille de vodka. Ce que fit Peter, sans ajouter un mot.

Losskow mit presque deux jours entiers à dépouiller son courrier et à le trier. Il en fit quatre tas : numéro 1 : les lettres sans intérêt, celles qui se contentaient de donner l'avis de l'expéditeur sur toute l'affaire, et d'y ajouter quelques commentaires. Numéro 2 : les propositions publicitaires, depuis les bretelles extensibles et inusables jusqu'aux brosses à dents à vibration, actionnées par piles chargées d'énergie solaire, en passant par les appareils radio à modulation de fréquence résistants à l'eau et les sous-vêtements infroissables. Numéro 3 : les lettres d'industriels, peu nombreuses, mais d'un niveau supérieur, qui proposaient des subventions pour soutenir l'expédition et faisaient des offres détaillées. Et pour finir le numéro 4 : les candidats à l'aventure, qui se faisaient fort de conquérir les mers en compagnie de Peter von Losskow.

En lisant ces lettres, Dieter Randler s'étrangla d'enthousiasme. Soixante-neuf hommes et femmes avaient écrit, qui, de leur propre aveu, ne craignaient ni Dieu ni diable.

Un ancien de la légion étrangère, qui servait actuellement de guide aux touristes dans une petite ville moyenâgeuse d'Allemagne et devait jouer trois fois par semaine le rôle de fantôme dans le château local, avait joint à sa lettre, en guise de « références », trois photos qui le montraient dans une jeep dont la calandre s'ornait d'une tête de mort authentique et de deux humérus croisés, de couleur blafarde. L'expéditeur avait inscrit ces quelques mots au dos des photos, en guise de légende : « C'était le bon temps. Au Congo. » L'enveloppe contenait également un article découpé dans un journal et intitulé : « Qui est ce mystérieux capitaine mercenaire des forêts vierges du Sud ? » — « Moi ! » avait répondu le risque-tout. « Vous pouvez compter sur moi dans n'importe quelle situation. Je suis un des derniers de la vieille école. Où que vous soyez, je vous en sortirai ! J'ignore la signification du mot « peur » ! Je commence à me sentir dans mon élément au moment où les autres font pipi dans leur pantalon. Je suis disponible, et peux venir vous rejoindre immédiatement. Mon contrat actuel est résiliable le jour même ! »

Un boursicoteur envoya une lettre concrète, claire, significative, le style même de l'homme habitué à jongler avec les chiffres. « Voici ce que je vous propose : nous allons envahir une île déserte, y fonder un Etat à nous, rédiger une constitution, garantir la non-imposition, ce qui nous amènera de gros capitaux qui nous rapporteront des sommes énormes avec les seuls agios. » Suivaient des comptes interminables et des colonnes de chiffres impressionnantes. Le financier proposait également de créer une station radio avec flashes publicitaires, de lancer des timbres spéciaux, et il y ajoutait une esquisse du drapeau de cette nation nouvelle à venir. L'ensemble ne manquait pas d'allure.

Un boucher écrivait : « Mis à part le fait que je suis un excellent cuisinier capable de proposer un choix de menus illimité, basés uniquement sur des boîtes de conserve, je mesure 1,90 mètre, je suis doté d'une musculature analogue à celle d'un taureau, et je peux d'un seul coup de poing réduire le crâne d'une vache en bouillie ; j'ai le pied marin, j'ai fait une saison comme boucher sur un navire de croisière. Et malgré cela, ma femme me trompe avec un minuscule Italien gommeux qui trébuche dès que je souffle sur lui. Vous comprenez ça, vous ? Moi pas ! Comment peut-on aimer une mouche quand on a un aigle à sa disposition ? Tout cela me déprime. Je voudrais partir avec vous à la Terre de Feu pour chasser le dinosaure. Peut-être sont-ils comestibles, nous pourrions alors créer une affaire d'exportation de viande. Pourquoi pas ? Puisque l'on mange des escargots, des cuisses de grenouille, des fourmis grillées et que sais-je encore, pourquoi pas une escalope de dinosaure en provenance de la Terre de Feu ? Monsieur von Losskow, je suis votre homme ! Il vous suffit de me faire signe, et j'accours immédiatement ! »

Mais il y avait aussi parmi tout ce fatras des offres sérieuses, dont Losskow prit connaissance avec un réel intérêt. Jamais il n'avait pensé se lancer dans cette aventure avec des compagnons de route, mais plus il y songeait, plus il lui paraissait judicieux de tenter l'expérience en équipe. Une équipe composée de quelques membres seulement, minutieusement choisis. Cela aurait surtout pour avantage de bannir un danger particulièrement grave pour les navigateurs : la solitude, le sentiment d'être abandonné de tout et de tous, le poids du silence.

Au bout de deux jours, Losskow avait mis trois lettres de côté, mais sans être parvenu à prendre une décision. Il s'agissait de jeunes scientifiques qui paraissaient sincèrement attirés par les résultats éventuels de cette expédition, d'après ce qu'en disait le journal. Ils lui avaient écrit sans ménager les critiques, et leurs lettres méritaient une réponse sérieuse.

Héléna Sydgriff était une étudiante en médecine suédoise. Elle se disait particulièrement attirée par le côté psychologique de l'affaire : comment se comportent des êtres humains obligés de vivre en communauté pendant des mois dans un espace exigu, liés pour le meilleur et pour le pire, même dans les situations les plus critiques ?

Voilà un sujet qui méritait vraiment réflexion.

Jan Trosky, trente ans, tchèque, était assistant à l'institut de climatologie. Il posait une question toute différente : certains courants marins peuvent-ils, en se transformant, avoir une influence importante sur le temps complètement détraqué qui sévissait depuis ces dernières années ? Certes, la mer était bien une vaste cuvette climatique ; mais elle restait une grande inconnue, car elle n'avait jamais été suffisamment explorée, loin s'en fallait ! Il suffisait de penser au triangle des Bermudes, écrivait Trosky.

Peter von Losskow décida de lui répondre, à lui aussi.

Et enfin Lucrézia Panarotti, jeune Italienne, étudiante en biologie marine ; elle avait joint une photo à sa lettre. C'était une petite personne mignonne, jolie à croquer, vêtue d'un bikini. Ses longs cheveux noirs voletaient au vent. Elle posait encore une question différente des deux précédentes : que savons-nous des problèmes concernant la biologie marine de la Terre de Feu ? Rien ! Pourquoi ? Sans doute parce que, jusqu'à présent, personne ne s'est penché sur ce problème. Alors que les alentours de la Terre de Feu précisément peuvent donner — théoriquement — des renseignements sur la substance biologique de la mer en général... Quant à ce que nous avons fait des autres océans...

— Si c'est là ta future équipe, mon vieux, dit Randler après avoir pris connaissance de ces trois missives, tu auras certainement à bord un équipage d'experts exceptionnels. Quant à moi, en tant que journaliste... Deux hommes, deux jolies femmes, dans la force de l'âge, seuls pendant des mois sur un petit voilier... Quelle belle histoire en perspective, bien sûr ! Mais emmener Héléna et Lucrézia avec toi, c'est emmener deux superbombes, j'espère que tu t'en rends compte ?

— Laisse-moi d'abord les voir et leur parler, répondit Losskow d'un air pensif. Elles ne sont pas encore à bord ! Je n'ai même pas de bateau pour le moment ! Tout cela, ce ne sont encore que des rêves, des idées à approfondir. Mais si je m'embarque avec un équipage, je serai aussi curieux qu'Héléna Sydgriff de savoir comme on se comporte lorsqu'on est obligé de vivre en communauté dans une coquille de noix... Quand on est entouré d'eau, quand on est forcé de supporter les autres pendant des semaines et des mois. Je le répète, ce n'est qu'un premier tri.

Le lendemain, Peter von Losskow écrivit trois lettres dans lesquelles il proposait un rendez-vous à Hambourg.

Sans s'en douter, il venait de jouer le rôle du destin, et sa propre vie allait prendre une orientation totalement différente.

Ils devaient se retrouver tous les quatre dans le hall d'entrée de l'hôtel « Vier Jahreszeiten » (Les Quatre-Saisons), et commencer par aller bavarder au bar pour faire connaissance.

Dès réception de sa lettre, Héléna Sydgriff avait téléphoné à Peter von Losskow. Sa voix agréable, à la fois chaude et veloutée, lui avait plu d'emblée, et son allemand avait ce petit accent amusant des populations nordiques. Trosky et Lucrézia Panarotti répondirent par retour du courrier, tous deux en lettre recommandée et express, pour exprimer leur enthousiasme ; tous deux aussi, ils avaient joint une photo récente à leur lettre. Dieter Randler ne manqua pas de contempler longuement la jolie Lucrézia en claquant la langue, jusqu'à ce que Peter lui arrachât la photo des mains, d'un air furieux.

— Ce Jan Trosky, il ne manque pas d'allure ! déclara Randler. Des yeux qui jettent des flammes. Et des muscles ! Un vrai boxeur ! Lui au moins, il n'a rien à craindre, personne ne se risquera à l'approcher de trop près !

— C'est exactement ce dont j'ai besoin ! s'écria Losskow en remettant la lettre dans l'enveloppe. Nous en verrons sans doute des vertes et des pas mûres, pendant ce voyage !

— Et la mignonne Lucrézia ? Je me demande si elle sera capable de tenir le coup en cas d'ouragan, elle ! — Dieter leva les yeux vers le plafond où était suspendue une maquette de la « Santa Maria » de Christophe Colomb, la caravelle avec laquelle il était parti à la recherche de la route des Indes. — Elle doit être résistante, ça se voit tout de suite. Elle doit encore gigoter sur le lit alors que toi, tu n'es plus qu'une chiffe molle !

Avec Randler, on ne pouvait jamais parler sérieusement. Losskow le jeta dehors, tout en se préparant à lire un nouvel article dans l'édition du lendemain intitulé « Le yacht des sirènes », ou quelque chose du même genre.

Mais il se trompait. Dieter Randler se contenta d'annoncer froidement que les propositions d'aide et de soutien financier ne cessaient d'affluer à la rédaction du journal.

Peu après 16 heures, Peter von Losskow pénétra dans le hall de l'hôtel « Vier Jahreszeiten ». En guise de signe de reconnaissance, il avait annoncé qu'il porterait un pantalon brun clair, un blazer en poil de chameau foncé, et sur le revers gauche de la veste, un badge représentant une voile déployée en émail blanc et bleu.

A peine fut-il entré dans le hall que trois personnes, un homme et deux femmes, se levèrent en chœur pour aller à sa rencontre. Surpris, ils commencèrent par se dévisager mutuellement, tandis que Peter von Losskow, souriant, leur tendait les deux mains.

— Eh oui ! C'est bien moi ! Je suis très heureux que vous soyez venus. Vous êtes exactement tels que je me l'étais imaginé.

Héléna Sydgriff était une grande fille blonde à l'allure sportive ; elle devait avoir une tenue excellente sur un court de tennis. L'œil critique, elle tendit la main à Losskow. Sûre d'elle, directe, probablement ennemie de tout compromis... Voilà ce qu'exprimait sa poignée de main ferme.

Elle avait décidé de participer à l'expédition... On peut très bien exprimer cette décision d'une simple poignée de main.

Lucrézia Panarotti ne lui ressemblait pas du tout. Elle semblait flotter à quelques centimètres du sol, sur des talons incroyablement hauts, les plus hauts que Losskow eût jamais vus. Elle avait de longues jambes, fines, très sexy, des hanches minces, un corps souple et une poitrine avantageuse qui tendait sa robe et ne la rendait que plus charmante. Une mèche de cheveux noirs voltigeait autour de sa tête, indocile, comme seuls savent le faire les coiffeurs ayant pignon sur rue. D'un geste spontané, elle entoura Peter von Losskow de ses bras pour lui permettre sans doute de faire connaissance avec son délicat parfum exotique et de la regarder jusqu'au fond de ses yeux de braise. Sa bouche s'entrouvrit comme une fleur, mais elle ne l'embrassa pas ; elle se contenta de murmurer, tout près de lui :

— Vous êtes déçu, n'est-ce pas ? Mais vous vous trompez ! Si je ne suis pas capable de réduire en bouillie d'une seule main une pomme de terre crue, comme votre collègue du « Radeau de la Mort » de Traven, en revanche, à la barre ou pour rentrer un spinnaker en un temps record, je vaux bien mon homme !

— Nous verrons cela, Lucrézia, répondit Losskow. Aujourd'hui, nous nous contenterons de faire connaissance. Il se passera encore beaucoup de temps avant que nous ne formions une véritable équipe. Et il y aura encore bien des épreuves à passer, et pas des plus faciles !

— Vous n'imaginez pas à quel point je suis coriace ! s'exclama-t-elle dans un éclat de rire.

Et Losskow ne put s'empêcher de penser à Randler.

Jan Trosky, un gaillard aux épaules larges et aux jambes solides, aux bras légèrement trop longs cependant, portait une toison de cheveux frisés qui lui tombaient jusqu'aux épaules. Losskow se l'était imaginé plus grand, mais la force qui émanait de cet homme ne laissa pas de l'impressionner. Le Tchèque le regarda d'un air critique ; il semblait dans l'expectative. Visiblement il désapprouvait le comportement théâtral de Lucrézia, toute son attitude le trahissait.

— C'est avec empressement que j'ai répondu à votre appel, dit-il d'une voix grave. L'expédition que vous projetez peut devenir un coup de maître. A condition d'emmener des compagnons de route valables.

Une pierre dans le jardin de Lucrézia, mais elle ne réagit point. Avait-elle entendu ou pas ? Héléna au contraire fronça les sourcils et fit la moue.

Losskow eut bien du mal à surmonter les frictions des premiers contacts.

— Avant d'aller au bar pour faire plus ample connaissance, il faut que nous soyons tous d'accord sur un principe fondamental : tous les quatre, nous nous préparons à réaliser un grand rêve !

— Bravo ! fit le Tchèque en lui tapant amicalement sur l'épaule. Je m'appelle Jan Trosky !

— Et moi, Héléna Sydgriff.

— Je suis Lucrézia Panarotti. — La mèche noire entama une sorte de valse échevelée. — Papa m'appelait toujours Luzi. Il est mort l'année dernière.

— Empoisonné ? questionna Trosky.

La petite Italienne le regarda d'un air pétrifié.

— Il s'est tué en montagne pendant une course dans les Abruzzes... Pourquoi, empoisonné ?

— Oh, une idée comme ça. Le nom de Lucrézia à lui seul est tout un programme. Lucrèce Borgia n'y allait pas par quatre chemins, dans ce domaine.

— Très drôle...

— Vous croyez qu'il est nécessaire de donner nos surnoms ? demanda Héléna Sydgriff sans cacher son agressivité. Bon, votre diminutif à vous, c'est Luzi. Moi, mon père m'appelle Blondie... Et vous, Trosky ?

— Oh moi, je n'ai pas de petit nom tendre à vous offrir. Mon père n'avait pas un brin d'humour, ce qui n'a rien d'étonnant vu qu'il était le gardien-chef du bassin de dépôt. On m'appelait... Trou de balle...

Losskow lui envoya un clin d'œil auquel Jan Trosky ne répondit pas. En fait, le Tchèque ne blaguait pas, mais Peter von Losskow venait seulement de s'en rendre compte.

— Blondie, Luzi et Trou de balle... dit Lucrézia en jouant des hanches. Et notre futur seigneur et maître ? Il est le seul à se taire.

— On m'appelle Peer au lieu de Peter. — Losskow haussa les épaules comme s'il regrettait de les décevoir. — Mon père avait un faible pour les pays nordiques. Après maintes recherches, il finit par découvrir que les Losskow étaient apparentés à un roi normand. Losokau... ou quelque chose d'approchant. Cela remonte à la nuit des temps.

— Voilà d'où vous est venu votre rêve de Viking, commenta Trosky en riant. Faire le tour du monde sur un voilier ! Je vois déjà que nous sommes faits pour nous entendre !

— Ne nous emballons pas ! — Héléna Sydgriff rejeta de son front une mèche rebelle. — Jusqu'à présent, nous ne savons qu'une chose, c'est que, tous les quatre, nous sommes prêts à tenter cette aventure. Reste à savoir si nous en sommes capables, et si nous serons de quelque efficacité...

Ils quittèrent le hall d'entrée de l'hôtel en direction du bar, s'installèrent autour d'une table ronde réservée à leur intention dans un coin tranquille, et laissèrent à Peter von Losskow le soin de choisir la boisson initiatrice.

— Champagne ? proposa-t-il.

— En plein après-midi ? — Les muscles de Jan Trosky se contractèrent brusquement. — Je préférerais un whisky, pour ma part. Est-ce permis ? Chez nous, derrière le fameux rideau de fer, le whisky est une denrée rare.

Losskow passa la commande. Ce Trosky est un individualiste, se dit-il. Exactement le contraire d'un coéquipier. Il a la tête dure, ce qui peut s'avérer très utile quand nous serons confrontés à l'ennemi numéro 1... l'Océan !

— Dès le début, je m'en voudrais de vous bercer d'illusions avec de belles paroles, dit alors le grand chef. Car notre projet n'a rien de « beau ». Cette expédition tournera peut-être au supplice, à une lutte sans fin contre l'eau et la tourmente, contre le soleil et le froid, contre la solitude et les agressions de toutes sortes, contre des nerfs à vif et une peur paralysante ! Saurons-nous résister à tout cela ? Je n'en sais rien.

— Il n'y a qu'un moyen de le savoir... partir ! répondit Héléna Sydgriff avec un sens des réalités prometteur. Jusqu'à quel point un être humain est-il capable de supporter les coups durs, sur le plan physique et psychique ?

— Et si par hasard, il nous vient l'envie de nous bouffer réciproquement ? demanda Trosky.

Lucrézia éclata d'un rire grêle, mais Losskow savait que ce n'était pas une plaisanterie.

— C'est une hypothèse à ne pas négliger. — Héléna entoura de ses doigts fuselés sa flûte à champagne. — Si nous en arrivons à cette extrémité, nous saurons tout de suite que nous avons perdu. Les expériences humaines cachent une foule de sources de dangers inconnus et imprévisibles, c'est ce qui fait leur intérêt...

Le regard de Losskow s'attarda sur le visage de la jeune Suédoise. Cette fille lui faisait une bonne impression, et il savait pouvoir faire confiance à ses sentiments. Elle viendra sûrement, se dit-il avec satisfaction. Je lui réserverai de toute façon une place sur mon voilier.

Le soir, Dieter Randler fit son apparition, malgré le veto rigoureux de Losskow.

— Si tu viens, je t'étripe ! lui avait-il dit en manière d'avertissement. Tu feras la connaissance du trio si moi, je suis d'accord !

Mais un bon journaliste ne se laisse pas influencer par des propos de ce genre. C'est ainsi que Randler s'approcha de la table occupée par les quatre jeunes gens au moment précis où ils terminaient le repas, au restaurant du « Vier Jahreszeiten ». Ils venaient de manger le dessert. Une mousse aux framboises fraîches.

Randler réussit parfaitement son effet de surprise. Il appela Héléna, Lucrézia et Jan par leur prénom, se présenta comme le meilleur ami de Peter et « représentant en dons lucratifs », et fit des plaisanteries absurdes, du genre « A quoi reconnaît-on un marin ? Si on lui donne un soc, il s'en sert pour labourer la mer !... Et comme les quatre convives se contentaient d'un simple sourire de politesse, il s'assit à leur table sans attendre d'en être prié.

La soirée s'acheva assez rapidement. Jan, Héléna et Lucrézia avouèrent qu'ils étaient fatigués, et se levèrent pour regagner leur chambre respective. Losskow leur avait proposé de les retrouver tous les trois le lendemain vers onze heures dans le hall de l'hôtel, ce qui fut approuvé à l'unanimité. Il referma sur eux les portes de l'ascenseur, et avant d'être emportée dans les airs, Lucrézia lui envoya un petit baiser du bout des doigts.

— Quelle sacrée bonne femme ! s'exclama Randler au comble de l'enthousiasme. Fais gaffe à ne pas utiliser des planches de bois trop sec pour ton bateau. Prends plutôt de l'acier ! Il suffira qu'elle y pose ses petites fesses rondes pour qu'il s'enflamme !

— Je suis bien trop fatigué pour t'allonger un direct du droit ! répliqua Losskow avec flegme.

Ils quittèrent ensemble l'hôtel des « Quatre Saisons » et tandis que Losskow montait dans sa petite voiture, Randler héla un taxi. Losskow rentra directement chez lui, mais le journaliste pria le chauffeur de faire le tour de l'immeuble et de le déposer devant l'entrée de l'hôtel. Il alla droit à la cabine téléphonique et appela Jan Trosky.

— Ici Randler. Vous n'êtes pas encore couché, Jan ?

— Non. Que se passe-t-il ?

— Etes-vous déshabillé ?

— Je n'ai ôté que mes chaussures, parce qu'elles sont neuves et me brûlent les pieds.

— Descendez alors ! Je vous invite, vous ne le regretterez pas. Savez-vous ce que c'est qu'un « triangle » ? Je vais vous emmener à travers le quartier Saint-Paul, et vous serez tout de suite fixé. *Live,* sur les planches !

— Je vous rejoins dans cinq minutes ! répondit Trosky sans l'ombre d'une hésitation. Le temps de réenfiler ces maudites godasses...

Ce qui se passa cette nuit-là dans le quartier Saint-Paul fut inscrit au procès-verbal du fameux commissariat de police appelé « poste de David », mais le rapport manquait de clarté. Et il n'y avait pas de quoi remuer ciel et terre. Mise à part peut-être cette phrase que l'agent de service avait tapée à la machine, non sans une certaine considération : « Le plaignant déclare avoir été attaqué par trois proxénètes et victime de voies de fait. Les trois proxénètes ont été transportés en ambulance à l'hôpital du port. La victime est indemne. »

Jan Trosky fut autorisé à quitter le poste de David au bout d'une heure. On lui serra même la main, ce qui ne laissa pas de le surprendre.

Mais l'affaire n'en resta pas là. Le lendemain matin, la police téléphona à Peter von Losskow, pour complément d'information uniquement. Elle voulait savoir si un certain Jan Trosky, d'origine tchèque, faisait bien partie de l'équipe de recherche dirigée par Monsieur von Losskow.

— C'est exact, répondit Losskow. Nous nous sommes rencontrés hier pour faire connaissance et projetons une expédition à la voile sur les océans. Pourquoi ? Il s'est passé quelque chose ?

— Rien de grave, Monsieur von Losskow. — L'agent se montra très discret. Les aventures qui avaient Saint-Paul pour cadre touchaient toujours aux sphères intimes. —

Nous voulions seulement que vous nous confirmiez ce détail.

— Pourquoi ? insista Losskow. Est-ce que Trosky est chez vous par hasard? Est-ce que ses papiers ne sont pas en règle ? Comment se fait-il que vous vous intéressiez à lui ? Je vous en prie, ne prenez pas mes questions en mauvaise part, mais si nous travaillons en équipe, j'ai besoin de tout savoir.

— Monsieur Trosky pourra certainement tout vous raconter mieux que moi ! répondit le policier avec réserve. Vous savez que nous sommes du poste de David...

L'énoncé de ce simple mot déclencha chez Losskow un signal d'alarme. Il remercia poliment, raccrocha et composa aussitôt le numéro de la rédaction. Il fallut commencer par fouiller la maison pour retrouver Dieter Randler, mais Losskow finit par entendre sa voix. Une voix plutôt fatiguée.

— Que s'est-il passé cette nuit ? demanda Losskow à brûle-pourpoint. Allez, vas-y, accouche !

— Tu es déjà au courant ?

— Je viens de recevoir un appel téléphonique de la police. Du poste de David. Hier soir, tu es retourné chez Trosky et tu l'as emmené à Saint-Paul.

— C'est aussi la police qui a dit cela ?

— Ne tourne donc pas autour du pot ! Parle, à la fin !

— Ce Jan Trosky, c'est un type terrible, Peter ! Ah mon vieux ! Si tu avais vu son direct du droit ! Nous sortions d'une boutique genre sex-shop, dans l'arrière-cour. Formidable, les clients peuvent participer... Nous sortons donc de la boutique, Jan avec une petite au bras, et voilà qu'un gars nous bouscule dans la cour, un vrai gommeux avec une petite moustache. Il donne une gifle à Jan et réclame un *precius doloris,* tu te rends compte, en prétendant que Jan lui a enfoncé les côtes. Et pendant que tous les deux, nous le regardions d'un air stupide, deux autres sont arrivés, tout à fait du même genre, en ricanant comme deux singes. Ils nous entourent et déclarent : « Nous sommes témoins, nous avons tout vu ! Ce type-là a attaqué Bruno ! »

» Je m'apprête à répliquer, à leur dire : « Eh, les gars, un peu de calme. Je suis de la presse, moi ! Nous avons conclu un traité de paix, vous et nous... », mais Bruno donne un nouveau coup de poing à notre Jan en hurlant : « Eh, il vient de me flanquer un coup de pied, le salaud ! »... bref, la situation devenait impossible, car la pute s'accrochait au bras de Jan et elle tremblait de tout son corps. Et voilà que notre Jan entre dans la danse, et quelle forme, bon Dieu ! Si tu avais vu ça ! Tu peux me croire, c'était un vrai plaisir de le voir cogner. Il commence par coller la fille contre le mur, et entreprend de frapper la gueule du Bruno à coups de maillet. Le Bruno, il fait des yeux tout ronds, et sans demander son reste, il s'écroule sur le sol. Les deux autres se jettent sur Jan, mais lui, il les voit venir. Il se concentre, se courbe légèrement et d'une superbe prise de judo, il envoie le premier par-dessus son épaule et l'autre roule sur le pavé. Quant au second, il fonce sur lui, tête première, et lui défonce l'estomac. Puis deux crochets au menton. Entre-temps Bruno a réussi à se remettre sur pieds, et il reçoit une nouvelle charge, deux crochets envoyés des deux poings ! Il tourne sur lui comme une toupie et s'affale, le front contre le mur. Le sang coule. On les emporte tous les trois à l'hosto et comme un brave citoyen, Jan va raconter l'incident au poste de David. Voilà. Quel type sensationnel, ce Trosky ! Peter, c'est exactement l'homme qu'il te faut !

— Et toi, à partir de tout de suite, tu es exactement l'homme qui n'a plus à reparaître devant mes yeux, compris ? Sinon je te passe par la fenêtre ! Tiens-le toi pour dit !

— L'ingratitude est la récompense des meilleurs amis ! dit Randler en étouffant un bâillement, car il avait dormi deux petites heures seulement. — Tu as rendez-vous avec Jan à onze heures ?

— Oui.

— Ne va pas l'embêter avec ça ! Il ne pouvait rien faire d'autre. Sale nuit pour lui. Il n'a même pas réussi à se payer un petit air de valse sur son matelas, le pauvre !

A l'opposé de Randler qui, une fois arrivé à la rédaction, s'étendit sur un canapé et ronfla comme un bienheureux pendant trois heures, Trosky arriva au rendez-vous de onze heures frais et dispos. Au moment où il sortait de l'ascenseur, Héléna Sydgriff sortait de la cabine voisine. Lucrézia bien entendu était en retard, ce qui ne surprit nullement Losskow. Lorsqu'il lui téléphona du hall de l'hôtel pour la prévenir que tout le monde l'attendait, elle minauda :

— Quelques petites minutes encore, Peer, s'il vous plaît ! Je termine mon brushing.

Losskow examina attentivement Jan Trosky qui ne paraissait pas se ressentir le moins du monde de ses aventures nocturnes; il décida de ne lui poser aucune question. Du reste, dès qu'Héléna s'éloigna pour acheter un journal au kiosque le plus proche, Jan en profita pour murmurer à l'oreille de son futur patron :

— On m'a joué un sale tour cette nuit, Peer ! Le quartier Saint-Paul, vous connaissez ? En tant qu'originaire de la zone Est, il faut bien que j'étudie l'Ouest décadent dans ses manifestations les plus typiques ! Chez nous, il n'y a pas de quartier Saint-Paul. On ne connaît pas ça ! Qu'est-ce qu'il ne faut pas s'envoyer comme spectacle... Bon, vous êtes au courant, vous ! Et il y a eu du grabuge.

— Je sais. La police m'a téléphoné chez moi.

— Et maintenant, vous êtes déçu, hein ? Je vous jure que j'étais en état de légitime défense !

— Je vous crois. Oublions cela.

— Merci, dit Trosky avec un sourire soulagé. Si jamais nous formons une équipe, Peer, nous serons comme les deux doigts de la main, bien sûr... Il n'empêche que chacun doit garder son individualité. Jusqu'à présent, il n'a pas été question de l'équipage d'un navire-couvent, ni de faire le tour du monde en méditant, n'est-ce pas ?

— Ce que vous faites à terre, Jan, m'est totalement indifférent, répondit Losskow. Mais à bord, c'est moi le patron !

— Sûr ! — Trosky tendit la main à Peter. — J'ai l'impression que nous nous entendrons très bien.

Lucrézia apparut enfin dans l'embrasure de l'ascenseur. Elle fit une fois de plus une entrée théâtrale, avec une robe très serrée de couleur jaune, sur laquelle ses cheveux noirs tombaient comme un voile. Elle ne passait pas inaperçue, et si on avait l'imprudence de la regarder, on ne pouvait plus en détacher les yeux.

— Par où allons-nous commencer ? demanda Trosky après le retour d'Héléna et de son journal. — Vous pouvez nous poser mille questions, Peer, ne vous gênez pas. Nous ne nous connaissons pas du tout encore. Vous croyez que nous sommes faits pour nous entendre, tous les quatre ? Si nous vous avons déçu, si nous ne correspondons pas à l'idée que vous vous étiez faite de nous d'après nos lettres, dites-le simplement ! Plus tard, quand nous serons au milieu de l'océan, il sera trop tard. Il ne nous restera plus qu'une solution : passer le gêneur par-dessus bord !

— Nous avons tout notre temps pour faire connaissance ! — Losskow sortit un dossier épais de son attaché-case. — Les préparatifs dureront sûrement jusqu'à la fin de l'année. D'après mes calculs, nous pourrons lever l'ancre en février. La première question qui me vient à l'esprit est donc la suivante : Etes-vous libres de votre temps ? Il faut que nous restions ensemble pendant ces quelques mois, et que nous nous entraînions... — Son regard s'attarda sur les deux jeunes filles. — Même si vous le savez déjà je le répète : il ne s'agit pas d'une excursion, ni d'une croisière. Il est même possible que l'affaire se termine en drame...

— Je suis libre ! déclara Héléna Sydgriff avec le sang-froid qui paraissait caractériser sa nature. — Mon père m'a traitée de folle, mais il est prêt à investir vingt mille marks dans l'aventure... Il possède une fabrique de serrures et de ferronneries.

— Moi, je n'ai pas d'argent ! déclara Lucrézia avec une petite moue d'enfant. Mais je peux interrompre mes études n'importe quand ! Je peux même rester ici tout de suite, sans retourner chez moi. J'ai déjà apporté tout ce dont j'avais besoin. Sept valises !

— Vous pouvez en jeter six et demie dès maintenant, Luzi ! Il n'y a pas de vie mondaine au cap Horn ! — Trosky se renversa sur le dossier de son fauteuil et fit subir un dangereux numéro d'équilibre sur le plat de la main à son verre de whisky, car si les autres se contentaient de jus de fruits, il restait logique avec lui-même et ne voyait pas pourquoi il se serait privé de son scotch habituel. — Bien. A moi maintenant. Je peux me faire mettre en congé à tout moment. Bien entendu, avant de vous écrire, Peer, j'ai parlé de mon projet au directeur de l'institut où je travaille. J'étais boursier, vous comprenez, c'est l'Etat qui a payé mes études... Je me demande bien où mon père aurait pu trouver l'argent nécessaire ! J'ai donc des obligations envers l'Etat, et c'est l'Etat qui décide pour moi. Mais j'ai un ange gardien, le professeur Karel Nowrecky. Et il m'a donné carte blanche. Je pourrais donc revenir à Hambourg dans deux semaines... si vous voulez bien de moi, Peer !

— Nous allons tenter l'aventure ensemble ! — Losskow jeta un coup d'œil sur Héléna Sydgriff, et elle lui rendit son regard, un regard froid, intéressé, expectatif, comme si elle se préparait à donner un diagnostic. — D'ici la fin de l'année, chacun de vous sera libre de se rétracter. D'accord ? Bon, commençons par l'essentiel : nous allons chercher un appartement où vous, Luzi et Blondie, ainsi que Jan, vous pourrez habiter.

Losskow ouvrit un de ses dossiers. Il contenait la liste des donateurs qui s'étaient fait connaître jusqu'à ce jour.

— Le loyer et les frais courants seront réglés par les lecteurs du journal. Tel que je le connais, Randler ne s'en tiendra pas là. Il va continuer à faire sonner la fanfare. Mais je vous le dis tout de suite : le champagne et le whisky resteront à votre charge ! Ainsi que les parfums, Luzi ! Les dons en argent en provenance des lecteurs sont affectés uniquement à un train de vie moyen. Demain nous irons visiter une fabrique de conserves de viande qui m'a proposé de la viande séchée d'après un procédé tout à fait nouveau. — Il releva les yeux et observa un instant les visages tendus, tournés vers lui. Tous ils pressentaient que la grande aventure avait déjà commencé. — Que chacun de vous dresse la liste du matériel technique qu'il apporte pour ses recherches, j'en ai besoin assez rapidement pour des questions de poids.

— Un grand sac contenant des médicaments et quelques instruments chirurgicaux de première urgence, c'est tout, répondit Héléna Sydgriff, l'étudiante en médecine. Je n'ai besoin de rien d'autre. C'est vous qui serez les objets de mes recherches.

Trosky se mit à rire.

— Eh bien ! Ça promet !

Ils se retrouvèrent à Hambourg deux semaines plus tard. Cette fois, pour y rester définitivement. Losskow entretemps avait trouvé et loué un appartement de quatre pièces, cuisine, vestibule, salle de bains et balcon avec vue sur l'Elbe. Dans un quartier résidentiel. Les villas des grosses fortunes de la région se nichaient au milieu de parcs luxuriants, oasis de calme loin des rumeurs de la grande ville. Losskow avait trouvé cet appartement avec l'aide de Randler, une fois de plus — ces journalistes, ils ont l'oreille et les mains partout ! —, dans une maison ancienne qui devait être rasée l'année suivante, pour être remplacée par deux immeubles élégants, à deux étages seulement et divisés en quatre appartements qui furent d'ailleurs achetés en un tournemain. Jusqu'à la date prévue pour le début des travaux, la vieille maison était libre. Elle était encore parfaitement habitable ; seules les peintures et les tapisseries attestaient que personne n'y avait plus investi d'argent depuis belle lurette.

Luzi fit le tour de l'appartement, et jeta partout un œil critique.

— Combien de temps allons-nous vivre ici ? Jusqu'en février prochain ? Attendez-vous à une petite surprise !

Pour une surprise, ce fut une surprise en effet ! Lucrézia acheta du papier peint et de la colle ; elle loua une table de tapissier, un rouleau et une grille ; elle apporta des pots de peinture, des seaux et des pinceaux, et fit des mélanges à n'en plus finir. Puis elle grimpa sur l'escabeau, arracha les anciens papiers, et armée d'une spatule et d'une truelle, elle commença par aplanir les inégalités du mur ; puis elle posa ses rouleaux flambant neufs.

Jan Trosky fut bien obligé de l'aider. Pour la première fois de sa vie, il tapissa les murs, en ayant bien soin de faire correspondre les raccords. Il essuya quelques échecs, son papier faisait parfois des plis, parfois des bulles, et chaque fois Lucrézia disait d'une voix douce :

— Comme tu es maladroit, Jan ! Tu es capable de prévoir les variations climatiques du pôle Nord au pôle Sud, mais incapable de poser correctement un rouleau de papier sur un mur !

Au bout d'une semaine, l'appartement vieillot ressemblait à un coffret à bijoux. Les trois locataires donnèrent une réception pour pendre la crémaillère. Comme le mobilier était réduit à sa plus simple expression, tout le monde s'assit par terre ; on but un cocktail préparé par Héléna et on mangea du chachlik dont Jan Trosky avait le secret. Lucrézia était très fière. Losskow lui avait fait mille compliments, puis après lui avoir donné un baiser, il dit :

— Sincèrement, je ne m'attendais pas à cela !

Derrière une façade séductrice, Lucrézia cachait une énergie indomptable. Randler, qui ne se privait pas pour distribuer à toute occasion ses commentaires, déclara :

— Ce sont les plus dangereuses, Peter ! Tu t'imagines avoir devant toi une petite poupée fragile... et brusquement ta figurine de porcelaine se révèle dure comme le granit !

Les préparatifs battaient leur plein. Une fois par semaine, Randler remplissait quelques colonnes de son journal avec « les dernières nouvelles de la Terre de Feu », une rubrique qui avait déjà acquis droit de cité. Elle ne présentait qu'un défaut. Comme Randler publiait également des photos pour illustrer son texte — ce qui était tout à fait normal —, Peter s'entraînant à la rame, Trosky occupé à filtrer l'eau de mer pour la rendre potable, Lucrézia et Héléna en train d'ariser les voiles, le nombre des lecteurs ne faisait qu'augmenter. Ils manifestèrent un tel intérêt pour l'expédition et ses membres que Lucrézia et Héléna reçurent quarante-quatre demandes en mariage, d'authentiques demandes en mariage, et non des plaisanteries. Ainsi par exemple, trois veufs riches comme Crésus briguèrent leurs faveurs. Même Trosky, de son côté, reçut neuf propositions. « Vous avez de ces muscles ! lui écrivit une femme de Neumünster. Et quelle force dans les cuisses ! Il faut absolument que nous fassions connaissance. J'ai hérité une quincaillerie en gros, une véritable mine d'or ! Nous pourrions vivre ensemble où vous voulez ! Pourquoi pas à la Terre de Feu, après tout... »

Il suffit de quelques jours pour que les futurs navigateurs se familiarisent les uns avec les autres, au point qu'ils eurent bientôt l'impression d'être de vieux amis. Bien vite, ils se tutoyèrent, se dirent des paroles désagréables et oublièrent les règles élémentaires de la courtoisie, comme il est d'usage entre vieux amis. Du reste, la franchise est une des conditions de l'amitié.

Jan Trosky avait fait une conquête galante par la seule magie de son sourire. Une des jeunes filles qui vendaient des saucisses chaudes dans une baraque en bois, sur le Reeperbahn, une fille mince aux yeux immenses. En sortant du cinéma, un soir, il avait acheté une paire de saucisses et souri à la jeune vendeuse, laquelle lui avait rendu son sourire. Rien de plus. Un peu plus tard, vers minuit, la jeune fille baissa les volets de sa baraque et se prépara à rentrer chez elle. Trosky l'attendait, deux maisons plus loin, caché dans l'encoignure d'une porte. Elle le reconnut aussitôt en passant, s'arrêta et lui lança un regard étrange, vide de toute expression.

— Personne ne vient te chercher ? demanda Trosky.

— Non, répondit-elle d'une petite voix enfantine.

— Personne ne t'attend ?

— Non.

— Tes parents ?

— Ils sont à Apensen.

— Où est-ce, Apensen ?

— A l'ouest de Buxhéhude.

— Ah bon ! Je m'appelle Jan.

— Et moi, Anita.

— Tu loges ici toute seule ?

— Oui. Dans une chambre meublée.

Il s'approcha d'elle et la prit par la taille. Tout son corps se mit à trembler, mais elle ne fit pas un geste de défense.

— Tu as peur ? demanda Jan.

— Non. Mais je tombe de fatigue. Il y a plus de dix heures que je suis debout dans la baraque.

— Quoi ? Dix heures ? Sans interruption ?

— C'est vrai, je t'assure ! Je ne veux pas devenir une putain. Bien sûr, j'en gagnerais, du fric ! Mais je ne veux pas. Et toi ?

— Moi ? Je m'occupe du temps qu'il fait.

— Allons donc ! Ne dis pas de bêtises !

— Je te le jure, Anita !

Elle le regarda encore de ses étranges yeux vides, puis finit par lui sourire.

— Ne viens pas me dire que tu fais partie de ces types qui prévoient le temps et qui se trompent toujours ?

— Oui, quelque chose comme ça.

— C'est trop drôle ! — Elle lui serra le bras. — Alors quel temps fera-t-il demain ?

— Du soleil. Un temps magnifique comme au paradis. C'est normal, puisque toi et moi, nous venons de nous rencontrer !

Ils partirent la main dans la main, comme si de tout temps il avait l'habitude de venir la chercher à la fin de sa journée de travail, et traversèrent la ville endormie, à la rencontre de l'aube.

La chambre meublée de cette petite Anita d'Apensen était propre et en ordre ; elle abritait un bon lit et la jeune fille avait de grandes réserves de tendresse à dépenser.

— Elle se drogue, révéla Trosky un peu plus tard, lorsqu'il parla d'Anita avec Losskow. De la drogue moyenne, des dragées, des pilules, des comprimés. Heureusement elle n'a pas encore eu l'occasion de tâter de l'héroïne. Mais j'arriverai bien à la désintoxiquer.

— Nous ne pouvons pas l'emmener, répliqua Losskow d'une voix cinglante. Que ce soit dit une fois pour toutes. Dis-lui dès maintenant que ça ne durera pas au-delà de février.

— Impossible ! Ça la tuerait !

— Et en février alors, Jan ! Tu es en train de faire une sottise grosse comme toi ! Nous nous sommes tous coupés de nos relations passées, et voilà que toi, tu te lances dans une nouvelle aventure sentimentale !

— Je ne suis pas un moine. J'ai besoin d'une femme.

— Hambourg est remplie d'occasions de ce genre, de filles auxquelles on ne s'attache pas.

— Je ne peux pas m'en passer, comme d'autres ne peuvent pas se passer de leur rasoir. Pour moi, c'est presque une cure de jouvence.

— Et après alors ? Sur le bateau ?

— Je me soulagerai avec l'océan ! — Trosky éclata de rire. — Pour moi, la mer est une femelle ! La mer !

Trosky pouvait bien faire tout ce qu'il voulait pendant ses heures de congé, Héléna n'y voyait aucun inconvénient et ne s'en souciait pas le moins du monde. Tandis que Lucrézia, elle, bouillonnait de fureur.

— Qu'est-ce que c'est au juste, cette Anita ? demanda-t-elle à Losskow. Il passe toutes ses journées de liberté au lit avec elle, n'est-ce pas ? Est-elle vraiment si jolie ?

— Je ne la connais pas.

— Et moi, personne ne me réclame ?

Losskow la regarda d'un air ahuri.

— Qu'est-ce que tu veux dire ?

— Est-ce que je suis une poupée en carton ? Ou bien ai-je, moi aussi, du sang dans les veines ? Penses-y de temps en temps, Peer !

Le soir de ce jour, Peter Losskow aborda le sujet avec Héléna Sydgriff. Jan avait encore rejoint Anita, Lucrézia s'était réfugiée dans un salon de beauté pour se faire faire un masque facial.

— Je m'y attendais, commenta Héléna d'un air pensif. Il y a longtemps que j'ai commencé mon cahier d'observations. Depuis plusieurs jours, je sens que ça fermente ici, par le dessous. Lucrézia souffre de tension intérieure, comme si elle se préparait à tirer sur quelque chose. Elle m'a raconté qu'elle avait un ami à Rome, et qu'elle l'a gardé jusqu'au jour de son départ. Il s'appelle Angélino. Elle en parle très ouvertement, sans aucune réserve. Ils se voyaient trois fois par semaine... Et brusquement voilà qu'elle se retrouve toute seule. Une boule de feu comme Lucrézia ! Sur le plan médical, c'est un vrai problème. Elle m'a confié un jour qu'elle se sentait prête à bondir sur le premier homme venu. Qu'il soit mince ou obèse, petit ou grand, droit ou tordu, pourvu que ce soit un homme... ! Je la comprends. Elle appartient à la classe hormonale ; pour elle, l'orgasme est une vraie thérapie.

Losskow garda le silence. Il regarda Héléna d'un air embarrassé, mais heureux malgré tout qu'elle puisse parler ouvertement de ces choses avec lui, sans honte et sans complexe.

— Peut-elle devenir une source de danger pour notre entreprise ? demanda-t-il.

— J'espère que l'eau la calmera. Elle n'en manquera pas !

— Ou bien est-ce qu'il ne serait pas préférable que je la renvoie à Rome ?

— C'est à toi de décider, c'est toi le patron. — Elle fixa sur lui le regard apaisant de ses yeux clairs. — Chacun de nous est un problème, Peer. Aucun d'entre nous ne sait comment il réagira, et comment les autres réagiront, lorsque nous serons confrontés à l'infini et au vide. Jan peut se révéler résistant comme un roc, et toi, mou comme une chiffe. Pense un peu à la manière dont Lucrézia a installé l'appartement. Nous sommes tous capables de réactions insoupçonnables, il suffit de le savoir et de nous y préparer.

— Je suis heureux que tu fasses partie de notre équipe, dit Losskow, et il lui prit la main et la baisa. — J'admire beaucoup la clarté et la précision de ton esprit.

— Pourvu que tu ne te fasses pas d'illusions ! répliqua-t-elle sans faire un geste pour retirer sa main. On peut aussi se brûler avec de la glace !

Enfin le bateau fut livré.

Ce n'était pas encore l'embarcation destinée à Losskow, mais sa jumelle, si l'on peut dire. Elle venait de sortir du chantier et devait être conduite chez son propriétaire la semaine suivante, à Cannes. Losskow avait reçu un appel téléphonique de la fabrique de poudre à laver, et plus précisément du directeur de la publicité, pour l'inviter, lui et son équipe, à venir voir la petite merveille qu'on allait leur offrir. Elle sortait d'un chantier naval de Hollande, et avait été construite d'après les techniques les plus récentes. C'est ce que le constructeur voulait leur expliquer, et en même temps donner à Losskow l'occasion de faire ses premiers essais avec une carcasse nue du même modèle.

De tout ce que Losskow expliqua à ses amis avant leur départ pour la Hollande, un détail surtout souleva l'enthousiasme de Jan : le bateau était insubmersible, et il se redressait de lui-même.

— Autrement dit, nous ne pouvons pas nous noyer ? demanda-t-il. Tu y crois, toi ?

— Nous allons le tester très minutieusement.

— Même avec un vent de force douze, il ne se passera rien ?

— Si. C'est nous qui nous noierons.

— Alors que le bateau, lui, se redressera toujours ?

— C'est cela. Théoriquement, avec un bateau comme celui-là, il est impossible de sombrer... à condition que le fond et les bords tiennent bon ! Toute la carcasse est faite de couches superposées de polyester expansé. Le haut et le bas restent toujours le haut et le bas.

Ils découvrirent l'embarcation dans le petit port du chantier naval hollandais, blanc comme neige, avec une strie rouge tout autour de la coque ; son mât d'acier étincelant au soleil se dressait fièrement vers le ciel et une série de hublots vitrés courait le long du pont, déterminant les dimensions de la cabine commune. Un superbe bateau, en vérité. Losskow prit un air recueilli pour mettre le pied sur la passerelle. Seule Lucrézia ne put cacher une vive déception.

— Mon Dieu ! Mais c'est minuscule !

La première visite domiciliaire du « navire » fut vite faite. Ils montèrent sur la passerelle l'un après l'autre, se plièrent en deux pour passer la porte étroite qui menait dans la cabine ; ils considérèrent les 6 « lits » sans rien dire... Deux à la proue, deux à la poupe, et les deux autres que l'on obtenait après avoir déplié les deux bancs qui se faisaient face et rabaissé la table qui les séparait, pour que l'ensemble forme une surface plane.

Ils demeurèrent immobiles, plantés au milieu de la pièce pompeusement baptisée « salon » par le constructeur, un certain Monsieur von Fleterword, dans le feu de ses explications. Ils se représentèrent en pensée, chacun pour soi, les prouesses qu'ils auraient à réaliser quand ils voudraient préparer un repas dans la minuscule cuisine du bord. L'installation sanitaire comportait même une baignoire carrée, où l'on ne pouvait que s'asseoir, et une cuvette de w.c., mais tout cela était de dimensions tellement réduites que les corps des usagers ne devaient pas dépasser un certain volume.

Losskow ne cacha pas son enthousiasme. A ses yeux, tout était parfait. Il ausculta chaque parcelle de la coque, se fit montrer la cale, relativement grande, les pompes, le cockpit, l'amarrage du mât, le nouveau dispositif de rétractage du mât, l'installation permettant d'ariser rapidement — tous détails essentiels quand on arrive dans une zone de mauvais temps où il s'agit de neutraliser au maximum le voilier et où la moindre minute peut être une question de vie ou de mort.

La visite se termina par un véritable banquet, arrosé de quelques bonnes bouteilles, de toasts ponctués de félicitations, de compliments et de vœux de réussite, un petit discours prononcé par Losskow pour remercier le trust de poudre à laver qui avait permis l'achat de ce cotre magnifique. Puis sous les éclairs des reporters présents, un des membres du conseil d'administration qui participaient aussi à la réception remit à Peter von Losskow un chèque destiné aux installations complémentaires, intérieures et extérieures. Tout le monde remarqua qu'il s'arrangeait pour être placé, sur toutes les photos, juste devant l'affiche publicitaire vantant la dernière-née de ses poudres à laver, une poudre miracle, à tous usages.

Le soir tomba, et le quatuor put enfin se consacrer entièrement au généreux cadeau qu'il venait de recevoir. Losskow, Randler et les trois autres reprirent une fois de plus le chemin du chantier ; ils s'installèrent sur la passerelle, les jambes pendant dans le vide, et contemplèrent leur nouvelle acquisition.

— J'avais bien compris que nous allions embarquer sur

un cotre de petites dimensions, dit soudain Trosky. Mais il n'a jamais été question d'une coque de noix lilliputienne !

— C'est un « friendship 28 », déclara Losskow qui connaissait par cœur les détails de la carte d'identité. Une sorte de dragon. Longueur 8,70 mètres, largeur 2,80 mètres, profondeur 1,60 mètre, et tirant d'eau 3,5 tonnes.

— A entendre ces chiffres, on tire son chapeau ! avoua Randler. Mais quand on met le pied sur ce joujou... Peter ! On ne peut tout de même pas partir à la conquête de l'océan avec ça !

— Qu'est-ce qui t'en empêche ? Un bateau comme celui-là offre sans doute plus de sécurité qu'un monstre de trois cent cinquante mètres de longueur. Je n'ai encore jamais entendu dire que le « Queen Elizabeth » était insubmersible et capable de se redresser tout seul ! Bien entendu, on dansera sur les vagues, mais nous n'offrons pas de prise à l'eau. En fait tout est une question de condition physique, uniquement !

— Il manque le moteur auxiliaire, déclara soudain Trosky.

Losskow le regarda d'un air ahuri.

— Quoi ? Qu'est-ce qui manque ?

— Ce mini-bateau n'est pas équipé d'un moteur auxiliaire. Un petit deux-temps suffirait ! Je me sentirais beaucoup plus rassuré si je l'entendais vibrer sous mes fesses !

— Les Vikings non plus n'avaient pas de moteur auxiliaire, répliqua Losskow d'un air placide.

— Ils n'avaient pas davantage de gouvernail autonome, pas de meubles dépliables dans leur cabine, pas de bouteille de gaz pour faire la cuisine, pas de compas antistatique ! Ils levaient l'index en l'air et filaient !

— C'est exactement ce que je veux ! Nous voulons faire de la voile, et non pétarader ! Avec tous nos dispositifs de sécurité, nous trahissons déjà les Normands, oui, tu as tout à fait raison.

— C'est toi le patron ! dit Trosky. Très bien, d'accord, pas de moteur ! Et si nous en avons vraiment besoin ? Si nous sommes condamnés à périr faute de l'avoir avec nous, que se...

Il ne termina pas sa phrase. Mais Lucrézia était sur le qui-vive, et elle s'en chargea.

— Que se passera-t-il alors ? demanda-t-elle.

— Ce qu'il se passera ? Il me cassera la gueule avant ! répondit Losskow imperturbable. Voyons, réfléchissez un peu ! Si nous économisons le poids du moteur et du carburant, nous pouvons le remplacer par de l'eau fraîche.

Et cela nous sera plus utile si nous tombons sur une zone de calme plat, en plein océan.

— Un moteur auxiliaire exclut forcément toute zone de calme plat, renchérit aussitôt Jan Trosky. Il nous permettra d'en sortir ! Mais, je vous en prie, je n'ai pas l'intention de commencer à contester avant même le départ. De toute façon, nous allons former une nouvelle arche de Noé très particulière, tous les quatre sur ce voilier miniature !

Le lendemain, on leur confia une carcasse brute de leur future embarcation, avec un mât court et une grand-voile de dix mètres carrés à peine. Il soufflait un petit vent sec, une brise assez raide, exactement ce dont avait rêvé Losskow pour tester son voilier.

Les quatre amis, vêtus de cirés jaunes, se retrouvèrent sur la passerelle, avec un ingénieur du chantier naval, le constructeur Willem von Fleterword, et bien entendu Randler. Le bateau nu dansait sur les vagues, comme s'il ignorait les lois de la pesanteur, en tirant sur la corde d'amarrage. Chacun portait son gilet de sauvetage sous le bras.

— Qui m'accompagne ? demanda Losskow.

— Je prendrai le bateau à moteur et resterai à tes côtés, s'empressa de répondre Randler. J'ai des photos à faire, moi !

— J'en suis ! déclara Trosky.

— Et nous ? demanda Héléna Sydgriff.

— Vous prendrez le canot à moteur avec Randler et vous nous observerez de là, pour apprendre *de visu* le fonctionnement du voilier. Si jamais nous avons un pépin, vous aurez l'occasion de venir à notre secours ! Allons, on y va, les gars !

Losskow lança son gilet de sauvetage sur l'épaule et traversa la passerelle jusqu'au pont. En passant devant Héléna, il vit fixé sur lui le regard inquiet des yeux bleus. Elle murmura :

— Ne fais pas de sottises, Peer ! Fais bien attention à toi !

— Tu as peur, Blondie ?

— Oui.

Il hésita un instant, puis leva la main qu'il agita d'un air embarrassé.

— Merci, dit-il. C'est très gentil de ta part.

Tout en tendant la main à Jan Trosky, l'esprit déjà tourné vers la tâche à accomplir, il sentit sa poitrine se gonfler d'un sentiment inconnu, un sentiment de bonheur indescriptible qui lui faisait battre le cœur. Elle s'inquiète pour moi, se dit-il. Il y a un monde entre l'intellectuelle froide pour laquelle elle se fait passer et sa nature profonde. Merci, Héléna, fit-il tout bas. L'univers s'éclaircit d'un nouveau rayon de soleil.

Trosky descendit les quelques marches pour inspecter la cabine, mais il remonta aussitôt.

— Cette cabine vide, sans aucune installation, ça paraît encore plus sinistre ! J'ai l'impression que les parois sont terriblement minces. Jadis les navigateurs avaient l'habitude de cracher leur chique, mais ici, ça ferait tout de suite un trou dans les murs !

— Le polyester expansé est une matière légère, mais aussi résistante que l'acier ! — Losskow se mit à rire. Il ajusta son gilet de sauvetage et le gonfla à l'aide d'une cartouche à air comprimé. — En outre, cette carcasse est faite d'une superposition de couches. Il n'est pas si facile de la percer !

— Les parois renvoient un son vide.

— Ce sont les caissons remplis d'air ! C'est grâce à eux que nous nous redresserons toujours ! Nous allons d'ailleurs en faire l'expérience tout de suite. Tu as la trouille ?

— Est-ce que je serais ici si j'avais la trouille ? riposta Trosky en ricanant. Attends que nous soyons à la Terre de Feu et au cap Horn ! En nous voyant, le Bon Dieu, bien calé dans son fauteuil, applaudira des deux mains !

A son tour, il enfila son gilet gonflable et tira sur la cartouche. Puis il se mit au garde-à-vous et salua d'un air solennel.

— Prêt, Sir ! Faut-il donner le signal d'appareillage ?

Tout en riant, ils dégagèrent la voile et attendirent que la corde de nylon qui retenait le bateau se tendît. Puis ils s'assirent tous deux dans le cockpit, Losskow prit la barre en main et le petit bateau s'éloigna en dansant sur les vagues.

Il aurait suffi pour un profane de participer au remorquage pour se sauver déjà avec épouvante. La carcasse nue du bateau ressemblait à une feuille de papier livrée aux jeux meurtriers de l'eau. Lorsqu'ils débouchèrent en pleine mer, Losskow et Trosky s'assurèrent en s'encordant de sorte qu'une fois leurs mains libérées, ils purent se mettre au travail. Le voilier fut bientôt séparé du canot à moteur qui l'avait pris en remorque, et Trosky ramena la corde. Puis Losskow plaça la grand-voile en plein vent et le bateau bondit en avant, comme s'il avait été catapulté. Ils se rapprochèrent du canot à moteur qui tanguait sur les hautes vagues et plongeait de la proue, et aperçurent l'ingénieur du chantier naval et Dieter Randler debout près de lui ; tous deux devaient se cramponner pour ne pas passer par-dessus bord. Un Dieter Randler au visage blême, mais suffisamment courageux pour protéger de l'humidité son appareil photo avec un sac en plastique. Puis ils entendirent von Fleterword leur crier quelque chose dans un porte-voix. Il était collé au bastingage et se faisait inonder de temps en temps par les vagues. Mais on voyait que cet homme était aussi à l'aise sur l'eau que sur le plancher des vaches.

— Ne vous placez pas complètement sous le vent ! hurlait Fleterword. Le mât n'est maintenu que par une fixation provisoire ! Ramenez la voile ! Le vent est trop fort !

— Je n'ai pas besoin de lui pour le savoir ! grogna Losskow.

Il laissa son embarcation dépasser le canot à moteur et agita gaiement le bras pour en saluer les occupants. Derrière le hublot de la cabine, il reconnut les visages de Lucrézia et d'Héléna. Vous voyez ça, se dit-il. Vous voyez ce qui vous attend ? Et encore, ici ce n'est qu'un jeu en comparaison de ce que nous réservent l'océan et une vraie tempête. Vous aussi, vous serez obligées de vous suspendre à un crochet et vous verrez d'énormes vagues s'élever sous vos yeux et retomber sur vous avec une force démoniaque. Des montagnes d'eau. Je sais ce que c'est, je vous assure que le cœur s'arrête de battre dans la poitrine. Et après les sommets viennent les creux. On s'enfonce, on tombe et on se dit que jamais le gouffre rugissant ne vous rendra à l'air et à la lumière. Jamais ! C'est la fin ! La mer va refermer ses crocs au-dessus de votre tête et vous serez aspirées, avalées. Vous n'existerez plus. Perdues corps et biens. Et puis, voilà que vous refaites surface ; vous chevauchez de nouveau à la cime des vagues écumantes et vous n'y comprenez plus rien. Quoi ? Le ciel est là ? Et l'horizon ? Les nuages foncent dans l'azur et la mer gronde. Quoi ? C'est bien moi qui vois tout ça, qui entends, qui continue à vivre... jusqu'à la prochaine poussée de l'eau, jusqu'au prochain creux mugissant...

— Ramène la voile ! cria Losskow.

Ils se trouvaient déjà à quelques milles de la côte, sur une mer démontée qui s'acharnait contre les parois de polyester du voilier. La cloison qui délimitait la cabine avait été construite pour résister aux tempêtes les plus violentes ; elle ne laissait rien passer, mais la pompe Lenz ne pouvait plus dégager le cockpit ; il se déversait plus d'eau à l'intérieur qu'elle n'en pouvait expulser. Trosky et Losskow en avaient déjà jusqu'aux chevilles. Une lame avait frappé le bateau de plein fouet et transformé les deux hommes en fantômes ruisselants, phosphorescents dans leur vêtement jaune.

Le canot à moteur regagna du terrain. Von Fleterword n'avait pas bougé de son poste d'observation ; il tenait toujours le mégaphone à la bouche et cria à leur adresse :

— C'est de la folie ! Qu'est-ce que vous fabriquez ? Jamais personne n'a fait ce que vous faites là !

— Attends un peu, mon vieux ! tu n'as pas fini d'écarquiller les yeux ! dit Losskow d'une voix rauque. Regarde un peu ce que je fais maintenant ! Les lois n'existent pas au cap Horn !

D'un pas lourd, il rejoignit Jan Trosky qui, après avoir ramené la voile, s'était cramponné au toit de la cabine. Il venait juste d'accrocher le dernier cordage.

— On y va ? hurla-t-il à l'oreille de Trosky.

Celui-ci le considéra d'un air interrogateur.

— Où ça ? répliqua-t-il en criant à son tour.

— On joue aux rouleaux ?

— Ma foi... — Trosky contrôla sa ceinture, ses crochets et son gilet gonflable. — Et si nous restons en dessous ?

— On s'éloigne aussitôt et on refait surface. — Losskow saisit la barre à deux mains. — Prêt ?

— Prêt, Peter !

Losskow fit tourner le gouvernail. L'embarcation qui, jusque-là, fendait les vagues, fit un tour de 90° sur elle-même. Impitoyable, la mer bondit sur ce minuscule butin avec une force effrayante. Sur le canot à moteur, von Fleterword serra contre lui son mégaphone d'un air épouvanté et ouvrit la bouche toute grande. Quant à Dieter Randler, tout d'un coup, il avait le mal de mer ; chaviré par une nausée incoercible, il n'avait plus qu'un désir : mourir le plus rapidement possible. Il émit un long gémissement plaintif et porta la caméra devant son œil. On entendit un cliquetis... Quatre images à la seconde. Les événements dont la mer était le théâtre seraient au moins fixés sur la pellicule dans toutes leurs phases.

La coque de noix fut catapultée vers le haut, pressée de toutes parts par les flots en furie, et elle s'inclina dangereusement contre cette muraille d'eau. Du canot à moteur, on vit Losskow et Trosky valser, uniquement maintenus par leurs crochets et leurs mousquetons ; suspendus à leur cordage de nylon, ils oscillaient comme des poupées de son, mais la minuscule embarcation tint bon ; elle ne chavira pas, elle ne se retourna pas, on ne vit pas la quille pointer à travers les vagues. Elle semblait manœuvrée par une main enchantée qui la redressait toujours au bon moment ; elle dansait à la cime des lames, puis glissait le long de la muraille mouvante jusqu'au fond du creux ; elle tournait sur elle-même, se posait sur le côté, puis escaladait une nouvelle fois la paroi gigantesque ; entre les bras de la mer, elle ressemblait à un simple ballon. A la sixième muraille, le mât se brisa comme un fétu de paille ; une vague le chassa par-dessus le pont, la voile se sépara des cordages, se déplia et se gonfla, puis elle se déchira et tomba en lambeaux avec le reste du mât sur Jan Trosky.

Jan eut juste le temps de rentrer la tête dans les épaules, mais il reçut malgré tout le coup de plein fouet. Merde, se dit-il encore. Il faut s'attendre à cela, c'est vrai. Cette fois, c'est cette saloperie de mât qui m'a défoncé le crâne. Puis il perdit conscience et piqua du nez vers l'avant, maintenu au-dessus de l'eau par la corde, le mousqueton et le crochet. C'est ce qui le sauva du pire. Les cordages de la voile fouettèrent l'air avec une force accrue par la pression du vent ; ils sifflèrent par-dessus sa tête et seulement alors se détachèrent du mât.

Losskow ne pouvait plus contrôler l'embarcation. Il s'agrippa à Trosky, lui releva la tête et vit la plaie béante. Comme toutes les blessures crâniennes, elle saignait abondamment ; on avait l'impression qu'il avait un trou énorme dans le crâne d'où s'échappait tout son sang.

Avec beaucoup de force et beaucoup de chance, ils parvinrent à réamarrer le voilier fou au canot à moteur. Lorsque Losskow arriva enfin à saisir la corde et à s'assurer, dans la cabine Lucrézia tomba sur la banquette et se mit à pleurer tout haut comme une enfant. Héléna Sydgriff se renversa sur le dossier, la tête levée, et de ses deux mains, elle fourragea nerveusement dans ses cheveux.

— La ferme ! s'écria-t-elle avec un manque de courtoisie évident. Arrête tes pleurnicheries, sinon j'éclate !

— Eh bien, pleure aussi, toi ! hurla Lucrézia. Ça soulage, ça libère. Mais tu préfères éclater, toi, hein ?

Elle enfouit son visage dans les coussins de la banquette et continua à pleurer à gros sanglots. Héléna se leva. D'un pas incertain, elle alla jusqu'à l'escalier qui montait sur le pont et vit Randler plié en deux par-dessus le bastingage ; il vomissait ses tripes. Losskow soutenait toujours de ses deux mains la tête de Trosky. Il était impossible de le tirer de sa situation précaire pour le moment et de le prendre à bord.

Il leur fallut deux heures pour rejoindre le môle qui protégeait le petit port du chantier naval, et donc retrouver l'eau calme. On s'empressa de dégager Losskow et Trosky, et Héléna se chargea de panser sommairement la plaie.

Lucrézia se conduisit comme si deux de ses amants revenaient de la guerre ; elle se jeta sur les deux rescapés et les embrassa follement à tour de rôle, comme une hystérique.

Losskow avala un grand verre de schnaps. Etendu sur la banquette de la cabine, il était à bout de forces, mais il eut tout de même encore le courage de se moquer de Randler, écroulé sur un siège, prostré dans une apathie incurable, le teint blême, presque jaune ; ses yeux cernés de rouge semblaient échapper à tout contrôle ; ils allaient de droite à gauche et de gauche à droite sans qu'il fît mine de réagir. Quant à Monsieur von Fleterword, visiblement, il était vexé, bien que le test ait prouvé que son nouveau-né était en effet insubmersible. Mais ce Losskow aussi, quel idiot ! Jamais personne ne se serait conduit comme lui, dans les mêmes circonstances !

— Comme toujours, déclara Losskow d'une voix encore incertaine avant même qu'ils n'aient accosté, les points faibles restent le mât et les cordages ! En cas de nécessité, on ne peut pas les agripper assez vite pour les empêcher de fouetter le bateau avec une force telle qu'ils le pulvériseraient !

— C'est bien la raison pour laquelle nous avons équipé le voilier d'un système permettant de replier le mât en une parcelle de seconde s'il menace de se briser. — Von Fleterword agita ses deux mains dans l'air. — Mais vous n'en aurez jamais besoin ! Je suppose que vous allez naviguer comme un homme raisonnable ! Une chose est certaine en tout cas, vous en avez fait la preuve : votre voilier est insubmersible !

— Même s'il est chargé au maximum ?

— Oui. Ce que vous venez de faire en haute mer, nous l'avons testé aussi dans nos bassins de simulation. Comme le bateau n'offre aucune résistance, il tient bon, quels que soient les chocs. Vous y croyez cette fois ?

— Il y a encore beaucoup à faire, répondit Losskow.

Sur l'autre banc, Trosky releva la tête et laissa échapper quelques jurons tchèques. Il se passa les mains sur le visage et sur le corps, regarda Héléna et Lucrézia avec des yeux encore embués de sommeil, puis il finit par s'asseoir sur son banc.

— Et maintenant, un whisky, s'il vous plaît ? lui suggéra Losskow.

— Comment se fait-il que je sois encore en vie ?

Trosky avait du mal à articuler les mots ; il cligna des yeux, car il voyait Losskow en double exemplaire. La lumière aussi l'aveuglait, symptômes typiques d'une commotion cérébrale assez grave.

— J'ai encore la tête sur les épaules, grogna-t-il. C'est étonnant.

— Peter l'a soutenue pendant près de deux heures, ta tête, lui dit Héléna. Sinon elle aurait sans doute été arrachée du reste de ton corps.

— C'est vrai ? — Trosky regarda Losskow. — Tu m'as redonné la vie, autrement dit ? Faut-il que je t'appelle Papa maintenant ?

Lucrézia éclata d'un rire strident.

— Crétine ! grinça Héléna entre ses dents.

Dans la cabine, le moral était au plus bas. Les nerfs se relâchaient après la tension des dernières heures, laissant libre cours à l'agressivité de chacun. Dans de tels instants, on peut se détester jusqu'à en venir aux mains... et plus tard, lorsque la crise est passée, on ne saurait expliquer cette explosion de haine. Les nerfs ont leurs lois propres, et en réalité, personne n'est responsable de leurs réactions.

— Nous avons encore beaucoup à faire, répéta Losskow. Non pas sur le voilier. Mais sur nous-mêmes. Tels que nous sommes aujourd'hui, nous pouvons naviguer de Majorque à Ibizza, par temps clair et mer d'huile !

— Merci pour le compliment ! grogna Trosky. Il nous faut donc arriver à nous maintenir sur cette coque de noix, droits comme des rocs imprenables, et à pisser contre les vagues ?

Une fois de plus, le rire hystérique de Lucrézia emplit la petite pièce ; puis elle recommença à pleurer à gros sanglots et se mit à frapper Héléna de ses deux poings en entendant celle-ci murmurer entre ses dents « espèce de maguette », à son adresse.

Puis sans un mot, le petit groupe quitta le chantier naval pour rentrer à l'hôtel. Chacun rejoignit sa chambre où il s'enferma à double tour.

Un peu plus tard, Losskow appela Héléna au téléphone.

— Qu'est-ce que tu veux ? répondit-elle sur un ton peu amène.

— Je ne t'en voudrai pas du tout si tu renonces à l'expédition, dit-il.

— Mais moi, je t'en veux de débiter de pareilles sornettes ! riposta-t-elle, et elle raccrocha d'un geste rageur.

Une semaine plus tard, commença une nouvelle phase de la préparation générale : la vie commune sur un canot de sauvetage. Entre-temps, Jan Trosky avait repris du poil de la bête. Son accident n'était plus qu'un mauvais souvenir. De l'avis de tous, il possédait un crâne à toute épreuve.

Les photos prises par Randler et destinées à prouver que le bateau était insubmersible ne furent d'aucune utilité. Il s'y attendait du reste. Elles étaient floues et grisâtres ; on n'y voyait que le ciel ou l'eau. Il n'avait réussi à prendre le voilier que sur deux images, et encore, tout à fait dans un coin. En outre, les photos étaient recouvertes d'un réseau de filaments étranges.

— Quand j'ai pris celle-ci, je me souviens avoir vomi sur l'appareil, déclara le journaliste imperturbable. Pour rien au monde, pas même pour des millions, je ne participerais à cette expédition ! Et quand je pense qu'ils y vont de leur plein gré, eux !

Il rédigea un article dans lequel il laissa libre cours à sa plume tout imprégnée encore de l'atmosphère dramatique de ce premier essai, et fit même représenter deux scènes par un dessinateur. Les lecteurs eurent ainsi l'occasion de s'imaginer qu'un énorme raz de marée avait sorti la mer de son lit, devant la côte hollandaise.

Pour le second essai, on affréta un yacht à moteur à stabilité confirmée, et on remit le cap vers la pleine mer, au nord de l'Helgoland. C'est là que l'on mit à l'eau le petit canot de sauvetage, tout jaune et tout rond, sorte de baignoire flottante équipée d'une tente-abri, d'un pavillon au sommet en pointe, d'un signal de détresse qui oscillait au rythme des vagues, de quelques sacs contenant les provisions et les jerricans d'eau potable, et d'un petit appareil de chauffage électrique.

Ils avaient auparavant discuté de leur mission et de la tâche dévolue à chacun dans leurs moindres détails : une semaine à passer sur ce bateau, dans des conditions de vie extrêmement précaires. Et ils avaient pour consigne d'oublier qu'un yacht à moteur croisait dans les parages, pour les surveiller.

— Nous sommes livrés à la mer, qui nous encercle et nous retient prisonniers ! déclara Losskow. Un point, c'est tout ! La côte la plus proche se trouve quelque part à l'horizon. A cent milles d'ici. Telle est notre situation.

— Ceux qui ont la foi feraient bien d'emporter un manuel de chants liturgiques ! déclara Trosky. Si l'on comprend entre les mots ce que veut dire Peer, nous entrons dans la phase où nous allons nous crêper le chignon ! Vous croyez qu'on peut simuler cette situation, comme des acteurs sur la scène ? Le sentiment, et même la certitude d'être là et d'y rester jusqu'à ce que tu crèves...

— Je le reconnais, admit Peter. Mais au moins nous saurons à quoi nous en tenir sur le comportement de chacun de nous si nous sommes condamnés à vivre ensemble sur une surface restreinte.

Pour commencer, au lieu de se faire amener près du canot de sauvetage par le yacht et de changer tout simplement d'esquif, Losskow plongea dans la mer vêtu de son gilet de sauvetage, et au bout de quelques brasses, il se hissa au câble et disparut dans les entrailles du bateau. Puis il passa la tête par-dessus bord et fit signe aux autres de le suivre.

— Eh ! Une minute ! s'écria Trosky. Tu as trempé mon matelas !

Puis il se laissa glisser dans l'eau calme comme la surface d'un lac et rejoignit à son tour l'îlot flottant à grandes brasses. Losskow l'aida à monter.

— A ces dames à présent ! cria encore Trosky. Oh ! quelle couche voluptueuse nous avons là ! Dès la première caresse, elle épouse la forme du corps ! A vous, mes mignonnes !

Héléna Sydgriff sauta dans l'eau. Bonne nageuse, elle rejoignit aussi le canot en quelques brasses. Losskow et Trosky la hissèrent à l'intérieur. A peine fut-elle arrivée à bon port que Lucrézia plongea à son tour. Avant qu'elle ne fût engloutie par la mer, ses longs cheveux noirs flottèrent comme une bannière... On eut vraiment l'impression qu'une voile la maintenait dans l'air pendant un moment.

— Fameux ! dit Trosky béat d'admiration. A voir une telle nymphe sauter dans l'eau, le dieu Neptune doit en lâcher son trident !

Lucrézia nageait comme un poisson. Elle avançait à vive allure, à la brasse coulée, disparaissant régulièrement entre deux eaux avant d'affleurer à la surface ; n'offrant ainsi qu'un minimum de résistance, elle fendait la mer comme la quille d'un bateau. Arrivée au bord de l'esquif, elle redressa la tête, éclata de rire et tendit ses deux bras. Trosky la remonta et lui plaqua les deux mains sur les fesses.

— Je connais enfin l'aspect extérieur d'Aphrodite ! déclara-t-il. Les poètes anciens n'en avaient aucune idée, eux ! Bon, et maintenant, nous sommes trempés, tous les quatre !

— Et nous nous trouvons entre la baie de Bahia Grande, en Argentine, et les îles Malouines, à trois cent cinquante milles marins de la terre, seuls au milieu de l'océan. Notre voilier a coulé...

— Mais non, il ne peut pas couler ! riposta Trosky en riant. Puisque c'est un poussah lesté !

— La paroi est abîmée ! — Losskow ôta son gilet jaune. — Bon sang, nous ne sommes pas en excursion ! Nous faisons du travail sérieux ! Riez bien, mais ça vous passera vite ! Est-ce que vous avez l'intention de rester trempés comme ça longtemps ? Où sont nos serviettes-éponges et nos peignoirs de bain ? Luzi, déballe le sèche-cheveux ! Qui est-ce qui me frotte le dos ?

— Ça y est, il divague déjà, commenta Trosky.

— Il vous faudra de la patience pour attendre d'être au sec !

Losskow ôta sa chemise. Il portait, suspendu au cou par une chaînette en or, un médaillon à double paroi. Un bijou ancien ciselé de pétales et de rinceaux.

— En outre, reprit-il, attendez-vous à attraper un rhume salé !

— Il a raison ! — Héléna ôta son gilet de sauvetage en vitesse. Elle indiqua du doigt l'horizon, à droite et à gauche.

— Voilà l'Argentine, et là-bas se trouvent les îles Malouines. Et je suis trempée, mais il faut que je continue à vivre !

— Tiens, tiens ! Cette fois, nous formons un cercle de nudistes ! s'exclama Trosky, toujours lui.

— La côte la plus proche est à trois cent cinquante milles d'ici. — Losskow haussa les épaules. — Tu dois bien savoir toi-même si tu peux vivre dans des frusques trempées !

— Moi pas ! s'empressa de déclarer Héléna. Et je n'aime pas davantage tousser. Je vous promets à chacun une bonne grippe carabinée. Quant à moi, je connais le moyen de m'en préserver !

Elle ôta son chemisier trempé, son soutien-gorge, son jean et son slip. Sa nudité ne semblait guère lui donner de complexes ; elle s'agenouilla pour se glisser à l'intérieur de la cabine. Elle avait la peau très blanche, une poitrine ferme et bien formée, des cuisses musclées et de longues jambes galbées. Un duvet de poils blond cendré cachait par endroits sa peau laiteuse.

Trosky la contempla avec des yeux de vache amoureuse ; il avala deux fois sa salive ostensiblement avant de déclarer :

— Bon, eh bien, la Terre de Feu ne peut plus être très loin maintenant !

Puis il desserra la ceinture de son pantalon.

Lucrézia à son tour ôta ses vêtements. Ils s'étaient tous habitués au spectacle de son corps nu aux formes parfaites, et une fois de plus, ils purent contempler un des chefs-d'œuvre de la nature.

Une fois qu'ils furent tous les quatre dans le même état de nudité, toute trace de pruderie et de timidité disparut. Ils avaient surmonté le premier obstacle, sans grande difficulté, comme ils purent le constater très rapidement. Leur communauté s'en trouva métamorphosée ; elle passa insensiblement au stade de la camaraderie, voire de la fraternité dégagée de toute idée d'érotisme et même de sexualité. Ils se contentèrent de voir, sans s'y appesantir, les deux seins ronds et fermes d'Héléna, la taille de guêpe de Lucrézia, les muscles puissants de Trosky, le corps vigoureux de Peter. Blondie grimpa sur le pont ; elle tendit une corde et suspendit les vêtements trempés pour les faire sécher au vent.

Quant à Dieter Randler, il faillit tomber au bas de son fauteuil en voyant de loin Héléna Sydgriff s'agiter sur la coque de noix, dans sa nudité resplendissant au soleil. Appuyé contre le bastingage, il mit ses mains en porte-voix et cria :

— Il y a encore une place libre ? J'arrive !

Héléna lui répondit sans s'émouvoir outre mesure :

— La paix ! Vous n'êtes même pas là ! Nous sommes arrivés devant Bahia Grande !

Randler fit demi-tour sur les talons et se précipita vers le cockpit où il dérangea le capitaine occupé à immortaliser sur une pellicule ce charmant tableau.

— Vous êtes bien un vieux navigateur, n'est-ce pas ? s'écria-t-il sans même s'excuser. Aidez-moi à y voir clair, je vous en prie. Est-ce que l'amour de la mer peut faire perdre l'esprit à une personne saine ?

A l'intérieur du canot de sauvetage, ils se frottèrent mutuellement avec une serviette-éponge. Le contact physique ne produisit en eux aucun effet, même chez Trosky qui n'en perdit pas son calme pour autant. Il massa énergiquement le dos et les hanches de Lucrézia sans que le moindre courant électrique ne vînt chatouiller l'extrémité de ses doigts.

Assise sur l'escalier escamotable, Héléna s'offrait avec volupté à la caresse du soleil. Le linge et les vêtements suspendus sur le fil se balançaient au rythme du vent ; l'embarcation dansait avec indolence sur la mer calme. Accroupi sur le sol, légèrement à l'écart d'Héléna, Losskow faisait l'inventaire des provisions qu'ils avaient emportées pour leur expédition-test, tout en jetant de temps à autre un coup d'œil admiratif sur la beauté blonde et éclatante de la jeune Suédoise.

Tout comme il est d'usage en cas de nécessité, il partagea l'eau et les vivres. Leur embarcation pouvait abriter un équipage de huit personnes, et contenait donc un ravitaillement double.

Puis il tira d'un sac de plastique un petit appareil radio fonctionnant avec des piles rechargeables à l'énergie solaire. Il le lança à Trosky qui venait d'en terminer avec ses massages et se laissait à son tour triturer par les mains souples de Lucrézia, non sans sourire d'un air de béatitude et lancer de temps en temps des « aïe ! » qui ne trompaient personne, lorsqu'elle s'acharnait sur son ventre ou sur sa nuque. C'était un jeu bien innocent, et ils s'amusaient comme des enfants. Un peu plus tard, ils s'assirent en cercle, les uns auprès des autres, posèrent la radio au centre et écoutèrent la transmission en différé d'une opérette : « Une nuit à Venise. »

Losskow leur donna ensuite toutes les explications nécessaires concernant le ravitaillement :

— Deux gobelets d'eau potable par personne et par jour. Et voici de l'extrait d'agrumes en barres, riches en vitamine C.

— Mon Dieu ! s'exclama Trosky. Ces horribles choses visqueuses en provenance de l'Amérique ? Mon père m'a raconté que les G.I's avaient gagné la guerre grâce à ces produits infects ! Chaque soldat devait en transporter dans son paquetage. Des barres d'extraits de fruits, du chocolat au Coca-Cola, du Nescafé et des biscuits.

— C'est tout ce que nous avons ici, nous aussi !

— Alors il ne peut guère nous arriver d'aventures désagréables ! — Trosky se martela la poitrine de ses deux poings comme un gorille. — L'Allemagne de Hitler s'y est heurtée et a péri à cause de ces pilules, poudres et barres ! Et nous, nous allons vaincre l'océan ! Imaginez un peu jusqu'où les Vikings seraient allés s'ils avaient eu à leur bord le ravitaillement de campagne inventé par les Américains !

Ce premier jour fut marqué par des cris, des chants et de la joie.

Il suffit de trois heures à la brise marine pour sécher linge et vêtements. Lucrézia monta sur le pont pour aller les chercher. Là-bas, sur le yacht de surveillance, Dieter Randler accoudé au bastingage se redressa et agita les deux bras comme un dément.

— C'est pas chic, cria-t-il. Venez me chercher ! On ne traite pas ainsi la presse !

Lucrézia lui répondit d'un signe de la main et termina tranquillement sa besogne, puis elle lança son paquet de vêtements à l'intérieur du bateau et disparut à son tour.

Ils passèrent la soirée et la nuit à raconter des histoires et à faire des projets. Il n'était pas facile de s'imaginer que l'on se trouvait à trois cent cinquante milles de la côte la plus proche ! De se dire qu'on était seuls, à quatre, sur une coque de noix abandonnée aux caprices des flots. D'oublier qu'à quelques mètres de soi, un yacht à moteur ne les quittait pas des yeux. Lorsque la nuit commença à tomber, Trosky se pencha vers Losskow et lui murmura à l'oreille :

— Jusqu'ici j'ai réussi à me retenir, il suffit de faire un petit effort. Mais cette fois, je ne peux plus. Même de l'eau et des gâteaux secs, une fois digérés, ça doit s'éliminer !

— Nous sommes seuls sur l'océan.

— Mais... je dois...

— Nous devons tous, à un moment ou à un autre. Les filles aussi.

— Voilà une situation nouvelle, c'est la première fois que cela m'arrive, il faut que je m'y fasse !

— Nous sommes quatre naufragés qui n'avons plus rien à perdre que notre vie ! La pudeur est un luxe qu'il faut balancer en premier par-dessus bord !

— Ah bon... dans ces conditions... dit Trosky à voix haute. Bon, je vais commencer par aller pisser.

Il se glissa à genoux vers l'entrée de la tente, ouvrit la fermeture à glissière et, appuyé contre le rebord caoutchouté du bateau, il urina ostensiblement dans la mer. Lucrézia battit deux ou trois fois des paupières, mais lorsque Trosky revint parmi eux, elle s'éloigna à son tour à l'air libre et s'agrippa à l'une des poignées en cordage.

— Pour vous, ce sera moins facile, dit Trosky gentiment à Héléna. Nous sommes la Couronne de la Création, nous autres, les hommes ! Tout a été pensé pour nous faciliter les tâches pratiques. En revanche, vous, vous aurez le derrière lavé gratuitement et sans effort par la mer. Mais c'est tout un art !

— On aurait moins de mal à te supporter si tu parlais un peu moins, répondit Héléna. De toute façon, nous avons eu largement le temps de comprendre que tu étais un porc.

Elle sortit à son tour de la cabine et alla rejoindre Lucrézia qui contemplait de ses yeux écarquillés la nuit profonde et l'océan gris anthracite. Le yacht à moteur se balançait à près de cent mètres d'eux ; l'îlot flottant s'éloignait progressivement.

— Elle est nerveuse, notre lady ! répliqua Trosky sans

paraître vexé le moins du monde. Même toute nue, elle se drape dans une carapace d'acier !

Durant la seconde journée, l'atmosphère demeura relativement bonne. Ils écoutèrent la radio, suivirent attentivement deux matchs de foot, jouèrent aux cartes. En plus des cartes, leurs bagages contenaient deux jeux de dames, un jeu de « petits chevaux » et un scrabble. Trosky parla de ses voyages sur la mer Rouge et raconta entre autre que, dans les îles Maldives, les jeunes filles devaient suspendre des guirlandes de fleurs autour du cou des garçons... « et pas seulement autour de leur cou », affirma-t-il sous serment.

Puis ils se collèrent les uns contre les autres pour se réchauffer, et s'endormirent.

Le troisième jour vit poindre différentes formes d'agressivité. Imperceptiblement, mais sans relâche, comme une menace sourde. Ce jour-là, Héléna couvrit de notes plusieurs pages de son cahier : « Le regard de Trosky commence à briller d'une lueur fatale. Luzi ressemble à une chatte brûlante. Peter devient d'une humeur de dogue ; il adopte un ton autoritaire et il est toujours le seul à avoir raison. Et moi ? Je me suis surprise à souhaiter ardemment que, durant la nuit, Peter abandonne sa main sur ma poitrine. Il m'arrive parfois aussi d'avoir envie de me blottir tout contre lui. Mais ce ne sont là que des sottises ! Il n'empêche qu'il est intéressant de voir qu'il suffit aux uns et aux autres de deux jours pour laisser tomber le masque. »

Le quatrième jour fut déjà très pénible. Le pire, dans leur situation, c'était l'inactivité. Ils s'ennuyaient. La radio n'arrêtait pas de ronronner, et une fois, Trosky donna un coup de pied dans l'appareil. Et puis, pour comble, la réserve d'eau commença à se révéler un peu juste : il y en avait encore assez pour apaiser la soif, mais pas suffisamment pour la toilette. Dès le troisième jour, la peau se couvrit de minuscules cristaux de sel qui provoquaient des démangeaisons permanentes. Certes ils se baignaient tous les jours ; ils nageaient en rond autour du bateau, et se frottaient le corps pour se débarrasser des résidus de sel ; mais au bout de quelques heures, ils les sentaient de nouveau leur brûler la peau. Les embruns séchés au soleil, d'imperceptibles grains de sel, la poussière de l'eau de mer.

Uniquement vêtus d'un slip, ils passaient tous les quatre leur temps accroupis à même le sol devant l'entrée grande ouverte de la tente et s'ennuyaient. Aucun d'eux n'avait plus rien à raconter, l'inspiration leur faisait défaut à la longue. Ils connaissaient tous les expériences médicales d'Héléna, et la patrie italienne de Lucrézia ; la vie de Losskow n'avait aucun moment extraordinaire à offrir en pâture à des auditeurs oisifs ; quant à Trosky, il méditait en silence sur ses aventures érotiques.

Le cinquième jour, Trosky se révolta contre la nourriture.

— Cette tambouille donne envie de vomir ! cria-t-il.

— Nous voguons vers le sud, riposta Losskow avec sa tête de mule. Il ne reste plus que deux cents milles d'ici la côte !

Ce jour-là, après avoir pris leur bain et fait leurs brasses, ils étaient de nouveau étendus dans le fond de leur nacelle, nus comme des vers. Lucrézia se cacha le ventre d'un linge. Ses yeux lançaient des éclairs.

— Fais gaffe ! dit-elle. J'ai un couteau, moi ! Ce type-là — et elle montra Trosky du doigt — il me reluque comme s'il allait me sauter dessus !

— C'est tout ce qu'elle attend ! hurla Trosky. Jetez-la à la mer, et vous verrez l'eau se mettre à bouillonner autour d'elle, tellement elle est brûlante, cette chatte !

La situation s'aggravait encore du fait de Dieter Randler. Il savait bien à quelle portion congrue les occupants du canot de sauvetage étaient réduits, et il n'avait de cesse que de les affamer davantage encore. A midi et le soir, lorsque son yacht se rapprochait de leur embarcation, il se montrait assis, le dos appuyé contre le bastingage et exposait à leurs yeux exorbités le contenu de son assiette : d'épaisses saucisses fumantes. Ou des œufs au jambon. Ou encore du foie grillé, ou une énorme côtelette. Le cinquième jour, lorsqu'il leva sa fourchette en l'air pour leur présenter un gros jarret de porc, dodu et ruisselant de graisse, Trosky vit rouge.

— Ce gars-là, je vais lui faire son affaire ! hurla-t-il. Je lui arracherai les tripes !

Il sauta à l'eau et nagea en direction du coupable ; mais aussitôt, le yacht fit demi-tour et disparut. Trosky rejoignit les autres et s'enferma dans un silence morne.

— Tout ça, c'est de la merde ! finit-il par hurler à l'adresse de Losskow. Regarde cette putain de mer, plate comme une planche à repasser ! Ça me rend fou ! Quand ça va mal, au moins, ça se passe autrement ! Tout est déchaîné ! Mais maintenant ? Quelle comédie absurde ! Vous me donnez tous envie de vomir !

Au bout de sept jours, le canot de sauvetage rejoignit le yacht, le test était terminé. Aussitôt monté à bord, Trosky se mit à la recherche de Dieter Randler. Mais par mesure de prudence, celui-ci s'était enfermé dans sa cabine et il fit de sérieuses propositions de cessez-le-feu, sous forme d'un gros magnum de whisky.

« La critique de l'expérience », telle que Losskow avait

baptisé la synthèse de leurs observations et des résultats du test, était écrasante. Assis autour de la table, dans le petit salon du yacht, ils baissaient tous la tête, parfaitement conscients de leur échec, et écoutaient avec patience les commentaires de Losskow.

— Et c'est nous, *nous !* qui avons l'intention de faire le tour du monde sur un cotre de 8,70 mètres ? Pauvres bougres que nous sommes !

C'était une simple question de rhétorique.

— Nous avons tout de même réussi à jeter par-dessus bord notre pudeur ! répliqua Trosky d'un air hargneux. Nous nous en sommes bien délestés, non ? Nous saurons donc bien nous libérer aussi du reste. En tout cas, nous avons prouvé une chose, Monsieur ! — Il sauta sur ses jambes et porta la main au front. — Nous sommes prêts à tout !

Losskow esquissa un faible sourire.

Après la crise dont il avait été la victime au cours de cette semaine expérimentale, Jan Trosky disparut pendant deux jours dans les bas-fonds de Hambourg.

Losskow commença à se demander sérieusement s'il ne valait pas mieux en fin de compte le rayer de leur équipe et lui chercher un remplaçant.

— Laisse-le, dit Héléna Sydgriff. Et ne lui demande surtout pas où il s'est caché. Il vaut mieux qu'il se défoule ainsi plutôt que de nous taper sur les nerfs avec ses crises d'hystérie hormonale ! Chacun de nous a son petit grain de folie... toi aussi ! Mais tu sais très bien qu'en cas de coup dur, tu peux compter sur Jan ! Il a des poings, et ses poings n'ont peur de rien. Luzi m'inquiète davantage. Jan peut disparaître, lui ; les hommes ont de la veine avec leur morale à eux ! Mais si une femme réclame le même droit, elle se fait traiter de putain !

— Ah bon ? Sans blague ! — Les yeux de Losskow évitèrent le regard d'Héléna ; il ne se sentait pas sur un terrain très sûr. — Elle t'en a parlé ?

— Pas encore. Mais hier soir elle s'est enivrée. Elle a avalé une bouteille presque entière de grappa. Puis elle est restée étendue sur son lit, quasiment paralysée, et elle discutait avec un Angélino invisible ; manifestement elle faisait l'amour avec lui, du moins en imagination. Elle a tellement transpiré que j'ai été obligée de la laver de la tête aux pieds. Mais elle ne s'en est même pas rendu compte, elle était complètement dans le cirage ! Et elle dort encore, à l'heure actuelle.

— C'est vraiment un problème... Et toi ? demanda Losskow en fixant cette fois Héléna d'un air inquisiteur. Et toi ?

— Quoi, moi ? questionna-t-elle d'un air évasif.

— Nous nous sommes promis de tout nous dire et d'être d'une franchise absolue. Justement en ce qui concerne nos points faibles. Car il faut que nous arrivions à nous dominer. L'Océan soulèvera bien assez de problèmes à lui tout seul ! Plus tard, nous ne pourrons plus nous permettre la moindre folie, sous l'unique prétexte qu'il nous faut sur-le-champ un mâle ou une femelle !

— Ne t'inquiète pas pour moi, répondit Héléna Sydgriff d'un air fermé. Je sais me contrôler !

— Tu as des pilules spéciales ?

— Tu es vraiment un gentil salaud, Peter !

J'en aurais, des choses à te dire pourtant, pensa Losskow. Non, je pourrais te raconter beaucoup plus encore sur mes sentiments, mes rêves, tous les désirs et les souhaits que je traîne partout avec moi. Il y a seulement trois jours, nous étions étendus l'un contre l'autre, comme des enfants candides au paradis. La place nous manquait, et nous réchauffions mutuellement nos corps transis. Mais ensuite, lorsqu'il nous a fallu reprendre la vie normale, ton image est restée gravée en moi, une image qui se métamorphosa très rapidement. Je te vis soudain tout autre : la ligne de ton corps, depuis les épaules jusqu'aux courbures des hanches et des cuisses, tes seins fermes, ton ventre plat. Tes cheveux blonds aussi et ce duvet blanchâtre qui recouvre ta peau, qui la rend douce comme le velours lorsque la main s'y attarde. Et une envie insurmontable, une nostalgie douloureuse m'envahit, dont je ne puis me rendre maître que sous une douche glacée. Je suis resté un quart d'heure sous le jet d'eau froide ce matin ; j'étais gelé, de la tête aux pieds et jusqu'à la moelle des os ; puis je me suis roulé en boule dans mon lit, mais à peine étendu, j'ai senti revenir l'idée fixe : c'est maintenant qu'elle devrait dormir tout contre moi ! Dois-je t'en faire l'aveu ? Maintenant ? Parlons franchement et sans détour de nos problèmes... Comment puis-je te raconter ce qui peuple mes rêves ? Un monde effrayant, un monde merveilleux... Mais je ne peux pas t'en parler.

— A ton avis, il faudrait que j'aille trouver Luzi pour voir ce qu'elle devient ? demanda-t-il avec l'impression qu'il n'était qu'un lâche.

— Si tu tiens le coup... Sa chambre pue l'alcool à plein nez ! Tous ses pores exhalent l'alcool... Si, je t'assure, je n'exagère pas. J'en ai fait moi-même l'expérience une fois. A la fin de ma première année de fac, j'ai passé six semaines en Afrique, en Tanzanie plus précisément, où notre université possédait un institut de recherche sur les maladies tropicales. Au cours d'un safari, nous avons débarqué dans un village où les hommes venaient d'abattre un éléphant la semaine précédente. Toute la population se saoula pendant deux jours consécutifs, puis on découpa l'animal pour faire sécher la viande. Ou plutôt, ils la voulaient mi-séchée mi faisandée. Tout le coin puait la viande avariée. Nous engageâmes dix hommes de ce village pour la suite du safari, et avant de partir, ils se remplirent encore une fois la panse de cette horreur. Tu ne peux pas t'imaginer ce que c'était ! Cette odeur de cadavre nous pénétrait nous aussi ; nous l'avons traînée partout avec nous, pendant des jours et des jours ! Elle s'exhalait de la peau des villageois ! Médicalement parlant, je n'ai jamais compris ce phénomène... Ils auraient pu attraper un empoisonnement terrible, mortel ! Pas du tout. Les dix hommes restèrent en vie, et bien en vie, crois-moi ! Trois jours après, nous, les Européens, nous avions encore dans les narines cette puanteur doucereuse et écœurante ! — Elle jeta un regard vers la porte de la chambre occupée par Lucrézia. — Vas-y si tu veux. Je t'aurai prévenu !

Quelques jours plus tard, Jan Trosky se présenta au petit jour chez Losskow, les bras pendants et les lèvres pincées.

— Me voilà ! dit-il. Je suis allé retrouver Anita. Pendant deux jours, elle n'a même pas pu prendre la pilule, pour la bonne raison qu'elle n'a pas pu sortir du lit ! Cela lui en fera peut-être perdre l'envie, qui sait ? Une fille en or ! Et maintenant, voici mes fesses, vas-y, j'attends ! Cogne !

— Nous repartons demain pour la Hollande ! répondit Peter von Losskow d'un air indifférent. — Au fond de lui, il se disait que Trosky avait bien de la chance. Avec son Anita qu'il ne quitte pas une seconde pendant deux jours et deux nuits. Tout est simple pour lui. Mais moi, je dois me contenter de rêver d'Héléna. — Le chantier a téléphoné ; la coque est presque terminée ; à nous maintenant de fixer les détails de l'équipement intérieur.

— Avec un moteur auxiliaire ?

— Non.

— Tu n'es qu'une bête obstinée. Si nous en avons besoin plus tard, pour nous sortir d'un mauvais pas, je t'embrocherai et je te ferai tourner dans l'eau comme une hélice.

— D'accord. Nous levons l'ancre demain à sept heures.

— Avec les filles ?
— Non. Tout seuls à deux.
— Parfait.
— Pourquoi ?
— J'ai l'impression qu'elles ont envie d'être débarrassées de nous pendant un certain temps. Combien de temps resterons-nous en Hollande ?
— Trois jours peut-être.
— Ça suffit pour se défouler.

Le lendemain matin, ils partirent tous deux pour la Hollande dans la petite voiture de Losskow. Alors qu'ils roulaient déjà sur l'autoroute, assise sur son lit, Lucrézia regardait aller et venir Héléna à travers la porte ouverte de sa chambre. Blondie mettait le couvert du petit déjeuner, comme elle le faisait toujours depuis qu'ils logeaient tous ensemble. En revanche, Luzi n'avait pas sa pareille pour faire le café, tandis que Trosky allait chercher des petits pains tout frais et des croissants à la boulangerie située au coin de la rue. Le petit déjeuner était leur seul luxe... Le déjeuner et le dîner brillaient plutôt par leur médiocrité : il fallait faire des économies !
— Les voilà partis, dit Lucrézia en s'étirant comme une chatte et en rejetant ses couvertures.
Elle dormait toujours nue ; seules ses longues mèches noires lui couvraient la poitrine.
— Il est possible que je m'en aille et que je ne revienne plus... — Elle porta les deux mains à la nuque. — Du moins pas aujourd'hui. Ça dépend de ce que je trouverai. Possible aussi que je l'amène ici. Tu y verrais un inconvénient ? Tu pourras t'installer dans la chambre de Jan si tu ne peux pas supporter le bruit.
— Tu ferais mieux de ne pas revenir du tout ! dit Héléna en remplissant le beurrier. Allez, debout ! Viens faire ton fameux café à la Romaine !
— C'est tout ce que tu trouves à dire ?
— Oui. Pourquoi ?
— J'en ai besoin... Tu m'entends ? Sinon je me boufferai moi-même ! Tu comprends ça, toi ?
— Bien sûr. C'est pourquoi il vaut mieux que tu reviennes quand tu seras saturée. Il ne manque pas d'hôtels bon marché à Hambourg.
— C'est affreux, Blondie, tu ne trouves pas ? Mais je n'y

peux rien. Tu crois qu'il existe des remèdes contre ça ? Des piqûres...

— Des piqûres calmantes seulement. Et des hormones mâles. Mais si tu en prends, tu auras une voix de basse et tu attraperas des poils sur la poitrine.

— C'est pathologique, n'est-ce pas ? Je suis malade, tu ne crois pas ? — Elle sauta à bas du lit et se mit à évoluer toute nue dans la chambre. — Toi, Blondie, tu es un vrai morceau de bois, bigre alors ! Tu ne connais pas ça, hein ? Ce n'est pas un homme qui t'excitera, toi ? Mais tu n'es pas non plus une lesbienne. Alors, qu'est-ce que tu es au juste ? Tu n'éprouves rien, ni sentiments, ni sensations ? Pas de picotements sous la peau ? Au moins est-ce que tu as déjà fait l'amour avec un homme ?

— Bien sûr. Allez, belle nymphe, prépare le café !

— Et alors ? Comment as-tu trouvé ça ? Peut-être que ça n'a pas marché, après tout.

Elle se planta toute droite devant Héléna.

Encore une minute et je lui envoie une gifle bien placée, se dit Héléna, pour qu'elle retrouve ses esprits.

— Habille-toi et fais le café à la fin ! dit-elle sur un ton bourru. Tu poses des questions par trop stupides !

— Encore une, une seule, je t'en prie ! — Lucrézia plongea l'index dans la confiture avant de le sucer. — Est-ce que tu es amoureuse de Peter ?

Héléna laissa tomber la cuiller qu'elle tenait en main. D'un air pensif, elle évita le regard de Luzi et contempla les arbres du jardinet, par la fenêtre. Les branches vertes se balançaient doucement à la brise matinale, les feuilles gorgées de soleil brillaient comme si elles étaient couvertes d'une couche de vernis.

— Oui, répondit-elle d'une voix ferme. Oui, je l'aime. Mais ça ne regarde que moi !

— Et l'andouille, il ne s'en aperçoit pas ?

— C'est sans doute préférable. Pour nous tous. Allez, bon sang, fais ta toilette et prépare le café. Moi, je vais chercher les petits pains.

Les préparatifs de « l'expédition Terre de Feu », comme l'avait baptisée Randler un peu trop à la légère, ne semblaient pas vouloir faire des progrès rapides. Ce n'était pas la faute des mécènes ; et on ne pouvait pas davantage imputer cette lenteur à l'incurie du promoteur de toute l'affaire. Au contraire, Losskow examinait tout dans les moindres détails. Lucrézia installa sur le bateau un petit laboratoire de thalassobiologie ; elle commanda des filets à plancton, des bouteilles bathymétriques en métal résistant aux fortes pressions et équipées d'une soupape qui s'ouvrait automatiquement à différentes profondeurs pour prendre des échantillons d'eau de mer. Trosky avait fait venir ses instruments de Prague ; sur le toit de la cabine, il monta un anémomètre, un baromètre enregistreur ultra-sensible et un autre appareil encore, mystérieux celui-ci.

— Peer, il faut beaucoup de temps pour expliquer ça, dit-il à son compagnon. Et en fin de compte, tu n'auras rien compris encore ! C'est un micro-processeur, programmé avec des informations très précises sur le lieu, le jour, l'heure, la minute. Les moindres variations climatiques y seront enregistrées et comparées aux données types, ce qui permet de suivre les modifications climatiques de la terre. Voilà le but de ce miniordinateur. Et il est très utile, car nous vivons une phase de mutation.

Héléna Sydgriff aussi avait tenu parole. Tout son équipement à elle se réduisait à une seule et unique valise, bourrée de médicaments, de seringues et d'ampoules, de matériel à perfusion et à pansements. Elle leur présenta tous les instruments un par un, une montagne de pinces, pincettes et crochets de toutes tailles et de toutes formes, une montagne d'objets en métal étincelant qui ne manquèrent pas de déconcerter les profanes. Une petite cassette contenait en outre les instruments indispensables aux interventions chirurgicales d'urgence.

— Qu'est-ce que c'est ? demanda Trosky en posant le doigt sur une longue lame d'acier.

— C'est un instrument qui me permet de procéder à n'importe quelle sorte d'amputation. Avec ça, je pourrai couper tout ce qui risque de nous gêner !

— Mon Dieu ! — Trosky fit un pas en arrière et se protégea des deux mains comme d'un bouclier. — Je renonce à participer au voyage ! Cette lady va faire de nous des eunuques ! Et que feras-tu si l'un de nous à des problèmes au cerveau ?

— J'ai aussi ce qu'il faut pour réparer les dégâts, répondit Héléna en refermant sa valise magique. Une fraise et une scie chirurgicales, ainsi qu'un ciseau pour les trépanations. Il suffit ensuite de vider la boîte crânienne avec une cuiller.

— Voilà qui me rassure pleinement ! — Trosky jeta sur Losskow un regard chargé de reproches. — Et tu nous fais faire le tour du monde en dériveur avec ce monstre de femme à bord ?

Randler lui non plus ne restait pas inactif. Afin de tenir ses lecteurs en haleine, et pour éviter que l'expédition ne tombe trop vite dans l'oubli, il publiait toutes les semaines un article sur les préparatifs.

Le bateau était terminé, entièrement construit selon les indications données par Losskow. Il ne restait plus qu'à embarquer les rations alimentaires. C'était un beau voilier, équipé d'un gréement remarquable : la grand-voile mesurait 14,5 mètres carrés de superficie, le grand foc 9,9, le gênois I 27,5 et le gênois II 19,3, et le petit foc 3 mètres carrés. La pièce maîtresse était le spinnaker; par vent arrière, il déployait ses 59 mètres carrés. Par mer normale, toutes voiles dehors, ce dériveur, de la race des dragons, devait filer comme une flèche. Mais même une mer agitée ne devait pas poser de problèmes. Un équipement spécial, ultra-rapide, permettait de serrer les ris en cas de vent dangereux, et le mât démontable évitait toute mauvaise surprise due à un changement violent de temps. Le bateau était vraiment armé pour résister à tout.

Le 14 décembre, deux semaines avant Noël, Losskow et son équipe se firent photographier devant leur petite merveille, dans le chantier; c'était le jour où ils prenaient possession du voilier. Un jour d'hiver ensoleillé, froid et clair. A titre symbolique, deux membres du conseil d'administration de la fabrique de produits de lessive tendirent à Losskow le fanion et une casquette blanche de capitaine, bordée de fils dorés, sur laquelle on pouvait lire « Milord ». On publia cette photo, par hasard, le jour même où fut lancée la campagne de publicité pour le nouveau produit détergent, baptisé lui aussi « Milord ».

Mais ce fut le seul compromis qu'accepta Losskow. Il lui fallut discuter et se battre longtemps pour obtenir que son bateau ne devienne pas un support publicitaire. La presse donna une liste des donateurs et le voilier ne parut qu'en arrière-plan de la publicité pour le Milord, ce qui suffisait amplement à son gré.

— Nous lèverons l'ancre en février! déclara Losskow. D'ici là, vous êtes libres ! Nous nous retrouverons le 25 janvier chez moi. Je suis curieux de savoir qui d'entre vous sera exact au rendez-vous !

— Tu n'as pas confiance en nous ? C'est une insulte ! protesta Trosky en assenant un coup violent sur l'épaule du futur capitaine. Peu m'importe si tu tiens à m'avoir ou si tu préférerais me savoir au diable... Moi, j'y serai !

— Tu n'as pas fini d'écarquiller les yeux ! promit Lucré zia à son tour.

Deux jours plus tard, Trosky et Lucrézia rentrèrent chez eux.

Quant à Héléna Sydgriff, elle ne partit point ; elle resta à Hambourg.

— Je serais désolée que tu passes Noël tout seul, dit-elle à Peter von Losskow. Si tu n'en as pas assez de me voir, je te préparerai un véritable pudding de Noël, comme on les fait chez nous.

— Et ton père ?

— Je lui ai téléphoné. Il comprend, sans comprendre, tout en comprenant, comme la plupart des pères. Il m'a même chargée de t'inviter à venir chez nous. Mais j'ai refusé.

— Pourquoi ?

— Parce que ça crée des obligations, qu'on le veuille ou non, tu ne crois pas ? Et je ne veux pas que tu te sentes lié. J'ai eu tort ?

Question à laquelle il aurait pu donner de nombreuses réponses. La plus simple étant de garder le silence, d'attirer la jeune fille contre soi et de l'embrasser.

Mais Peter hésita. La voix froide d'Héléna, son regard tranquille, rien dans ses yeux bleus, pas la moindre lueur n'aurait pu trahir un désir caché. Avec Héléna, on ne savait jamais si elle prenait au pied de la lettre les paroles qu'elle prononçait ou bien si elle attendait qu'on lui prouve le contraire. Losskow ne la connaissait pas encore assez pour savoir ce qu'elle pensait vraiment et pour connaître la direction de ses sentiments.

— Je regrette, Blondie, mais tu as eu tort, en effet, dit-il d'un air détaché. J'aurais été très heureux de faire la connaissance de ton père. Après tout, c'est moi qui lui enlève sa fille !

Héléna demeura imperturbable ; ni l'expression de sa physionomie, ni son attitude ne changea ; elle demeura assise, jambes repliées, dans le profond fauteuil, sans bouger.

— Comment cela, tu lui enlèves sa fille ?

— L'issue de notre expédition n'est pas garantie ; elle peut aussi finir très mal. Les quelques exercices, très faciles du reste, auxquels nous nous sommes soumis nous l'ont fait clairement comprendre, je pense. On ne peut pas simuler l'entière vérité. Et je crois que ton père est parfaitement conscient du danger auquel tu t'exposes. — Il hésita un bref instant, puis poursuivit courageusement. — D'ailleurs les pères aiment voir leurs filles décider elles-mêmes de l'homme auquel elles veulent appartenir. Qu'en penses-tu ?

Elle sourit et son visage aux traits réguliers mais froids s'adoucit.

— Est-ce une déclaration d'amour, Peer ?

— Diable alors... oui !

— Alors, fais ce qu'il faut faire dans un cas comme celui-ci, et embrasse-moi. Mais pas sur le front ni sur le dos de la main !

Tiens, tiens, songea Losskow plus tard. Quand un iceberg se met à fondre, il peut dévoiler un volcan. Il était heureux, heureux comme jamais encore il ne l'avait été durant toute sa vie.

Etendus côte à côte sur le lit, ils fumèrent une cigarette en silence, les yeux tournés vers la fenêtre, en contemplation devant le rideau floconneux qui tombait du ciel. Il neigeait sans discontinuer depuis deux heures. Hambourg se transforma en un paysage de conte de fées, en une forêt magique tout en cristal. Bien sûr, il suffirait de quelques heures pour détruire l'illusion, puis la neige se transformerait en tas boueux sur les bords des trottoirs ; le sel ferait son office et les voitures aspergeraient les piétons d'un magma noirâtre et glacé.

— Je t'aime, dit soudain Héléna, rompant le silence de la chambre.

La main de Peter s'égara sur la droite et vint se poser sur la poitrine nue de la jeune fille. Quel sentiment agréable ! Il avait déjà couché avec des femmes certes, et même avec des filles d'une grande beauté. Mais il avait toujours eu des problèmes pour s'en séparer. Scènes, crises de larmes, sans compter bien sûr les sermons moralisateurs. Il n'avait jamais réussi, là où d'autres hommes faisaient preuve d'un talent particulier, à se tirer honorablement d'une affaire de cœur sans que sa partenaire lui voue une rancœur éternelle. Avec lui, tout s'était toujours terminé par une petite tragédie.

Dieter Randler avait trouvé une explication à cette particularité.

— Tu es le type d'homme que les filles veulent épouser. De toi, on attend une certaine force d'inertie. Tu parais tellement fidèle que leur monde se briserait si tu parlais de les abandonner. Tu ne peux rien faire là-contre, Peter. Tu es une promesse de mariage ambulante.

— On peut faire l'amour sans s'aimer, dit Héléna en lui envoyant la fumée de sa cigarette en pleine figure. Regarde Lucrézia. Tandis que moi, je t'aime !

— Et moi, je t'aime aussi, répondit-il sans grand effort d'imagination.

— Tu crois que nous prononcerons encore ces paroles en revenant de notre expédition ?

— Pourquoi pas ?

Il se redressa et la contempla, appuyé sur son coude droit. Ce corps blanc couvert de duvet doré le fascinait d'une étrange manière ; il l'excitait et l'apaisait en même temps. Il invitait à la possession et, au même instant, procurait un sentiment de sécurité.

— Allons-nous nous marier avant le départ ?

— Il n'en est pas question ! Il se peut qu'à la fin du voyage, nous nous détestions cordialement ; nous serons peut-être heureux d'avoir le courage de supprimer l'autre...

— Mon Dieu ! Qu'est-ce que tu racontes, Héléna ?

— Nous nous aimons comme des personnes normales, Peer ! — Elle se tourna sur le côté et posa le bras sur la hanche de son compagnon. — Si demain, je devais retourner dans un cabinet de consultation, et toi, si tu avais un poste d'ingénieur du génie maritime, je te répondrais d'emblée : pourquoi pas? Marions-nous tout de suite ! Toute journée loin de toi est du temps perdu ! Mais pour nous, l'avenir se dessine d'une façon toute différente. Nous levons l'ancre en février, et nous nous lançons dans une aventure qui nous métamorphosera tous, c'est certain ! Ne secoue pas la tête, tu verras que je ne me trompe pas ! Nous allons découvrir en nous des abîmes inimaginables. Nous allons nous trouver tout nus, moralement et psychiquement, si nus que la raison elle-même nous glacera. C'est parfait, si on en a conscience avant et que l'on s'y prépare. Parfait si l'on sait ce qui *peut* arriver, et non ce qui *doit* arriver ! — Elle déposa un baiser léger sur le ventre de Peter et lui caressa les cuisses. Losskow ferma les yeux, se remit sur le dos et se laissa envahir avec volupté par le frisson brûlant qui gagna tout son corps, jusqu'aux orteils. — Que restera-t-il de nous après, nous n'en savons rien ! Seras-tu encore ce que tu es aujourd'hui ? Et moi, me reconnaîtrai-je ? Je n'ai pas la présomption d'affirmer : je resterai ce que je suis ! Imagine un peu que nous nous transformions du tout au tout et que tu sois marié avec moi. Après le retour, tu ne pourras pas t'empêcher de te dire : Comment vais-je faire maintenant pour vivre avec cette chipie ? Si au moins j'avais pu la jeter en pâture aux requins !

— Tais-toi et viens près de moi, dit-il en lui saisissant les cheveux à pleines mains. Tu racontes des sottises plus grosses que toi. Je t'aimerai toujours, moi... et quand nous serons de retour, nous nous marierons. C'est décidé ! D'accord ?

— D'accord ! — Elle se blottit tout contre lui et posa une de ses jambes sur son corps. — Il se peut aussi que j'en aie assez de toi avant la Terre de Feu !

— Nous n'en sommes pas encore à la Terre de Feu ! Nous sommes ici, dans mon lit ! répliqua Losskow en l'attirant sur lui.

Mister Plump fit irruption dans leur vie l'avant-veille de Noël.

Héléna venait d'acheter tous les ingrédients nécessaires à la fabrication de son pudding national ; elle était justement occupée à garer la petite voiture de Losskow devant la porte de l'immeuble lorsque ses yeux rencontrèrent ceux de Mister Plump. Son regard la fascina ; son aspect extérieur était renversant, elle ne put s'empêcher d'arrêter son geste et de le regarder ; son cœur se mit à battre, et lorsqu'il la supplia de ses yeux noirs, les poils couverts de neige, elle ne put rien faire d'autre que de soupirer et de dire tout haut :

— On ne peut pas faire ça ! Allez, viens avec moi !

Et Mr Plump la suivit ; il monta l'escalier derrière elle et resta à ses côtés lorsqu'elle appuya sur le bouton de la sonnette de Peter von Losskow.

— Ça y est, on peut commencer le pudding ! dit-elle dès que la porte s'ouvrit. Je vais nous confectionner aussi une série d'échaudés et de petits pavés. Et des sablés à la cannelle. Tu aimes les sablés à la cannelle, chéri ?

— Jusqu'à en avoir une indigestion ! — Losskow montra le visiteur inconnu du doigt. — Mais qu'est-ce que tu nous ramènes là ?

— Il m'a suivie.

— Et tu l'as laissé faire comme ça, tout bonnement ?

Mr Plump de toute évidence n'appréciait pas la menace d'une discussion sur sa personne. Il passa devant Losskow sans mot dire, entra dans l'appartement qu'il examina d'un œil critique, et se laissa choir sur le canapé.

— Eh bien ! A toi maintenant ! répondit Héléna en fermant la porte derrière elle. Fais-lui donc comprendre qu'il n'est pas à sa place ici !

— Et comment ! Si tu crois que je vais me laisser berner aussi facilement !

Losskow alla dans la salle de séjour et s'installa dans un fauteuil, face à Mr Plump qu'il dévisagea d'un regard menaçant. Mais Mr Plump détourna la tête ; il n'aimait pas ces coups d'œil discourtois. Il s'étendit sur le canapé d'un air voluptueux et attendit patiemment la suite des événements. Son regard se promena à travers toute la pièce avant de se fixer sur la porte de la cuisine. Puis il souleva légèrement la tête et gonfla les narines. Héléna déballait ses achats ; elle posait justement un paquet de saucisses sur la table.

— Qu'est-ce que signifie toute cette comédie ? reprit Losskow sur un ton moins rude qu'il n'aurait voulu. On ne peut tout de même pas s'introduire ainsi dans un appartement étranger et se coucher sur le divan ! Allez, on se lève maintenant et on retourne dehors, c'est compris ?

Ce discours n'eut pas l'heur de plaire à Mr Plump. Il jeta sur son hôte un coup d'œil méprisant et trottina jusqu'à la cuisine. Arrivé sur le seuil, il s'arrêta et laissa entendre une sorte de douce mélodie. Héléna le contempla d'un regard lumineux, comme si elle en était éperdument amoureuse, et découpa un petit morceau de jambon.

— C'est bien le chien le plus hideux que j'aie jamais vu ! déclara Losskow.

— Tous les chiens sont beaux, affirma Héléna. Il suffit de les regarder droit dans les yeux.

— D'accord ! Son regard pourrait faire fondre des pierres.

— Ah ! Toi aussi ?

— Il ne va tout de même pas rester chez nous ?

— Vas-tu le jeter à la rue, par ce froid et cette neige et à la veille de Noël ?

— Il faut bien qu'il vienne de quelque part !

— Aucune importance. Il a abouti chez nous et se sent bien ici. — Mr Plump gémit une nouvelle fois, il attrapa le morceau de jambon d'un geste preste et le mâcha à grand bruit. — Il ne tient pas à ce qu'on lui demande d'où il vient, il veut tout simplement savoir où il peut rester.

— Logique implacable et tortueuse. Mon Dieu, de quel cocktail canin peut-il bien provenir ?

— Je distingue en lui des traces de caniche, de loulou et de fox-terrier. Mais d'où vient cette truffe plate, je me le demande encore.

— Il est répugnant ! — Losskow vit Mr Plump s'asseoir sur ses pattes de derrière ; il fit le beau sans qu'on le lui demande, ce qui lui gagna à jamais le cœur d'Héléna. — C'est fou ce qu'il pue, ce clébard !

— Tous les chiens mouillés sentent fort.

— Mais lui, plus fort que les autres !

— C'est son droit ! Mr Plump n'est pas un gentleman,

c'est un clochard ! Attends que je lui aie donné un bain, et tes narines le trouveront aussi à leur goût !

— Bonne idée ! — Losskow fit un clin d'œil à Mr Plump, mais le chien était beaucoup trop occupé par toutes ces effluves de viande et de saucisse pour lui accorder la moindre attention. — Allons le baigner ! S'il est un vrai clochard, il prendra ça pour une insulte et se sauvera !

Mr Plump était doué d'un caractère ambigu. Le bain ne lui plut pas, mais pas du tout, comme Losskow s'en était douté d'ailleurs. Il émit de longs grognements, resta debout dans la baignoire sans faire le moindre mouvement, pétrifié, comme une statue ; il se laissa docilement savonner, frotter, doucher, sécher et masser, mais son regard s'emplit d'une grande tristesse ; il retourna sur le canapé, se mit en rond et s'endormit pour couver son amertume. Mais il ne manifesta pas la plus petite intention de prendre le large. Avec sa fourrure propre, il ronfla sur un ton si mélodieux qu'Héléna se pencha sur lui et l'embrassa sur sa truffe plate.

— Que ferons-nous de lui en février ? demanda Losskow le soir, alors qu'ils étaient étendus sur le lit, les yeux rivés sur la télévision, tandis que Mr Plump s'étirait à leurs pieds.

— Il viendra avec nous !

— A travers les océans ?

— Nous ferons des tests avant de partir. S'il n'a pas le mal de mer, il sera le numéro cinq de notre équipe.

— Et s'il a le mal de mer ?

— Je lui donnerai des pilules !

Losskow exhala un long soupir, embrassa Héléna au creux du cou et continua à suivre le programme télévisé. Ça commence bien, se dit-il. Je ne peux rien lui refuser.

Ce qui ne l'empêchait pas d'être parfaitement heureux. Je l'aime, se dit-il encore. Je l'aime, je l'aime, je l'aime...

Ils se retrouvèrent le 24 janvier. Jan Trosky revenait tout bronzé d'un séjour aux sports d'hiver, Lucrézia Panarotti, plus tourbillonnante et plus excitée que jamais, exhibait un nouveau manteau de léopard.

— Cadeau de Noël d'Angélino, dit-elle en virevoltant sur ses talons pour se faire admirer. Il croyait me retenir avec ça ! Vous vous rendez compte ! Il m'a même dit : « Et ce n'est que le commencement ! Si tu renonces à cette aventure stupide, si tu te décommandes, je t'achèterai une villa sur la Via Appia. Et tu pourras choisir tes bijoux chez Cartier... Mais reste ici, je t'en prie ! »

— Pourquoi es-tu venue malgré cela ? questionna Héléna, et le ton manquait de courtoisie, mais Lucrézia ne parut pas s'en rendre compte.

— J'ai donné ma parole, et je la tiendrai, voilà tout ! Alors, vous croyez que je vais vous lâcher uniquement parce qu'un homme veut me gâter ? Vous pensez que je suis vénale à ce point ? Qu'on peut m'acheter avec un manteau de léopard ? Merci bien ! — Elle ôta le vêtement précieux et le jeta sur une chaise, puis le désignant du doigt, elle ajouta : Vendez-le ! Vous en tirerez vingt-cinq mille dollars ! Une somme qui ne nous sera pas inutile !

— C'est vraiment une drôle de diablesse, cette fille ! commenta Trosky d'un air admiratif. Pour être franc, je ne pensais pas que nous serions tous exacts au rendez-vous !

— Vous me connaissez mal et vous vous faites des idées sur mon compte ! reprit Lucrézia d'un air bougon en faisant la moue. Je ne sais pas pourquoi tout le monde ne voit en moi qu'une petite bonne femme de rien ! Vous verrez ce que vous verrez, attendez un peu !

— D'accord ! A nous les surprises ! enchaîna Trosky en riant. Bon, et maintenant je vais rendre visite à ma petite Anita. Elle ne sait même pas que je rentre aujourd'hui. Il va y avoir de ces retrouvailles ! Je ne vous dis que ça...

Le soir, il passa chez Losskow, s'assit d'un air guindé dans un fauteuil et dit :

— Cigarette et whisky. Une bouteille pleine...

— Que se passe-t-il avec Anita ? demanda Losskow, le cœur étreint d'un sombre pressentiment.

— Merde !

— Un autre homme dans le lit réchauffé par toi ?

— Ah non ! Je l'aurais jeté par la fenêtre, crois-moi ! Non, c'est autre chose...

Il s'enfonça un peu plus profondément dans le fauteuil et offrit à son ami le spectacle d'un homme totalement découragé.

Losskow lui présenta une bonne ration de whisky qu'il avala d'un seul trait, et même d'une seule gorgée.

— Je sors de l'hôpital. J'ai passé toute la journée à son chevet. Elle est au lit depuis Noël. Complètement apathique, blême, à plat. Le médecin prétend qu'il n'y a plus aucun espoir. Son corps est infecté par ses maudites drogues, le foie est détruit, les cellules du cerveau aussi. Elle est abrutie. Sans vie. Dire qu'elle m'avait promis de ne plus toucher à ses sales pilules ! Plus jamais ! A peine ai-je tourné le dos, et la voilà qui les reprend par poignées !

Il tirait sur sa cigarette à coups nerveux. Losskow ne dit

rien. Bouleversé de voir Trosky, ce gaillard fort comme un Turc, perdre tous ses moyens devant une expérience de ce genre.

— Elle m'a reconnu, reprit-il d'une voix sourde. Tu te rends compte, elle m'a reconnu et m'a souri. Et moi, tu sais ce que j'ai fait ? Je lui ai dit : Tu as bonne mine, mon petit ! Le docteur dit que dans quinze jours, ce ne sera plus qu'un souvenir ! Je n'ai même pas menti. Car le docteur m'a bien dit : deux semaines... peut-être ! Elle va dépérir lentement... Alors je lui ai parlé de Prague, des chevreuils qui peuplent les Hauts Tatras. Je lui ai raconté les histoires des faiseurs d'or et des sculpteurs sur bois qui vivent dans le massif du Erz. Elle était heureuse comme une petite fille. « J'aimerais bien y aller un jour », m'a-t-elle dit. Et moi je lui ai répondu : « Mais bien sûr, mon chou ! Je t'emmènerai avec moi ! » Dire qu'elle sera déjà morte quand nous prendrons le large... Ne reste pas là les bras ballants, Peer ! Donne-moi de quoi me saouler la gueule !

Cette nuit-là, il la passa chez Losskow, sans retourner dans l'appartement commun. Il s'étendit sur le canapé, la tête posée à l'endroit où Mr Plump avait l'habitude de nicher la sienne.

Héléna était repartie vivre avec Lucrézia pour ces quelques jours, et elle avait emmené avec elle Mr Plump. Grave crise de conscience pour la brave bête qui ne voulait abandonner ni Peter ni Héléna. Il avait couru à droite et à gauche d'un air inquiet jusqu'à ce que Losskow lui dise :

— Bon, tu t'en vas avec Héléna, Plump ! Tu es un homme ! Il faut que tu la protèges ! Moi, je suis assez grand pour me protéger tout seul !

Argument qui parut évident à Mr Plump. Mais lorsqu'il s'éloigna avec Héléna, ses yeux globuleux étaient emplis d'une telle tristesse que Losskow se répéta une fois de plus : Il n'est pas de ce monde ! En voilà une preuve de plus !

Dans vingt jours, nous nous embarquons pour les horizons lointains ! La grande aventure va commencer !

Le baptême du cotre eut lieu devant une foule immense. Les entreprises qui avaient participé aux frais n'étaient pas les seules à avoir envoyé leurs représentants. La radio et la télévision étaient présentes aussi, et une équipe de cinéastes travaillant pour une firme de cinéma publicitaire tourna un film pour la maison de produits de lessive. Le voilier ne s'appelait pas Milord, mais la bannière du konzern n'en flottait pas moins aux sommets des mâts, sur le quai. De toute évidence, le nouveau détergent Milord avait un quelconque rapport avec ce tour du monde à la voile. Une fabrique de biscuits autorisa une classe primaire à grignoter ses produits tout en balançant les paquets comme des fanions multicolores. La ville de Bremerhaven avait même envoyé un représentant qui prononça quelques mots de félicitations et présenta ses vœux de réussite. C'est d'ailleurs ce qui surprit le plus Losskow. Si, grâce au dynamisme de Randler, la population était tenue au courant de ce qui se passait et « l'expédition Terre de Feu » déjà célébrée comme une prouesse sportive, c'est à peine si les villes de Hambourg, où s'étaient faits tous les préparatifs, et de Bremerhaven, port où aurait lieu le grand départ, en parlaient. Cela tenait tout simplement au fait que les fonctionnaires municipaux n'arrivaient pas à trouver une rubrique adéquate pour cette affaire. Il s'agissait d'une idée chimérique conçue par un seul homme et propagée à grand renfort de publicité. Il n'existait ni conseiller ni commission dont la compétence aurait pu s'étendre à cette expédition. Aussi la présence du représentant de la ville de Bremerhaven ne s'expliquait-elle que par la politique : les élections étaient proches, et il ne fallait pas manquer une manifestation qui, de toute évidence, était très populaire.

Losskow et Trosky avaient passé trois jours entiers à travailler aux ultimes préparatifs. Ils avaient rangé tout le matériel en ayant bien soin de profiter du moindre recoin libre et de répartir convenablement les poids ; ils avaient contrôlé le gréement ainsi que tous les cordages et les crochets, et surtout examiné encore une fois très attentivement le canot de sauvetage. Le ravitaillement minimum avait été calculé une dernière fois : moins de boîtes de fruits vitaminés, en revanche plus de légumes déshydratés et de viande séchée qui pesaient moins lourd et prenaient peu de place ; en outre on pouvait les ramollir avant de les avaler.

Un détail avait échappé jusqu'alors à tout calcul : l'espace vital de Mr Plump.

— Il faut absolument qu'elle nous accompagne, cette sale bête ? demanda Trosky. Allons, Blondie, ne me regarde donc pas de travers, j'aime les animaux, moi aussi, je les aime tant que j'en mangerais ! Quand j'étais aux Maldives, j'ai même mangé un méchoui de chien sauvage, un vrai régal... auquel j'avais été spécialement convié ! Mais je me demande ce que vient faire à bord ce sale cabot !

— Mr Plump est notre mascotte ! déclara Héléna Sydgriff d'un air énergique. Il est d'ailleurs possible qu'il devienne sans tarder la seule créature vivante que nous aimions !

— Il va nous voler au moins un mètre carré d'espace vital !

— Eh bien, j'y renonce, moi, à ce mètre carré, et il dormira avec moi, sur ma couchette !

— Et sa bouffe ?

— Je lui donnerai une partie de ma ration ! Content maintenant ?

— Pas encore ! — A le voir protester ainsi, Trosky donnait l'impression de s'amuser beaucoup dans l'opposition. — Un chien normal doit pisser et chier ! Où le fera-t-il ? Il ne peut pas s'asseoir sur le bord comme nous !

— Je l'ai entraîné, répondit froidement Héléna. Mr Plump s'est habitué à faire ses besoins dans une petite caisse de sable.

— Il lui faut donc plus d'un mètre carré d'espace vital ! Et où iras-tu chercher le sable, si nous passons des semaines sur l'eau ? A moins que, pour le confort de Mr Plump, nous ne soyons tenus de voguer d'un banc de sable à l'autre ? Nous allons pouvoir éditer une nouvelle carte maritime : les arrêts-pipi de Plump !

Mais toutes ces chicanes étaient maintenant oubliées. Sagement assis auprès d'Héléna Sydgriff pendant les discours, Mr Plump écoutait et se laissait filmer et photographier avec un rien de condescendance.

Le nom du voilier restait encore caché. Un bouteille de champagne attachée par une longue ficelle pendait près de la coque. Quand les orateurs se turent définitivement, l'orchestre invité par Randler commença à hurler des chansons de marins avec accompagnement de jazz. Héléna et Lucrézia s'approchèrent du bateau et posèrent toutes deux la main sur la bouteille. Ainsi l'avait décidé Losskow.

— Vous le baptiserez ensemble, avait-il dit. Pourquoi ? Vous comprendrez vite.

— Je vous remercie tous de l'aide que vous nous avez apportée, s'exclama Losskow à son tour, lorsque la fanfare eut terminé son numéro pour célébrer l'instant solennel. Nul ne sait quand nous nous reverrons... Quand nous accosterons de nouveau ici ! Nul ne sait ce qui nous attend en fait d'aventures et de dangers. Nous ne savons qu'une chose, mais là-dessus, il n'y a aucun doute ; nous avons la ferme volonté d'atteindre notre but ! Pour cela, il faut que la chance nous accompagne au cours des jours et des semaines à venir. Aussi baptiserons-nous notre cotre du nom de nos deux ladies, pour qu'elles nous portent chance : Héléna et Lucrézia ! Le bateau s'appellera... la *HELU!*

D'un geste commun, Héléna et Lucrézia lancèrent contre

la coque du bateau la bouteille qui se brisa en mille morceaux, et la corde libérée dévoila le nom de l'embarcation inscrit en lettres d'or qui scintillaient au soleil matinal : HELU. Lucrézia applaudit des deux mains et virevolta avec grâce sur elle-même pour s'offrir en pâture aux lentilles des photographes, tandis qu'Héléna déposait un baiser amical sur la joue de Peter von Losskow. La physionomie de Jan Trosky s'éclaira d'un large sourire devant les caméras, puis il murmura à l'oreille de Losskow :

— HELU... Quel nom étrange ! Et un peu ridicule. Pourquoi n'y avoir pas ajouté le mien : TROLUHE... Ça sent son Wagner à plein nez, son Vaisseau Fantôme, par exemple ! Quand donc as-tu fait fixer cette enseigne sur le bateau ?

— Hier soir, tard dans la nuit ! — Losskow lui assena un coup de poing dans les côtes. — Allez, et maintenant, tous à bord ! La comédie a assez duré ! — Il avança de quelques pas, se plaça entre Héléna et Lucrézia et posa ses bras sur leurs épaules. — A vous l'honneur, Mesdames !

L'orchestre attaqua un morceau de jazz endiablé. Un titre d'ailleurs qui ne paraissait pas tellement de circonstance : « Nous avons jeté l'ancre devant Madagascar. La peste nous accompagnait... ».

Avant que Lucrézia et Héléna, bras dessus, bras dessous, posent le pied sur la passerelle qui reliait le bateau au quai, Mr Plump les dépassa d'une démarche pleine de dignité, le nez en l'air, conscient d'étaler aux yeux du public sa laideur spectaculaire. Il trottina sur les planches puis alla se camper sur le toit de la cabine, flaira le mât et retourna enfin ses gros yeux glauques vers la foule massée sur le quai.

— Ça y est ! s'écria Trosky d'un air enthousiaste. Il a trouvé son arbre !

Aussitôt Mr Plump confirma cette prophétie en levant une patte.

Losskow attendit que Lucrézia, Héléna et Trosky soient embarqués pour monter à bord à son tour. Dieter Randler s'était proposé pour détacher la corde d'amarrage que Trosky saisit au vol. Losskow prit la barre, Lucrézia hissa le foc et Héléna la grand-voile. Elles étaient vêtues d'un survêtement blanc comme neige portant une raie longitudinale d'un rouge éclatant sur les manches et les jambes de pantalon, don d'une fabrique de vêtements de sport qui avait dépêché sa propre équipe cinématographique pour le lancement du cotre afin que soit bien mis en évidence sur toutes les photos un blason cousu sur la poitrine, la marque de fabrique.

Les spectateurs demeurés sur le quai applaudirent frenétiquement ; ils leur envoyèrent de grands signes des bras et l'orchestre joua un refrain repris en chœur par toute la foule : « Il était un petit navire... ».

Lentement, les voiles à demi montées dans le vent faible, la HELU se coula dans l'estuaire de la Weser, le cap sur la haute mer. Un technicien de la télévision, qui se promenait avec un énorme appareil calé sur son épaule, s'approcha de Randler et le regarda d'un air pensif.

— Et ils veulent faire le tour du monde sur cette coque de noix ?

— Justement, c'est ça qui est sensationnel ! s'écria Randler avec fougue.

— Si l'on veut ! — L'homme fit glisser sa lourde caméra le long de son bras. — Il ne sera pas inutile de bien classer ce film dans les archives ; il pourra sans doute nous servir pour l'article nécrologique !

Les premiers milles parcourus prouvèrent que Mr Plump était le chien de bord idéal. Il flaira d'instinct les endroits où il risquait de glisser et les évita soigneusement ; il s'abstint aussi d'aller s'asseoir auprès de Losskow quand il était occupé, ou de se rouler en boule sur un des bancs du « salon », durs comme des planches. Il fuyait le plus possible la présence de Trosky, avec l'instinct sûr de l'animal qui flaire un danger. Quand il lui arrivait de le croiser sur son chemin, il lui jetait un coup d'œil de travers, d'un air critique, et relevait les babines.

— Il sait ce qu'il a à attendre de moi ! déclara Trosky avec satisfaction. Nous deux, nous avons une façon spéciale de nous entendre ! Et maintenant, crache un bon coup dans les mains et on file au vent !

On hissa les voiles. La HELU donna l'impression de se dresser au-dessus de l'eau, et fila en effet, légère comme une libellule.

— Quel magnifique voilier ! s'écria Trosky à l'adresse de Losskow. Il me plaît de plus en plus ! Si nous tombons dans un ouragan, nous n'aurons qu'à imiter les poissons volants et à sautiller au-dessus des vagues !

Il leur fallut toute une journée pour sortir des eaux de la Weser et de la route habituelle des navires de ligne et pour adopter une position parallèle à la côte, en direction de la Manche. Les îles de la Frise apparurent à leurs yeux, tout d'abord la Frise Orientale, puis la Frise Occidentale. Un détecteur de mines battant pavillon hollandais vint à leur rencontre et les salua bruyamment au passage; Losskow répondit par signaux lumineux à l'aide d'un phare à main et d'un clapet en matière plastique. Puis ils arrivèrent à hauteur du banc de Terschelling, et la nuit tomba. Héléna jeta l'ancre flottante. Par la porte ouverte de la cabine leur parvint une bonne odeur de viande grillée. Lucrézia était de cuisine ce jour-là. Elle apporta sur la table des escalopes de veau à la parisienne et des spaghettis. Le régime des boîtes et des aliments déshydratés ne commencerait que sur le chemin de l'Amérique du Sud, une fois passées les îles du Cap-Vert, jusqu'à ce qu'ils atteignent les terres les plus proches, les îles São Paulo, petites bosses sur le dos de l'Atlantique Nord. S'ils les atteignaient bien sûr !

— Je me sens en pleine forme ! déclara gaiement Trosky.

Il poussa même l'amabilité jusqu'à jeter un morceau de son escalope à Mr Plump, ce qui fit éternuer le chien, car Trosky aimait le poivre. Héléna le prit sur ses genoux et le calma avec de l'eau, pendant que le coupable riait aux éclats :

— La prochaine fois, je te souffle le poivre dans les yeux ! dit-elle alors d'une voix glaciale.

Ainsi, dès le premier jour, l'ambiance parmi l'équipage tournait à l'aigre. Trosky se retira en grognant dans son rouf, à la poupe, non sans oublier d'emporter une bouteille de whisky, et jeta un bref coup d'œil à Losskow.

— Ça va devenir marrant, avec des équipiers qui ont un tel sens de l'humour !

La nuit était fraîche. Losskow alluma le petit poêle à gaz et inscrivit sur la carte la route du lendemain. Puis il entama le carnet de bord et commença à rédiger le rapport du jour.

« Premier jour — Navigation sous le vent, excellente journée, allure parfaite — tout va bien à bord — rien de spécial à signaler. »

Mr Plump vint s'asseoir près de lui et lui lécha le bras gauche; puis il alla se blottir sous la couchette de l'avant.

Un peu plus tard, Lucrézia, qui couchait à la proue, vint le rejoindre; elle s'installa en face de lui. Vêtue d'une mini chemise de nuit extravagante, composée d'un haut transparent et d'un petit slip. Elle allongea les jambes, et se demanda pourquoi Héléna était encore habillée et lisait au salon.

— Je n'arrive pas à dormir, miaula-t-elle. C'est la faute de Mr Plump. Je ne peux pas supporter les ronflements, ça me fait dresser les cheveux sur la tête ! Et il ronfle d'une manière abominable, ce chien, ça me donne des frissons dans tout le corps.

— C'est bon, décida Héléna. Je vais déménager avec lui. Nous nous installerons ici, au salon. Tu pourras ainsi profiter de toute la place à l'avant.

— Merci ! Alors, viens chercher cette sale bête !

Elle bâilla, s'étira, bomba la poitrine vers Losskow, et repartit avec l'allure d'une somnambule.

Le cotre se balançait doucement sous la houle faible ; Héléna aussi se sentait mollement bercée, et elle avait envie de dormir. Elle eut du mal à réprimer un bâillement.

— J'y vais ! dit Losskow en refermant son livre. Demain réveil à six heures !

— Pourquoi à six heures ! Il fait encore noir à cette heure-là !

— Il faut que nous hissions les voiles ! Je voudrais atteindre le plus rapidement possible les eaux méridionales. Le golfe de Biscaye me donne la frousse. En février, il est toujours dangereux. Puis on traversera une zone plus calme, après Madère, et en direction de Ténériffe. Si la chance est avec nous !

Il l'embrassa et l'aida à replier la table et à tirer les deux bancs pour les transformer en couchette. Trosky ne dormait pas encore lorsque Losskow se glissa sur son lit, à l'avant du bateau. Une forte odeur de whisky empestait le réduit au plafond bas. Trosky alluma la petite lampe à piles et fixa son compagnon. Puis il exhala un rot bruyant et se cala contre la paroi pour faire un peu de place à Losskow.

— C'est la dernière goutte de whisky que tu t'enfiles la nuit ! déclara le patron. Je ne tiens pas à être empoisonné pendant mon sommeil par la puanteur !

— Eh bien, va donc rejoindre Blondie ! grogna Trosky. Il y a encore de la place près d'elle. Et elle t'en sera même reconnaissante.

— Dès le début, il y a une chose que je tiens à préciser, Jan, déclara Losskow d'une voix dure. Ici, c'est moi le patron ! Je vous ai choisis pour m'accompagner durant l'expédition, mais je suis tout aussi libre de vous débarquer sur le premier continent que nous rencontrerons, compris !

— En théorie ! grommela Trosky. Dans la pratique, j'ai plutôt l'impression qu'aucun de nous ne se laissera jeter par-dessus bord de plein gré ! Cette balade autour du globe me botte vachement, moi !

Losskow ne répondit rien. Mais il se dit qu'il aurait dû écouter les conseils d'Héléna. Elle n'a pas confiance en lui.

On ne sait jamais à quoi s'attendre avec lui. A quoi me serviront ses muscles d'acier s'il sème la terreur à bord?

Dans le bassin ibérique, entre la côte portugaise et les Açores, ils tombèrent dans une zone de calme plat. Le golfe de Biscaye tant redouté par Losskow les avait accueillis avec son temps de février : bourrasques de vent venant de tous les azimuts, grosses vagues irrégulières, un ciel mouvant chargé de nuages noirs, froid et pluie. Un vrai temps de cochon.

Pour la première fois, Lucrézia et Héléna durent prouver leurs capacités, et en premier lieu, elles eurent à montrer qu'elles avaient le pied marin. Vêtues d'un ciré jaune, elles se mirent à l'action; elles durent ariser les voiles, en ne gardant que le petit foc. Puis elles se glissèrent près de Losskow qui tenait la barre, balayé par les lames, et avait toutes les peines du monde à maintenir le voilier sous le vent.

Un peu plus tard, Trosky vint le remplacer; il fut obligé de hurler contre la mer déchaînée pour se faire comprendre.

— Rentrez, vous autres. J'y arriverai bien tout seul! Changez-vous! J'ai toujours détesté les chats mouillés!

Puis il éclata de rire. Mais une nouvelle lame de fond lui fit boire la tasse; il s'étrangla, toussa, jura et éternua, mais pas une seconde il ne lâcha le manche.

— Par une mer pareille, il vaut son pesant d'or! constata Lucrézia.

Elle se déshabilla entièrement, se frotta tout le corps avec énergie, puis nue comme un ver, elle s'installa devant la table. L'embarcation était tellement secouée par les vagues qu'il lui fallait se cramponner pour ne pas être projetée dans tous les sens.

— Ce Trosky, il reste pour moi une énigme!

L'expédition durait déjà depuis deux semaines. Ils avaient traversé le détroit du pas de Calais et la Manche, longé la Normandie où le vent se montra paresseux et où leur allure se ralentit notablement, et ils avaient eu à affronter leur première tempête dans le golfe de Biscaye. Tout le long de la côte espagnole, jusqu'à l'extrémité de la Galicie, la mer fut encore assez agitée, mais la température remonta sensiblement. Puis, ils prirent le large dans l'océan

Atlantique ; le ciel vira au bleu, et la mer se mit à ressembler à une carte postale en couleurs. Avec son poste émetteur à ondes courtes, Losskow avait pu capter le bulletin météorologique ; il fronça les sourcils.

— Il y a quelque chose qui fonce sur nous en provenance des Açores, déclara-t-il. Je commençais aussi à trouver étonnant que tout se passe aussi bien ! Dès que nous atteindrons Ténériffe, j'organiserai une party au champagne ! Nous en aurons bien besoin ! Car vous aurez réussi votre C.A.P. de navigateur !

Mais il se faisait du souci pour rien. La dépression des Açores se déplaça vers le nord, en produisant à son flanc sud une sorte de néant, ce qui était tout à fait naturel. Le calme plat. On ne sentait pas la moindre brise, les longs cheveux noirs de Lucrézia restaient plaqués autour de sa tête, rien ne bougeait. La HELU gisait paresseusement sur la mer bleu foncé ; ils avaient hissé toutes les voiles dont ils disposaient, même l'immense spinnaker, avec ses cinquante mètres carrés. Tout le « linge » — c'est ainsi que Trosky avait baptisé les voiles — pendait lamentablement dans les cordages, le bateau stagnait.

Etendue sur le pont, Lucrézia se laissait dorer par le soleil. Selon son habitude, elle était nue, bien entendu. Le regard de l'homme de quart fixé droit devant lui ne pouvait pas éviter, en passant, ses jambes, son corps, sa poitrine et sa tête ; elle lui indiquait en quelque sorte la direction de l'horizon.

— Tu ne dis rien ? grogna Trosky au moment où il vint remplacer Losskow à la barre. Ça ne te dérange pas, toi ?

— Non. Il serait d'ailleurs tout à fait inutile de l'en empêcher.

— On pourrait peut-être y changer quelque chose... en acceptant l'invitation ?

— Jan !

— Oui, je sais, pas à bord ! Mais un jour viendra où on ne pourra plus la retenir, Peer ! Ce maudit Angélino, avec son manteau de léopard, il lui a donné de l'élan ! Et maintenant, elle veut poursuivre la course, bien sûr. Merde alors, regarde-moi ça ! Regarde-la dresser sa jambe en l'air ! — Il rabattit la visière de sa casquette parasoleil sur les yeux et chercha des cigarettes dans la poche de son pantalon. — Comment se fait-il que ça te laisse froid, un spectacle comme celui-là ? Est-ce que le sens des responsabilités te rendrait impuissant ?

Losskow ne répondit pas. Mais au bout d'un certain temps, il posa une question :

— Au fait, et Anita, qu'est-elle devenue ?
La physionomie de Trosky se figea.
— Elle est morte.
— Quand ?
— La veille du départ.
— Pourquoi n'as-tu rien dit ?
— Tu aurais repoussé le départ ?
— Non, cela n'aurait pas été possible.
— Alors, tu vois bien ! Pourquoi en parler ?
— Tu l'as revue ?
— Trois jours avant, oui. Le médecin m'a dit ce jour-là que la fin approchait. Elle était en pleine possession d'elle-même. Elle m'a souri. Un ange sorti de l'égout ! Jamais je n'oublierai ça. « Cette nuit, j'ai rêvé de ta Moldau », m'a-t-elle dit. Mais parler lui était pénible. Elle était vidée, tu comprends, tellement faible qu'elle pouvait à peine articuler les mots. « Elle est belle, ta Moldau. Tout ce que tu m'as raconté, je l'ai vu de mes propres yeux, en rêve. Je suis si heureuse d'y aller bientôt avec toi... » Il y avait de quoi hurler, Peer ! — Trosky serra les mâchoires. — J'ai payé les funérailles, reprit-il au bout de quelques minutes. J'ai confié une somme d'argent au médecin-chef pour qu'il s'occupe de tout. Je veux qu'elle ait un enterrement de première classe, dans un beau cercueil en chêne avec une croix de bronze, beaucoup de fleurs et de couronnes, même si personne ne l'accompagne jusqu'au cimetière. Peut-être le gérant de la baraque à saucisses et sa femme. Mais pour y aller, ils devaient fermer la boutique pendant une demi-journée, ce qui leur aurait fait un manque à gagner important. Je ne crois pas que quelqu'un ait suivi son cercueil, à part le pasteur. Lui, il y était certainement. Car je l'ai payé aussi avant de partir. Et je me suis arrangé pour qu'on lui joue le premier mouvement de la Moldau sur un magnétophone, tout le premier mouvement. Elle n'a rien eu dans sa vie, la pauvrette, rien que ses maudites pastilles. Mais une fois morte, elle a été traitée comme une femme honorable, j'ai tout arrangé avant de partir. — Il porta une cigarette aux lèvres et jeta le paquet vide par-dessus bord. Puis d'un geste de la tête, il montra Lucrézia. — Cette superbe femelle m'excite, Peer ! Elle ne peut tout de même pas alléguer que, dans le canot de sauvetage, nous avons vécu côte à côte tout nus ! La situation n'est plus la même. Là-bas, je ne la voyais même pas, tu comprends ? Elle était neutre ! Mais maintenant ! Voilà trois jours qu'elle s'étale en face de moi, et ça me chatouille dans le crâne... et ailleurs !

Cette fois, je la vois ! Et elle le sait pertinemment, la garce ! Quand et où allons-nous jeter l'ancre, la prochaine fois ?

— A Santa Cruz de Ténériffe.

— Fous-la à la porte, et paie-lui le retour en avion jusqu'à Rome !

— Cela ressemblerait à une capitulation. Il est préférable d'essayer de nous maîtriser par nous-mêmes !

— Dans les siècles des siècles, amen !

Sur le pont, Lucrézia changea de position. Elle se tourna sur le ventre et son regard rencontra en passant celui des deux hommes. Ses longs cheveux noirs la couvraient jusqu'aux fesses comme une longue cape.

— Parlez plus fort ! cria-t-elle. J'ai envie d'entendre ! Ça doit être rudement intéressant, ce que vous racontez là, rien qu'à voir vos têtes !

— Tu parles ! fit Trosky d'une voix bourrue.

— Je peux en avoir ma part ?

— Ça m'étonnerait ! Nous parlons de dompter les fauves... Ça ne te dit rien ?

Lucrézia se présenta nue jusqu'à la ceinture pour le dîner, très occupée à siroter du jus d'orange à l'aide d'une paille en plastique. Trosky la contempla d'un air sombre et déclara :

— Demain je viendrai déjeuner les fesses à l'air, moi aussi. Il semblerait que la nudité fasse partie des bonnes manières ici !

— J'ai trop chaud ! — Lucrézia avait la faculté de conférer sur demande aux traits de sa physionomie l'innocence d'une fillette effrayée ; elle écarquilla les yeux. — Je suis surchargée d'énergie solaire.

— Je m'en souviendrai quand j'aurai froid ! grogna Trosky. Je me brancherai sur toi !

— Il va y avoir du grabuge ! déclara Héléna un peu plus tard, quand elle se retrouva au salon avec Peter.

Mr Plump était resté là-haut ; il somnolait sur le toit de la cabine, les poils caressés par la brise tiède qu'avait apportée le crépuscule.

Foc et gênois II dressés, la HELU glissait avec nonchalance plein sud. Dans la mer d'un violet soutenu, la lueur des lumières de bord se reflétait péniblement : rouge à bâbord, vert à tribord, plus un fanal blanc au sommet du mât, qui ressemblait à un phare miniature. Mr Plump aimait s'étendre à cet endroit ; il s'y sentait bien. Entre-temps, il était devenu un véritable chien-matelot ; il avait appris au cours de la tempête de Biscaye la manière de se promener sans danger à quatre pattes, en portant le poids du corps d'un côté ou de l'autre, au rythme des vagues ; à présent il avait le pied marin.

— Il a un quotient intellectuel élevé ! dit fièrement Héléna. Ce qui arrive souvent chez les bâtards.

— Dans ce cas, je fais partie des têtes les mieux faites de l'humanité, grogna Trosky.

— Personne ne dit le contraire ! répliqua Héléna, et tout le monde se mit à rire, même l'intéressé.

Mais le regard qu'il porta sur la jeune fille était dépourvu de toute étincelle d'humour. Et il s'éloigna.

— Trosky commence à dévorer Lucrézia en rêve, dit Losskow. Au bout de quinze jours seulement ! Il m'a proposé de la renvoyer à terre à Ténériffe.

— Dans ce cas, je resterais la seule femme entre vous deux...

— Aurais-tu peur par hasard ?

— C'est Trosky que tu devrais renvoyer chez lui, Peer...

— Et moi, je resterais le seul homme entre deux femmes alors ?

— Je crois qu'il y aurait moins de complications que dans le sens contraire. Je viendrai facilement à bout de Luzi. Mais pas de Trosky !

— Laisse-moi réfléchir, répondit Losskow. Je crains que nous ne soyons obligés de faire appel à la police pour débarquer Trosky de force. Il ne s'est pas caché pour déclarer qu'il ne partirait jamais de son plein gré.

Après cette conversation, Losskow remonta sur le pont tandis qu'Héléna installait sa couchette et se préparait à dormir. En le voyant s'asseoir et prendre la barre, puis lever la tête vers le ciel nocturne, tiède et clair, Mr Plump agita la queue. La brise avait apporté un peu de fraîcheur. Si on mettait maintenant pleines voiles, on pouvait compter parcourir un bon nombre de milles sans encombre.

Losskow remonta l'ancre, puis hissa la grand-voile et le foc dans le vent ; le voilier se mit à glisser sur la mer d'huile, comme un traîneau sur la glace. L'homme sourit, heureux.

Peu après, Trosky vint le rejoindre sur le pont, et il s'accroupit près de lui. Il ne portait qu'un short et un tee-shirt sans manches.

— Juste au moment où je m'endormais, je t'ai entendu remonter l'ancre. Que se passe-t-il ?

— Nous avons une brise superbe...

— Tu veux naviguer en pleine nuit ?

— Ce serait dommage de ne pas profiter de ce bon vent. S'il retombe demain matin, comme les jours précédents, au moins nous aurons parcouru quelques milles sans difficulté !

— Pourquoi tu ne m'appelles pas alors ? Tu veux barrer seul toute la nuit ?

— Je me sens en pleine forme.

— Nous avons décidé de nous partager la besogne. Il n'y a pas de raison pour que moi, je me prélasse sur ma couchette pendant que toi, tu tiens le volant ! Voyez-moi ce héros ! Il veille et trime pendant que les autres comptent des moutons ! — De son index, Trosky tapota Losskow à l'endroit des côtes. — Tu as assez travaillé aujourd'hui, c'est mon tour maintenant. Allez, file ! Dans quatre heures, j'irai te sortir de tes plumes !

Losskow céda.

— Tu n'as qu'à garder le cap sud-ouest, c'est tout ce qu'il y a à faire. Demain matin, je referai le point. Et si tu veux donner davantage dans le vent...

— Pour qui me prends-tu ? Pour un débile ? s'écria Trosky. Je ne savais pas que tu étais prof en plus !

— Pourquoi te fâches-tu dès que l'on t'adresse la parole ? demanda Losskow. Personne ne te veut du mal ici !

— Je ne suis qu'un bâtard... C'est Blondie qui l'a dit !

— Parce que tu l'y as forcée ! Elle n'en pensait pas un mot !

— Si, elle le pense ! Oh, tu sais, je n'oublierai jamais ça ! Je suis très susceptible, Peer, et très sensible aussi. Je suis très vulnérable, même si je n'en donne pas l'impression !

— Tu es vraiment un drôle de type, conclut Losskow. Ambivalent... Presque un schizophrène !

— Merci bien ! Tu as encore beaucoup de compliments de ce genre en stock ?

— Trosky numéro 1 paie à sa petite Anita un enterrement de première classe, et Trosky numéro 2 peut tout faire tourner, comme de l'acide. Le premier verse des larmes quand il parle de la Moldau, et le second serait capable de jeter Mr Plump à la mer uniquement pour voir les requins se l'arracher.

— Tiens, l'idée n'est pas mauvaise !

Trosky exhiba un grand sourire et ses yeux s'attardèrent sur le chien étendu à ses pieds, qui lui lança un coup d'œil hostile. Il n'y avait aucun contact entre l'animal paisible et ce grand corps d'homme toujours sous pression.

— Je m'en souviendrai quand nous parviendrons dans le territoire de ces charmantes bestioles, déclara-t-il encore.

— Quel est le vrai Trosky ? reprit alors Losskow.

— A vous de choisir ! Que voulez-vous de plus... Je peux

vous servir de cible à n'importe quelle occasion. A vrai dire, je suis irremplaçable ! Indispensable pour vous, hein ? Quoi qu'il arrive, le bouc émissaire que je suis se tient à votre disposition !

D'un coup de coude violent, il repoussa Losskow et prit sa place, les jambes écartées.

— Va-t'en. Dors tout ton saoul... Puis-je me permettre de poser une question ?

— Je t'en prie...

— Est-ce qu'Héléna la froide est cousue ?

— Tu mériterais que je te casse la gueule !

— Mais tu ne le fais pas. Parce que cette question te préoccupe, toi aussi, hein ? Ce doit être un plaisir pervers que de jouer à la sainte !

Furieux, Losskow rentra à l'intérieur de la cabine, bien décidé cette fois à débarquer Trosky à Ténériffe. Héléna dormait ; elle ne se rendit même pas compte que Mr Plump se glissait près d'elle et se mettait en boule à ses pieds.

Etendu sur son étroite couchette, Losskow écouta pendant quelques instants le murmure du voilier qui filait sous le vent, puis il finit par s'endormir, bercé par le léger roulis et par le clapotement de l'eau sur la coque.

Vers deux heures du matin, Lucrézia monta sur le pont. Elle n'avait vraiment pas besoin de se couvrir de ce ridicule petit mouchoir de dentelle qui ne cachait pratiquement rien de son anatomie. Trosky tourna la tête vers elle et la fixa de ses yeux étincelants.

— Sur le plan de la biologie marine, il n'y a rien pour le moment ! déclara-t-il. Il n'y a pas de vers luisants dans l'eau ; le plancton dort, lui aussi, et les unicellulaires sont en train de s'étirer pour devenir bicellulaires. Rien de nouveau dans l'océan !

— Nous voguons en plein dans le vent ! constata Lucrézia en s'asseyant sur le bord du pont, ses longues jambes pendantes.

Trosky la contempla d'un air troublé.

— C'est une des caractéristiques d'un voilier, tu ne le savais pas ?

— Peer est au courant ?

— Non, voyons ! Je veux lui réserver la surprise demain matin, quand nous croiserons devant Casablanca !

— Pas très futées, tes blagues, dit Lucrézia. Je me demande bien pour quelle raison je n'arrive pas à dormir.

— C'est une question de pression. Toutes les machines à vapeur sont équipées de soupapes qu'on entrouvre de temps en temps pour leur permettre de siffloter. Il n'y a que les êtres humains qui doivent se débrouiller autrement. Je trouve que c'est une injustice de la nature. Les dauphins, par exemple. Je viens d'en voir deux à bâbord, un couple. Ils s'amusaient bien, je t'assure ! L'un sautait sur l'autre, et ils recommençaient sans se lasser, au point que je les enviais. — Il lâcha la barre, la fixa avec une courroie de cuir et s'approcha de Lucrézia. Ses yeux lançaient des éclairs. Il s'arrêta devant les deux jambes pendantes de la jeune fille et posa ses mains sur les deux cuisses nues. Une sensation de fraîcheur l'envahit ; sous ses doigts la chair était ferme et la peau lisse.

— Que je te mette tout de suite au courant. Je ne suis qu'un jeune scientifique débutant, sans le sou. Je n'offre pas de manteaux de léopard, moi. D'ailleurs je n'ai pas besoin de ça, je pense. J'ai d'autres qualités qui compensent largement.

— Ôte tes mains de là ! dit-elle à mi-voix, impassible.

— La place ne te convient pas ? Dois-je les poser un peu plus haut peut-être ?

— Ôte-les de là, et tout de suite !

Il haussa les épaules, comme s'il voulait dire : « Ma foi, si tu préfères... A chacun ses manies... », et éloigna ses mains des cuisses de Lucrézia pour les poser aussi vite sur ses seins qu'il entoura comme une coque. Il avait de grandes mains, juste à la mesure de la poitrine de la jeune fille.

— Insomnie provoquée par certains phénomènes... c'est moche, dit-il. Le docteur Blondie pourrait te faire une conférence circonstanciée sur ce sujet. Mais où trouver le remède ? — Il avala sa salive et approcha légèrement la tête. — Tu sais que tu es la pire crapule que j'aie jamais rencontrée ?

Il essaya de l'attirer par-derrière, mais se heurta aux deux jambes qui le frappèrent brutalement en pleine poitrine ; il trébucha, faillit tomber sur le côté et réussit à se rattraper au dernier moment à un cordage, sinon il serait passé par-dessus bord. Puis ce fut le tour de sa main. Elle le martela avec une force et une précision telles qu'il en eut le souffle coupé ; et lorsqu'il réussit enfin à reprendre haleine et à hurler, elle fila comme une flèche et s'engouffra dans la cabine. Il eut même l'impression de l'entendre glousser, mais il pouvait se tromper. Le sang lui battait les tempes, il était en nage.

— Sale pute ! hurla-t-il. Pas avec moi ! Ah non, on ne me fait pas ça, à moi !

Il retourna à la barre, saisit le manche à deux mains et remit le voilier en plein vent.

— La prochaine fois, tu ne m'échapperas pas ! Même si je suis obligé de te clouer sur le pont ! Espèce de sale petite crapule de merde !

Il arracha sa chemise et son slip, et offrit tout son corps nu à la caresse bienfaisante du vent, bras et jambes écartés. Cela lui fit du bien, lui rafraîchit les idées et apaisa un peu sa fureur.

Aux premières lueurs de l'aube, Losskow reparut sur le pont.

Un coup sec au niveau de la quille du bateau l'avait arraché brutalement à ses rêves. Au début, il se dit qu'ils s'étaient écrasés sur un banc de sable, mais aussitôt il entendit de nouveau le murmure apaisant de l'eau et sentit les oscillements légers du roulis. Ils continuaient à naviguer en pleine mer.

Assis sur son tabouret, Trosky avait fixé le manche avec la courroie de cuir et contemplait l'océan, les yeux rivés droit devant lui. Un vent assez mou brassait l'air tiède, étonnamment tiède pour la saison. Le cotre filait à bonne allure, grand-voile et focs déployés. Il avançait régulièrement, se soulevait et se rabaissait avec élégance au rythme des vagues. Autant que Losskow pût en juger dans le soleil levant, la HELU mettait le cap droit sur Madère.

Mais cela ne faisait pas partie du programme. Ils n'avaient pas prévu d'escale dans cet archipel ; ils devaient au contraire l'éviter, et obliquer vers les îles Canaries où ils jetteraient l'ancre pour renouveler leurs provisions d'eau. Losskow avait décidé d'accoster à Ténériffe.

Trosky ne semblait pas remarquer sa présence. Torse nu, avec un foulard noué autour du cou et un bonnet de laine orné d'un pompon sur le crâne, il paraissait écrasé sur le tabouret de bois, immobile comme une statue. Losskow fit des yeux le tour de son domaine. Tout était en ordre.

— Qu'est-ce que c'était que ce choc ? demanda-t-il.

N'importe qui aurait sursauté, en s'entendant ainsi interpeller sans préambule. Mais Trosky ne changea même pas de position ; il continua à contempler avec obstination les vagues sans faire un mouvement, et répondit de sa voix grave :

— Nous avons accroché un dauphin. Ou plutôt, c'est lui qui nous a accrochés !

— C'est impossible !

— Pourquoi, impossible ?

— Les dauphins sont les animaux les plus intelligents, presque aussi intelligents que les hommes. Un dauphin nage à côté d'un bateau, à une certaine distance de lui, il ne l'accroche pas ! Pourquoi le ferait-il d'ailleurs ?

— C'était peut-être une femelle, et j'étais son type ?

Losskow s'approcha de lui. Et il aperçut près de Trosky un gourdin de bois armé d'un gros crochet de fer affûté. Le bois était encore humide... Quelqu'un venait sûrement de le sortir de l'eau peu de temps auparavant.

— Ah ! ah ! C'est ça ! fit Losskow furieux.

— Quoi encore ?

— Tu as assommé cet inoffensif dauphin avec ton bâton. Avec ce crochet affûté ? C'est dégueulasse !

— Ce n'est pas moi qui ai apporté cet instrument à bord !

— Tu sais très bien que nous en avons besoin pour nous défendre contre les requins !

— Mon Dieu ! Je me suis trompé ! Je les ai confondus... — Trosky enfonça son bonnet de laine jusqu'aux yeux. — J'ai vu quelque chose sortir de l'eau près de moi. Je n'ai aperçu que des nageoires, quelque chose de brillant qui se levait vers le bord du bateau... Et j'ai tapé, voilà tout ! Ça aurait pu être un requin, non ? C'est seulement après coup que j'ai constaté que c'était un dauphin. Sorry, Sir !

— Tu me prends donc pour un con en t'imaginant que je croirais ton histoire idiote ? demanda Losskow furieux.

— Voilà une question à laquelle il m'est impossible de répondre en toute objectivité. — Trosky se frotta la poitrine de ses deux mains et s'étira, exhibant ainsi toute sa musculature. — Il fallait que je fasse quelque chose, boss. Que je tape, que je détruise. Oui, que je casse, que je frappe ! Je ne pouvais tout de même pas réduire le bateau en miettes ? Ce foutu dauphin, il est arrivé juste au bon moment. Tu ne comprends pas ça, hein ?

— Non !

— Comment pourrais-tu comprendre ? Qu'est-ce que tu ferais, toi, si une femme venait se vautrer sous tes yeux, toute nue ! Tu n'as plus qu'à grimper dessus ? Et quand tu essaies, elle se fout de ta gueule ! Tu t'écraserais, bourrelé de remords et de honte, et tu entonnerais un cantique, hein ? Moi pas ! Aussi, il faut que je démolisse quelque chose à la place ! Il faut que je me défoule, voilà ! Il faut que je casse ! Tu comprends maintenant ?

— Peut-être, répondit Losskow avec une certaine hésitation. Il va me falloir comprendre encore bien des choses, je crois.

— Quelle comédie pour un simple dauphin !

Losskow rentra dans la cabine sans ajouter un mot. Bien qu'éveillée, Héléna restait étendue sur sa couche ; à ses pieds, Mr Plump qui remuait la queue d'un air las contempla le nouveau venu d'un regard chargé de reproches.

— Qu'est-ce que c'est que tout ce bruit là-haut ? demanda-t-elle. Trosky cherche encore la bagarre ?

— Où est Luzi ?

— Dans son coin.

— Est-ce que tu l'as entendue monter sur le pont cette nuit ?

— Non. J'ai dormi comme une souche.

Elle se dressa sur un coude. Dans les entrailles du cotre, elle dormait toujours nue, il y faisait si chaud que c'était le seul moyen de trouver le sommeil. Losskow contempla la poitrine généreuse et ferme de la jeune fille en se disant : Si j'étais Trosky, si j'avais sa mentalité, je sauterais sur elle sans demander la permission ! Et que les autres regardent ou non, cela me serait parfaitement indifférent.

— Que s'est-il passé là-haut, Peer ?

— Je ne sais pas. Trosky parle comme un dément. Si j'en juge par ce qu'il m'a raconté, Luzi a dû lui rendre visite cette nuit sur le pont. Après l'avoir bien excité, elle s'est sauvée en le laissant dans un état de confusion totale. Pour se venger, il s'est attaqué à un dauphin inoffensif qui passait par là et il a essayé de le tuer.

— Et c'est ça qui te chagrine à ce point ?

Comme toujours, Héléna posa sa question d'une voix contenue, précise, froide. Comme toujours la lucidité de sa pensée le surprit. Elle ne perdait son sang-froid que quand elle était dans ses bras, quand ils faisaient l'amour. Alors, elle se transformait en volcan.

Losskow s'assit. Sur la table, il traînait encore une tasse de thé refroidi. Il la but à petites gorgées hâtives.

— Ce qui me donne à penser, c'est le motif que m'a avoué Trosky pour justifier son geste : il faut que je détruise quelque chose ! C'est monstrueux ! Détruire ! Pour le plaisir de détruire ! Que se passe-t-il dans la tête et dans les veines de cet homme ? Une femme se refuse à lui, et il lui faut détruire ? N'importe quoi ! Si on y songe de plus près, Blondie... Qu'est-ce que cette mentalité peut amener ? Il ne cessera jamais de penser à détruire dès que quelque chose ne lui conviendra pas ! Dire que nous avons *ça* à bord !

— Tu peux te débarrasser de lui à Ténériffe. — Elle s'assit et enfila son tee-shirt pour cacher sa nudité. Mr Plump exhala un profond soupir, il aurait aimé dormir encore un peu. — Tu crois que nous n'y arriverons pas, à trois ?

— Oh si ! A cette latitude, bien sûr, ce ne serait pas un problème. Mais nous allons traverser d'autres mers. N'oublie pas que l'océan entoure la Terre de Feu. Et là, les éléments seront plus forts que toi et Luzi.

— Parce que nous sommes des femmes ? demanda-t-elle sur un ton de reproche.

— Oui. Mais ne vois pas là un jugement de valeur, je t'en prie !

— Si, justement ! Vous, avec votre vanité de mâles ! Votre ridicule bravache ! Seuls les hommes sont capables de prouesses. Quant aux femmes, qu'elles veuillent bien s'étendre là et attendre le bon plaisir du mâle !

— Héléna !

— Je te montrerai, moi, comment on contourne le cap Horn ! C'est moi qui tiendrai les voiles ! Nous n'avons pas besoin de Trosky !

— Bravo, Madame ! Voilà un discours enflammé, le discours d'une femme émancipée !

Trosky se trouvait sur les marches ; il avait dû se faufiler jusque-là, car ni Héléna ni Losskow ne l'avait entendu s'approcher. Impossible de savoir depuis combien de temps déjà il écoutait leur conversation et ce qu'il avait pu en saisir.

Mr Plump non plus ne s'était pas rendu compte de la présence de son ennemi intime. Il se mit seulement à grogner en l'entendant parler. Décidément, ils étaient inconciliables, ces deux-là.

— Je suis fermement convaincu que vous avez besoin de moi ! reprit Trosky.

Il entra dans le salon et s'adossa à la porte du placard. Ses yeux s'attardèrent un long moment sur Héléna, puis il fit la moue. Si la jeune fille avait passé un tee-shirt sur sa poitrine nue, le bas de son corps restait encore à découvert.

— Je ne savais pas que tu étais capable de te faufiler comme un chat, dit-elle.

— Mets ton slip ! grogna Trosky sur un ton qui annonçait un nouvel orage imminent. J'ai assez de l'autre bonne femme ! Au fait, si je puis me permettre de glisser mon avis dans votre discussion, quand un homme part accompagné de deux femmes, il n'en sort rien de bon ! Ça va bien pendant un certain temps ; on se prend pour le mâle, on n'a pas à craindre de concurrence. Mais ce sont les femmes qui perdent la tête ! Peer, tu as beau être un saint dépourvu d'auréole, ces deux femmes-là, tu ne les supporteras pas pendant des mois ! Jamais ! Elles te boufferont par les deux bouts, tu verras !

— Tu es un porc ! conclut froidement Héléna en enfilant son slip ; puis elle posa doucement la main sur la tête de

Mr Plump pour le calmer. — C'est tout ce que tu as dans le crâne, hein ?

— J'exprime ce que je ressens, moi ! J'en parle ! Tandis que vous, vous y pensez en secret et vous vous taisez. Soyons sincères, que diable ! Il y a ici deux hommes et deux femmes. Deux jolies femmes même. Seuls sur un voilier en plein océan. Et ils veulent y rester pendant plusieurs mois. Je vous pose la question : quelle est l'évolution normale d'une telle situation ? Douches glacées, bromure et lecture de la Bible peut-être ? Ne serait-ce pas préférable de se considérer comme un microcosme de la nature et des fonctions biologiques et d'agir dans ce sens ? Vous voyez que je sais aussi m'exprimer avec élégance !

— Je ne suis pas seulement un corps, répondit paisiblement Héléna. Je possède aussi un cerveau capable de penser logiquement !

— Ah ! Nous y voilà ! — Trosky pointa un doigt accusateur vers la jeune fille. — C'est de cela que tu devrais t'occuper, Peer ! Si quelqu'un ici n'est pas à sa place, il me semble que ce serait plutôt notre Blondie ! C'est elle qu'il faudrait débarquer ! Deux hommes et une femme à bord... Ça, de toute façon, ça mènerait à la catastrophe, encore plus sûrement qu'un homme et deux femmes ! Car je te le dis tout net, Peer : pas question que je partage ! Je ne cèderai pas un pouce de Lucrézia si nous restions à trois ! Pas un poil ! J'attendrais l'occasion de te casser la gueule ou de t'envoyer en pâture aux requins !

— Pour être franc, il est franc ! commenta Héléna en hochant la tête. Et il n'a pas peur !

— De qui aurais-je peur ? lança Trosky en riant.

— De toi-même...

— Tu abordes là un problème... — Il alla rejoindre Losskow sur le banc, s'accouda à la table et tourna la tête vers la cloison qui les séparait du coin réservé à Lucrézia.

— Et si j'allais surprendre la chatte dans son repaire maintenant et la dompter, qu'en pensez-vous ?

— Tu en verrais de belles ! fit Losskow impassible.

— Bah ! Si elle s'est enfermée à clef, je serai obligé de forcer la porte ! Ce ne sera pas très difficile d'ailleurs, elle n'est guère épaisse.

— Erreur. Mélange de polyester expansé et de fibre de verre... Résistance à toute épreuve, et surtout à la pression, tu le sais très bien.

— J'arriverai bien à l'ouvrir !

Jan se leva péniblement.

— Reste assis ! ordonna Losskow sans élever la voix.

— Que se passera-t-il ? hurla Trosky. Il suffirait que je tousse un peu fort et vous vous collerez tous au mur ! C'est Blondie elle-même qui l'a dit : il n'a pas peur ! C'est vrai, je n'ai pas peur. Je n'ai peur de rien ni de personne ! Pas même de cette maudite Terre de Feu avec son cap Horn ! Ça vaut son pesant d'or, n'est-ce pas ? C'est capital, ça, pour vous ! Vous n'arriverez à vaincre les océans qu'avec mon aide... avec moi seulement ! Et vous le savez très bien ! Vous devriez me traiter avec au moins autant de ménagement que ce sale roquet !

Il se mit debout mais n'alla pas plus loin, car au fond, il se demandait ce que Losskow ferait s'il essayait maintenant de forcer la porte de Lucrézia.

Losskow s'abstint de le suivre des yeux. Il se demandait pendant ce temps par quel moyen il pourrait prouver à Trosky qu'il était assez fort pour faire respecter la discipline à bord. Il ne sait pas, se dit-il, que j'ai suivi un entraînement de judo, et que j'étais le troisième de ma section. Cela ne suffisait pas pour être ceinture noire, c'est sûr ; il n'empêche que je maîtrise maintenant toutes les prises et toutes les parades nécessaires. Nous n'en avons jamais parlé, et il ne s'en doute absolument pas. S'il fait encore un pas, je pourrai lui faire un étranglement de l'épaule en même temps qu'un balayage du pied qui l'enverrait au coin. Avec ce vent faible, nous en avons encore pour quatre jours ! Quatre jours sur cet espace restreint avec un homme obnubilé par des idées de vengeance ! Ce ne sont pas les occasions de vengeance qui manquent sur un bateau...

Les pensées de Trosky semblaient suivre le même chemin ; il hésita tout de même à tendre exagérément la corde de l'arc. Du reste il n'eut plus le temps de prendre une décision sur la conduite à tenir, car la porte s'ouvrit d'elle-même et Lucrézia entra dans le salon. Elle portait un minuscule bikini et ses longs cheveux noirs relevés en chignon. Ses yeux firent le tour de l'assistance ; on pouvait y lire un mélange de candeur, d'amusement et de surprise. Elle était d'ailleurs particulièrement douée pour affecter l'innocence.

— On discute ? demanda-t-elle. Peut-on savoir quel est le sujet de cette conversation ?

— Nous ne sommes pas d'accord sur l'une des particularités des dauphins : copulent-ils en nageant, ou restent-ils étendus sur le dos ? déclara Trosky en lançant sur la nouvelle venue le regard sombre de ses yeux flamboyants.

— Cochon ! dit-elle gaiement.

— Après tout, le dauphin est un mammifère comme l'homme !

— Et l'homme est toujours étendu sur le dos ? riposta Lucrézia du tac au tac en éclatant de rire.

Elle passa devant lui et trottina jusqu'à la première marche de l'escalier.

— Je vais faire quelques brasses, dit-elle encore. Qui est de corvée de café, ce matin ?

— Moi ! hurla Trosky. Et pour toi, j'y ajouterai une bonne dose de mort-aux-rats !

Son rire perlé leur parvint encore, alors qu'elle se trouvait déjà sur le pont. Puis il y eut un bruit sourd. Lucrézia, nageuse émérite, venait de plonger avec élégance dans l'océan. Quelques secondes plus tard, on l'entendit marteler la coque du voilier de ses deux poings.

— Et vous voulez m'empêcher de l'avoir ? grogna Trosky. C'est contre nature ! Si vous êtes un tant soit peu sincères, vous devez bien reconnaître que c'est inhumain !

— Il faut que je prenne la barre, déclara Losskow.

Mon Dieu, se dit-il, il n'a pas tout à fait tort. Mais il ne faut pas le lui dire surtout ! La situation serait totalement différente s'il s'agissait ici d'un voyage d'agrément.

— Il est temps de refaire le point et de reprendre la bonne direction. Quand le café sera-t-il prêt ?

— Dans une demi-heure, je sers ! bougonna Trosky. Désirez-vous un œuf au bacon, Sir ?

— Volontiers. Mais pas toi surtout ! Tu n'en as vraiment pas besoin !

Losskow remonta sur le pont et s'installa dans le cockpit où il se remit à calculer au compas leur position exacte. Le cotre filait doucement sous le vent. Trosky n'avait laissé en place que le foc.

Dans un crawl impeccable, Lucrézia s'approcha du bateau et se suspendit à un cordage pour se hisser jusqu'au bord. Elle riait en regardant Losskow. L'incarnation de la joie de vivre.

— L'eau est merveilleuse ! s'écria-t-elle. Formidable ! Je me dis souvent que j'ai dû être un poisson dans mon existence précédente.

Dommage que tu ne le sois pas resté, se dit Losskow, et aussitôt, il eut honte de cette pensée indigne.

— Remonte ! dit-il d'une voix rauque. Nous allons hisser les voiles et partir à toute allure !

Elle laissa encore perler son rire de colorature, grimpa à la corde et saisit la main que lui tendait Losskow pour l'aider à passer par-dessus bord. D'un bond souple, elle sauta sur le pont, mais ne put éviter de heurter Losskow. Son corps frais et dégoulinant d'eau, ses hanches, sa poitrine restèrent une parcelle de seconde collés à lui.

— Merci, Peer, dit-elle d'un air candide en reculant d'un pas.

Puis d'un geste prompt, elle dégrafa son soutien-gorge et l'agita dans l'air comme une bannière.

— Tu as une poigne solide, mon vieux, dit-elle encore avant de disparaître.

Losskow la suivit des yeux, le front barré de rides.

Il leur fallut encore très exactement quatre jours pour apercevoir les îles Canaries. Le vent s'était fait leur complice ; il les poussa gentiment sur une mer relativement calme que le cotre, avec sa quille au fin tranchant, fendait sans peine. Il révélait des qualités exceptionnelles de coureur, avec une bonne assise parfaitement symétrique et revenait toujours dans sa direction initiale lorsqu'une vague un peu plus forte l'avait fait dévier de sa route.

Trosky s'était calmé, bien que Lucrézia ne cessât de le provoquer. Ou bien elle restait étendue sur le toit de la cabine, ou bien appuyée contre le bastingage, elle pêchait. Une fois — ce devait être entre Madère et les minuscules îles Selvagens — elle avait pris un gros poisson qu'elle n'arrivait pas à tirer toute seule de la mer. Le poisson se démenait comme un diable, luttant désespérément pour échapper au crochet de l'hameçon ; il fit un bond, disparut sous l'eau, demeura quelques secondes immobile et essaya de s'échapper, jusqu'à ce que Lucrézia se mette à hurler.

— Alors, il n'y a personne ici qui puisse venir m'aider ? Je n'arrive pas à l'attraper toute seule ! Il va me casser mon fil ! Venez par ici, à la fin !

Trosky, qui se trouvait à l'arrière, s'approcha d'elle ; en passant, il lui donna une claque sur les fesses et lui prit la gaule des mains. Il donna un peu de fil, puis le ramena et suivit les mouvements du poisson à la surface de l'eau.

— C'est un morceau de choix ! s'écria-t-il. Un jeune requin ! Encore un enfant.

— Il n'y a pas de requins ici, déclara Héléna. Nous sommes dans l'Atlantique.

— C'est un requin bleu ! Il est tout à fait inoffensif. Vous voyez les points sur son corps ! Je parie que c'en est un ! Allons, on va aller y voir de plus près, bébé ! Luzi, va chercher le filet ! et fais chauffer la poêle !

Le combat dura presque une demi-heure. Au bout de ce laps de temps, Trosky avait tellement malmené la pauvre bête qu'on put la prendre au filet et la déposer sur le pont. Elle se débattit encore un moment pour essayer de se dégager, sous les yeux amusés de Trosky. Toujours riant, il tira de sa ceinture un couteau à lame bien affûtée et en frappa le requin à la nuque. Puis sans attendre, il lui ouvrit le ventre. Héléna détourna la tête et se dirigea vers le cockpit.

— Madame a des vapeurs ? lança Trosky en riant.

Il vida le requin et lança ses entrailles par-dessus bord, puis il le souleva par la queue. Bien qu'il fût déjà vidé, le corps mince et brillant du poisson tressautait encore, la tête se releva comme s'il pouvait toujours mordre.

— Il en a, du nerf, ce petit ! s'écria Trosky. Il nous donne l'exemple !

Il saisit la queue du poisson à deux mains et de toutes ses forces, lança la tête à plusieurs reprises contre le bastingage chromé. Au bout du cinquième coup, l'animal cessa complètement de réagir.

— C'est moi qui fais la popote ce soir ! dit encore Trosky. Escalopes de requin à la crème fraîche ! Pas trop épicé. Mince alors, ça va en faire, de l'albumine ! Attends un peu, Luzi, fais gaffe à toi !

— Je serais incapable d'en avaler une miette, déclara Héléna lorsque Trosky eut disparu à l'intérieur de la cabine. Tu l'as vu, Peer ? Il ne l'a pas tué, ce malheureux poisson, il l'a assassiné ! Il l'a assassiné d'une façon bestiale ! Quand il lui a ouvert le ventre, il vivait encore !

— Dans ce cas, tu ne devrais plus jamais manger de poisson, répondit Losskow. Tu crois que, sur les chalutiers, les pêcheurs constatent la mort des poissons au stéthoscope ? Mais tu as raison, ce que Trosky a fait là, ce n'était vraiment pas nécessaire.

— C'est sa manière à lui de procéder... et pas seulement avec les animaux... avec les hommes aussi ! dit-elle tout bas. Parfois je me dis que c'est un monstre à corps humain. Un jour viendra où il jettera le masque, et nous aurons alors le monstre tout nu sous les yeux !

— Tout va changer à Ténériffe !

Losskow releva la vitesse du vent ; sur son instrument, la petite hélice de métal tournait gaiement.

— Nous y serons demain midi. A Santa Cruz, je débarque Jan ! Ça ne peut vraiment plus durer ! Je mets un terme à l'expédition !

— Tu ne peux pas faire ça, Peer, protesta Héléna en le

regardant d'un air bouleversé. Nous avons été financés par des dons. Les firmes donatrices vont réclamer leur argent ! Et la presse, tu y as pensé à la presse ? Quelles huées ! Nous serons la risée du monde entier ! Le tour du monde à la voile qui échoue à cause d'un obsédé sexuel ! Qu'auraient fait les Vikings à votre place, Monsieur Losskow ? Tu es fichu si tu renonces, Peer !

— Nous sommes tous fichus si nous poursuivons l'expérience. Il m'est venu un horrible soupçon à l'esprit, Héléna !

— Trosky n'est pas normaL C'est bien ce que je me suis déjà dit aussi.

— C'est un psychopathe ! Un maniaque ! Un fou ! Il devrait d'ailleurs se faire soigner. Qui sait, il faudrait même l'enfermer, ou du moins le garder sous surveillance !

— Ou bien alors, c'est un sadique, et il joue ce rôle pour nous tenir en haleine, pour nous faire peur. Il se délecte de nos réactions, après les avoir soigneusement calculées d'avance. Il nous guette, il guette le moment où nous sortirons de nos gonds, et c'est ça qui l'amuse. Je ne sais vraiment pas dans quelle catégorie je pourrais le classer...

— Ne nous mettons plus martel en tête, Héléna, conclut Losskow. Pour Trosky, le voyage se termine à Santa Cruz.

Ils ne tardèrent pas à glisser avec nonchalance dans le port de Santa Cruz de Ténériffe, foc et gênois II hissés. A leur grande surprise, une vedette rapide de la police portuaire vint à leur rencontre et tourna autour d'eux. Quelques Espagnols souriants leur envoyaient des signes ; ils déployèrent même un drapeau allemand en leur honneur. Un élégant officier vêtu d'un uniforme blanc se tenait debout sur le pont ; il les salua dans un garde-à-vous impeccable et solennel comme s'ils rentraient d'une mission périlleuse soldée par un succès.

— Il y a quelque chose que je ne comprends pas ! dit Losskow plein de pressentiments à Trosky.

Ils se tenaient côte à côte à la barre. Les jeunes filles vêtues de leur survêtement blanc, assises sous les voiles, répondaient de la main et du sourire aux salutations des Espagnols. Large et puissant, le pic du Teide, la montagne la plus élevée d'Espagne et qui, chose curieuse, se trouvait sur une île, dressait vers le ciel sa cime couverte de neige. Impossible de ne pas reconnaître la forme de ce volcan éteint, et Trosky d'ailleurs ne s'y trompa point.

— Voilà le plus gros sein que j'aie jamais vu ! Aurons-nous un peu de temps libre à Santa Cruz ? Cela m'amuserait beaucoup de l'escalader.

— Tu auras tout ton temps, répondit Losskow. Tu n'as pas besoin de te presser. Ce que je me demande, en revanche, c'est l'origine de cette réception étrange. A les voir, on croirait qu'ils nous attendaient.

— Je me doute de quelque chose ! déclara Trosky en crachant par-dessus bord. Je suis sûr qu'ils ne nous lâchent pas d'une semelle, qu'ils ont toujours un œil braqué sur nous ! Les conquérants solitaires de l'océan... !

Il ne se trompait point.

La vedette garde-port les aida à accoster. Sur la jetée, près des bittes d'amarrage, deux matelots en uniforme blanc étaient prêts à recevoir les câbles. Derrière eux se tenait une fanfare en costume local des Canaries. Les caméras de télévision étaient braquées sur le petit cotre blanc, et quelques reporters parlaient dans des micros avec une agitation visible. A en juger par les costumes, il devait même y avoir des membres du conseil municipal. Derrière les cordes tendues et les grilles mobiles, une grande foule se pressait, avide et rieuse. Sur une immense banderole déployée, on pouvait lire en grosses lettres noires : Bienvenue à Ténériffe !

Lorsque la HELU glissa le long de la jetée, la fanfare entonna « La marche du vieux Dessau ».

— Ce n'est pas possible ! s'exclama Losskow ébahi. Ils doivent nous prendre pour d'autres !

— Nous avons été surveillés durant tout le trajet ! — Trosky riait de toutes ses dents. — Souviens-toi des hélicoptères qui nous survolaient au sud de Madère, et hier encore. Nous n'y avons pas prêté attention, mais c'était l'œil qui ne nous quittait pas ! Lorsque nous avons longé Madère, ils ont compris que nous ne pouvions pas refaire le plein d'eau douce ailleurs qu'aux Canaries.

— Qui est-ce qui a deviné ça ?

La réponse leur parvint aussitôt, sous la forme d'une silhouette familière postée devant les officiels, un homme qui agitait frénétiquement ses deux bras comme les ailes d'un moulin.

Dieter Randler.

— Non, ce n'est pas vrai ! gémit Losskow avec émotion. On se croirait en plein conte de fées. Tu sais, le lapin et le hérisson : Me voilà ! Coucou !... Tu étais au courant, toi ?

— Absolument pas ! Mais en découvrant de loin toute cette mise en scène, j'ai eu une révélation ! Allons à terre, comme Christophe Colomb. Lui aussi a débarqué ici, à propos. Ou plutôt, là-bas, sur l'île de la Gomera. Lui aussi, il voulait faire le plein d'eau potable, et il y est resté deux ans, prisonnier des bras tendres de la belle Béatrice, l'ancienne favorite du roi d'Espagne, exilée de force sur cette île. L'histoire du monde est fort simple, au fond. L'Amérique aurait été découverte deux ans plus tôt si Colomb ne s'était pas senti aussi bien dans le lit de cette femme passionnée... — Il fit entendre son rire tonitruant. — Tu ne peux pas lui échapper, mon vieux ! C'est partout la même chose ! Je suis curieux de savoir où nous prendrons racine, un jour, de cette agréable manière...

Force fut à Losskow de renoncer à son projet d'abandonner Trosky sur cette terre hospitalière. Il était impossible de divulguer en public les petites querelles de bord, puis de déclarer que l'expédition avait échoué pour des motifs situés au-dessous de la ceinture... C'eût été une capitulation lamentable.

Randler était fier de sa surprise. Il y eut un banquet solennel organisé pour les navigateurs solitaires dans un des restaurants les plus luxueux de Ténériffe, avec des toasts, des discours, des poignées de mains et des photos ; des jeunes filles vêtues du costume local avaient offert des bouquets de fleurs. Une fois le cérémonial terminé, ils se retrouvèrent en petit comité dans un coin du bar, délivrés de tout programme officiel. Ce fut le moment que choisit Dieter Randler pour donner quelques explications.

— Je ne sais ce qui me retient de t'étrangler ! déclara Losskow à son ami. Toute cette mise en scène !

— C'était un investissement inévitable. N'oublie pas que ton expédition doit nous rapporter au moins trente à quarante mille lecteurs supplémentaires !

— Il n'y a rien de sensationnel à aller de Hambourg à Ténériffe à la voile !

— Tout dépend de ce qu'on en fait ! L'un dans l'autre, nous avons déjà pu donner quelques récits qui ne manquaient pas de saveur ! Des vents de cent soixante kilomètres heure dans le golfe de Biscaye ! La lutte pour la vie dans le bassin des Açores ! Un pétrolier manque de heurter le petit voilier ! Vous êtes devenus des héros ! Déjà, oui !

— Mon Dieu ! Mais tout est faux, dans ce que tu leur racontes !

— Oh ! Peter ! Ce mot est trop dur pour le langage des journalistes.

— Ce ne sont que des mensonges ! Et si tes lecteurs l'apprennent un jour ?

Randler sirota son cocktail, un pims numéro 2, et fit la moue.

— Avez-vous eu du mauvais temps dans le golfe de Biscaye, oui ou non ?

— Oui, mais de là à parler d'ouragan !

— Des trombes d'eau ! Alors, tu vois bien ? — Randler souriait, sûr de lui. — Et des pétroliers, vous en avez bien rencontré ?

— Oui. Deux fois...

— Tiens, tiens ! Qu'est-ce que tu veux au juste ?

— Il y avait au moins trois milles marins entre eux et nous !

— Qui s'intéresse aux chiffres, mon pauvre vieux ? Entre une minuscule coquille de noix et un énorme pétrolier... Alors quoi ? Et si le pétrolier heurte le voilier ? Et si le voilier est aspiré par ce monstre ? Tout cela est possible après tout ! D'ailleurs j'ai écrit : presque heurté ! Il faut savoir lire, mon cher !

Tout s'était passé exactement comme l'avait pressenti Trosky. On avait suivi et observé la HELU sans cesse de haut. Lorsqu'il se fut assuré qu'ils accosteraient à Santa Cruz pour prendre de l'eau potable, Randler organisa la réception. Même pour Ténériffe qui était le théâtre de toutes les folies humaines imaginables, cette expédition sur un si petit cotre fut considérée comme une aventure sensationnelle. Et qui plus est, il y avait deux jolies femmes à bord. Quel est l'Espagnol qui manquerait cela ? La bravoure et la beauté... Ce sont des qualités auxquelles on a toujours rendu hommage en Espagne, depuis des siècles ! Devant la Beauté alliée à la Bravoure, le cœur des Espagnols fond comme neige au soleil. Il était sûr d'avance que la presse espagnole publierait des articles enthousiastes sur cette aventure. Le correspondant de *El Dia* avait promis au moins une demi-page de photos !

Un peu plus tard, Héléna et Peter von Losskow se retrouvèrent seuls à la table du bar. Trosky et Lucrézia dansaient un tango langoureux sur la piste, et Randler était allé téléphoner à Hambourg.

— Quelle barbe ! dit soudain Losskow d'un air sombre. Je ne peux plus débarquer Trosky.

— C'est bien mon avis, répondit la jeune fille en posant sa main sur le bras de son compagnon. Cela ferait un scandale. Quelle est la prochaine escale ?

— Les îles du Cap-Vert, au large de la Mauritanie et du Sénégal.

— Eh bien ! Tu le déposeras là-bas !

— Et si nous y retrouvons Randler sur la jetée avec une fanfare et une marche prussienne ?

— Attendons jusque-là, dit-elle sur un ton apaisant. Le temps travaille peut-être pour nous. Il est possible que Trosky cherche à partir de lui-même.

— Si tu crois ça..., fit Losskow avec humeur.

Ils restèrent deux jours à Ténériffe, et pendant ces deux jours, Trosky demeura invisible.

Héléna, Lucrézia et Losskow firent le tour de l'île ; ils visitèrent le dracéna d'Icod, cet arbre vieux de deux mille ans, allèrent sur les Canadas, série de cratères muets aux formes bizarres qui entouraient le pic du Teide ; ils parcoururent le sud de l'île avec ses rochers pelés, ainsi que la côte nord, immense jardin à la floraison exubérante ; et ils ne manquèrent pas de se recueillir sur ce coin de la vallée de la Orotava, où Humboldt, dit-on, se serait mis à genoux pour clamer son émerveillement : « Dieu, je te remercie de m'avoir permis de voir cette splendeur ! » Ils s'assirent face aux brisants de Puerto de la Cruz, mangèrent une glace et se firent peindre par un portraitiste de rue pour huit cents pesetas. C'était un coin de la terre béni des dieux, l'Ile des Fortunés, comme on l'appelait déjà dans l'Antiquité.

Au bout de deux jours, Trosky refit son apparition. Bruyant, plein d'entrain, remonté à bloc, comme toujours.

— Ah, mes amis, ils ont un de ces bordels, à Santa Cruz, une splendeur ! s'écria-t-il au comble de l'enthousiasme. Et vous savez comment ils l'ont baptisé ? Casa de Pudre ! Pourquoi riez-vous bêtement ? C'est la pure vérité ! Je me suis renseigné auprès d'un chauffeur de taxi, ils sont au courant de tout, ces types-là ! Il a tout de suite compris ce que je voulais. « Ah Señor !, m'a-t-il dit. La Casa de Pudre ? Viens, je t'emmène. » Je me sens en pleine forme ! Quand repartons-nous ?

Il eût été totalement inutile de lui dire alors : demain ou après-demain... mais pas avec toi ! Toi, tu restes à Ténériffe, tu peux faire ce que tu veux : te dorer au soleil, escalader le Teide, courir après les femmes. A Santa Cruz, ce n'est pas cela qui manque, et des femmes avides d'aventures, excitées par l'air iodé de la mer ! Ou si tu préfères, tu peux aller rejoindre tes putains à la célèbre Casa de Pudre. Tu peux faire tout ce qui te passe par la tête. Mais tu ne remettras pas les pieds sur la HELU !

Il n'aurait pas compris, il aurait pris cette déclaration pour une blague, il serait retourné sur le cotre, se serait installé à la barre et aurait hurlé : Espèces de trous de balle ! Je suis vissé ici. Essayez donc de m'en déloger !

Et tout cela sous les yeux du public qui aurait enfin retrouvé un héros solitaire !

Losskow jeta un coup d'œil désespéré à Héléna, puis il haussa les épaules et s'éloigna, sous le regard étonné de Trosky.

— Qu'est-ce qui lui prend ? Il n'est pas d'accord avec la répartition du boulot ? Pendant qu'il se laisse acclamer, moi, je trime ! Il me paraît difficile de n'être pas d'accord ! C'est bien son idéal, non ? Le Viking inébranlable !

— Nous levons l'ancre demain matin, répondit Héléna avec son sang-froid habituel. Il me reste encore quelques conserves à acheter. En outre, notre équipement s'enrichit d'un élément !

— Non ! — Trosky leva les deux bras en l'air d'un geste théâtral. — Par pitié, pas un deuxième avorton du style de Mr Plump, j'espère ! Je ne le supporterai pas !

— J'ai acheté un électrophone, déclara Héléna. Qui marche sur piles. Et trente disques.

— Quelle bonne idée ! Quelques airs de danse à bord, il n'y a rien de tel pour détendre l'atmosphère. Un pas à droite, un pas à gauche, baissez-vous, Mademoiselle...

— J'ai acheté du Beethoven, du Wagner, du Tchaïkovski, du Schubert et du Grieg.

— Non ! hurla Trosky. Non, Blondie, tu ne peux pas me faire ça, à moi ! De la musique classique au large de la Terre de Feu ! C'est de la perversité !

Héléna le planta là et partit en direction du centre-ville. Trosky s'assit sur une pile de béton et examina le cargo soviétique mouillé dans la rade, qui ressemblait plutôt à un croiseur de surveillance et de transmission bardé d'appareils électroniques. Les matelots russes avaient la permission de descendre à terre ; on les distinguait d'emblée tellement ils se tenaient bien. Des uniformes blancs comme neige, un comportement discret, courtoisie, réserve. On les rencontrait toujours par groupes, mais jamais seuls, en train de visiter la ville de Santa Cruz. Avec eux, on pouvait être certain qu'il n'y aurait pas de rixe nocturne dans les ruelles du port, comme c'était le cas avec les matelots américains ou canadiens, sans parler des équipages de pétroliers.

Lucrézia descendit du bateau. Elle portait une petite robe imprimée très serrée et très courte. Même ainsi, elle représentait un danger pour la morale publique.

— Qu'est-ce que tu fais ici tout seul ? demanda-t-elle à Trosky. Où t'es-tu caché d'ailleurs pendant ces deux jours ?

— Si je te raconte ce que j'ai fait, ma petite chatte, tu vas rougir jusqu'aux oreilles ! Ou tu vas t'agiter comme une poule sur le point de pondre son œuf.

— Ça va, j'ai compris... — Elle joignit le geste à la parole. — Tu savais que nous levions l'ancre demain matin ?

— Oui. Où vas-tu de ce pas ?

— Il s'appelle Francisco Hernandez Marques. Terrible, hein ?

— S'il tient le coup autant de temps qu'il en faut pour prononcer son nom... tous mes compliments !

— Cochon !

Elle fit mine de s'éloigner, mais Trosky la retint par l'ourlet de sa robe.

— Un instant encore, chérie ! Une question seulement. Tu crois que Peer et Blondie... ensemble... ?

— Pourquoi ?

— Leur sens de la morale m'inquiète. Héléna a bien autre chose que de l'eau glacée dans les veines, j'imagine ?

— Ça ne me regarde pas.

— Où ont-ils passé ces deux nuits ?

— Peer est resté à bord, et Héléna a couché à l'hôtel Mencey.

— Seule ?

— Certainement !

— C'est vraiment le comble ! Je m'attendais à ce qu'ici, à Ténériffe, ils couchent enfin ensemble ! — Puis tournant le dos à Lucrézia, il grogna : C'est bon, petite. Sauve-toi ! Bon amusement, mais n'exagère pas surtout !

Lucrézia retint une remarque désobligeante et traversa toute la jetée pour rejoindre la ville. Elle croisa le flot de matelots soviétiques, tout étonnée de constater qu'aucun d'entre eux ne la sifflait ou l'interpellait. La Marine Rouge était entraînée à servir de modèle dans n'importe quelle situation.

Le lendemain matin, lorsque Losskow reparut, il trouva Trosky occupé à frotter le pont à grande eau. Il avait été réveillé par le crissement de la brosse.

Trosky avait sagement passé la nuit à bord, tout comme

Losskow. Héléna à l'hôtel Mencey, et Lucrézia quelque part avec son Francisco Hernandez Marques. Il était très tôt encore, l'aube pâle noyait l'océan et les îles. La cime du pic du Teide émergeait par moments des lambeaux de nuages sans que l'on pût distinguer s'il s'agissait d'une vision réelle ou d'une illusion d'optique. C'était cette heure de transition entre la nuit et le jour pendant laquelle la nature retrouvait son aspect des débuts de la création.

— Qu'est-ce qui te prend de brosser le pont en pleine nuit ? demanda Losskow.

— Je suppose que nous aurons droit encore une fois à notre public au moment de lever l'ancre. J'ai rencontré Randler hier. Il a déjà trouvé son nouveau titre de première page : « Départ pour le Grand Inconnu ». Je lui ai dit qu'il était un idiot. Ai-je eu raison ?

— Oh oui ! — Losskow se mit à rire. Par moments, Trosky lui était même sympathique. — Nous devrions prendre le large dans le plus grand secret.

— Si les filles sont là à temps !

— Je leur ai demandé d'être à bord à sept heures ! Nous pourrons hisser aussitôt les voiles et... adieu !

— Randler voulait absolument savoir quelle était notre prochaine étape. Comme il me posait la question à moi, j'en ai conclu que tu ne lui avais donné aucun renseignement.

— Alors, qu'est-ce que tu lui as répondu ?

— Barbados !

— Et il l'a cru ?

— Non ! Mais au moins, il a cessé de m'interroger !

— Bravo ! Tu es un pote ! J'ai envie de te taper sur l'épaule !

— Allons, Boss, pas d'épanchements inconsidérés, je t'en prie ! — Trosky s'appuya sur le manche de son balai-brosse et regarda Losskow d'un air inquisiteur. — Alors, tu penses toujours à me laisser ici ?

Losskow ne sursauta même pas, mais il se montra très prudent dans sa réponse.

— Qui t'a dit ça ? demanda-t-il.

— Je l'ai lu...

— Lu ? Où donc ?

— Dans ton livre de bord ! Je l'ai trouvé hier soir sur la table. Ça me tentait, bien sûr.

— Tu mens ! répliqua gravement Losskow. Mon journal de bord est toujours dans ma cantine, elle-même toujours fermée à clef. Et je suis le seul à en garder la clef. Tu as forcé la serrure ?

— Je te dis qu'il était resté sur la table ! cria Trosky. Est-ce ma faute à moi si tu l'as oublié ? En tout cas, je n'ai pas oublié, moi, ce que tu as écrit. Au chapitre de Ténériffe : « premier jour : avec cette réception officielle, il m'est impossible de débarquer Trosky aux Canaries ! » Parfaitement, je l'ai lu ! Me débarquer, moi ! Tu es un salaud et un hypocrite, Peer !

— Bien entendu, nous en aurions parlé avant, et nous aurions discuté de cette mesure !

— Bien entendu ! Et nous l'aurions mise aux voix, en bons démocrates que nous sommes ! Nageoire en l'air, ceux qui sont pour ! Unanimité... Cette mesure étant approuvée à l'unanimité, Jan Trosky, tu peux foutre le camp ! — Il se mit à rire, mais une note de menace perçait dans ce rire sourd. — Ça vous aurait convenu, hein ? Je resterai avec vous jusqu'à la fin, c'est compris ? J'ai accepté une mission scientifique. Et nous avons même signé un contrat à ce sujet. Impossible de reculer maintenant, c'est trop tard ! Comment, me débarquer à Ténériffe ? Moi ? Vous ne me connaissez pas encore !

— Tu n'aurais pas dû dire ça, dit Losskow d'une voix contenue. Car je n'ai qu'une réponse à te donner : Si au moins nous ne t'avions jamais rencontré !

— C'est exactement ce que mon grand-père a dit à ma grand-mère le jour de leurs noces d'or... Mais c'était un peu trop tard aussi ! Nous quatre, nous sommes en quelque sorte unis par les liens du mariage, et j'espère qu'ils ne tiendront pas jusqu'à ce que la mort nous sépare...

A sept heures précises, Héléna sortait d'un taxi et montait à bord. Le chauffeur portait un carton contenant l'électrophone et les disques. Elle salua les deux hommes d'un baiser, alla se changer aussitôt et réapparut quelques minutes plus tard vêtue d'un survêtement blanc.

Une Olsdsmobile noire ramena Lucrézia vingt minutes plus tard. Elle descendit de voiture, fit le tour pour donner un dernier baiser à un homme invisible à travers la vitre de la portière gauche. Puis le majestueux carosse s'ébranla rapidement, Lucrézia le suivit encore des yeux un instant en agitant les bras. Tout cela s'était passé sans la moindre complication, ce qui fit dire à Trosky d'un air approbateur :

— Bravo ! D'ailleurs, on ne se met pas non plus à pleurer quand on termine une bonne bouteille !

Lucrézia aussi alla immédiatement se changer, et revint sur le pont. Ni son attitude ni sa physionomie ne révélait des nuits blanches, ou supposées telles. Elle riait et semblait pleine d'énergie et d'entrain. Trosky donna un coup de coude à Losskow en murmurant :

— Ben, merde alors !

Il paraissait vraiment impressionné.

Le ciel était encore très pâle lorsqu'ils enlevèrent les amarres. Une bande rougeâtre éclairait seule le levant, tandis qu'une couronne de nuages blancs entourait la cime du Teide comme un foulard moelleux. Ils hissèrent le foc, le gênois II et le spinnaker, et poussés par le vent au maximum de leurs possibilités, ils filèrent vers la haute mer. Les filles manœuvraient les voiles, Losskow tenait le gouvernail, et Trosky enroulait les cordages.

— Ils vont en faire, une tête ! dit-il. Quand ils arriveront au port avec leur musique et que nous serons déjà partis ! Quel cap mettons-nous ?

— Plein sud ! Direct ! Le long de la côte, puis nous prenons le large, droit sur les îles du Cap-Vert. Prochaine escale : l'île São Tiago. Nous allons traverser les corridors du Cap-Vert, qui peuvent nous réserver des surprises désagréables !

La HELU filait à bonne allure. Le soleil émergea à l'horizon, embrasant la multitude de cristaux qui formait la coupole du Teide ; mais les navigateurs étaient déjà loin, et cet embrasement leur parvint comme un dernier adieu de l'île. Ils laissèrent derrière eux leur ultime chance de renoncer dignement à leur projet hasardeux.

Les épreuves qui les attendaient à présent étaient imprévisibles; l'expérience en tout cas avait prouvé qu'elles pouvaient dépasser les capacités humaines.

Exception faite de deux tempêtes de force moyenne, les sept jours suivants se passèrent sans événement majeur, bon ou mauvais. Un détail cependant, les deux tempêtes les avaient déviés de leur route et ils durent faire un grand détour pour rallier les îles du Cap-Vert, ce qui eut au moins un résultat positif : Dieter Randler les avait perdus de vue.

Pourtant, le jour de leur départ clandestin, au cours de l'après-midi, un avion de sport décrivit des cercles audessus de leurs têtes et les accompagna un long moment sur l'Atlantique.

— Ça y est, il nous a repérés ! fit Trosky furieux. Est-ce que par hasard il a l'intention de nous suivre tout le long du voyage ? Qu'est-ce que ça doit leur coûter... J'aimerais bien avoir cet argent !

— Quand nous mettrons le cap sur la traversée de l'Atlantique en diagonale, ils nous quitteront, répondit

Losskow. Et ils ne se manifesteront de nouveau que si nous ne débarquons pas au Brésil.

— Où pourront-ils nous chercher au Brésil ? Tu donnes la position tous les jours ?

— Jamais !

— Donc nous aurons disparu ?

— Oui, à peu près. La date de notre réapparition ne dépend que de nous ! Un message radio... et nous voilà revenus dans le monde des vivants !

Losskow suivit des yeux les manœuvres du petit avion qui se rapprochait d'eux en agitant les ailes. C'était une manière de saluer propre aux aviateurs. Pendant la guerre, lui avait-on raconté, les bombardiers qui revenaient de mission agitaient ainsi les ailes quand ils avaient descendu un appareil ennemi.

— Mais j'ai l'intention de n'utiliser la radio que dans les cas d'extrême nécessité, ajouta Losskow au bout d'un instant.

— Par exemple... ?

— Par exemple, si tu viens à perdre la tête...

— Oh ! Dans ce cas, plus rien ne pourra vous sauver ! répliqua Trosky d'une voix sombre. Si je deviens fou, je vous visserai la tête à l'envers !

Dieter Randler une fois de plus perdit la petite embarcation de vue. Il avait sauté d'un endroit à l'autre avec son avion : de Ténériffe jusqu'au Maroc, puis le Sahara espagnol, la Mauritanie et enfin le Sénégal d'où il voulait encore rejoindre les îles du Cap-Vert par la voie aérienne. C'est là, il le savait, qu'il aurait pour la dernière fois l'occasion de voir le cotre et son équipage avant qu'ils ne soient happés par l'immensité de l'océan.

Il téléphona à Hambourg et annonça que les navigateurs solitaires avaient disparu.

— C'est un mystère complet. Certes il y a eu deux tempêtes sur leur passage, mais un voilier comme la HELU est bien capable de résister à cela ! Nous avons testé sa force de résistance ! De toute façon, ils doivent jeter l'ancre à l'île Sal. Je les attendrai à l'aéroport de Pedro Lume !

Mais Losskow ne mit pas le cap sur Sal. Il n'aborda pas les îles du Cap-Vert par la côte mais par le large, et jeta l'ancre dans le petit port de pêche de Tarrafal, sur l'île São Tiago. Ils avaient trois jours de retard sur leur programme, et une fois de plus, Trosky en était responsable ; c'était lui et non l'océan qui leur avait fait perdre tout ce temps.

Tout commença au moment où il prit le quart pour relayer Losskow. Il lui demanda soudain :

— Je veux que tu me répondes franchement : pourquoi me détestes-tu ?

Losskow le regarda d'un air confus. La mer à ce moment-là ressemblait à une immense flaque de sang que la quille du cotre fendait avec insouciance. Le jour tombait dans un véritable enivrement de couleurs, comme ils en avaient rarement vu jusque-là. Juste avant que le ciel et la mer ne se fondent à l'horizon, le soleil transformé en une balle incandescente enflamma une dernière fois le firmament et l'océan comme des diamants à mille facettes. Cette féerie ne durerait que quelques minutes, puis tout sur terre pâlirait, les couleurs et la lumière.

— Tais-toi ! répondit Losskow. Admire plutôt ce coucher de soleil unique !

— Tu m'emmerdes avec ton coucher de soleil, répondit Trosky en ajustant son bonnet sur son front. Tu me détestes, je le sais !

— Ah ! Ça recommence ?

— Ça n'a jamais cessé. — Losskow fit un geste du bras, comme pour se débarrasser d'un importun, mais Trosky ne le lâcha pas pour autant. — Tu me détestes... parce que tu es Allemand et moi Tchèque !

— J'ai rarement entendu quelque chose d'aussi stupide !

— Je sais que c'est vrai, moi. Avant de m'accepter dans ton équipage, tu as pris des renseignements sur moi... ?

— Bien sûr !

— Ah, tu vois, tu le reconnais !

— C'était tout à fait normal. Un homme m'écrit pour me dire qu'il veut participer à cette course à la voile autour du monde, et il a un si bon style que je me dis : Tiens, il pourrait faire un copain sympa, celui-là ! Mais est-ce que ça suffit ? Qui est-il, ce Jan Trosky ? Tous ceux qui ont un poste de confiance à pourvoir prennent des renseignements sur les candidats qui se présentent. Il faut bien que l'on puisse se faire une idée du type que l'on va engager !

— Et cette idée t'a plu, puisque tu t'es dit : Celui-là, je le prends ! Et en haute mer, loin des regards curieux, je le supprime ! Il paiera pour les autres !

Losskow le regarda d'un air ahuri.

— Qu'est-ce que je te ferais payer ?

— Mai 45 !

— Mais tu n'étais même pas de ce monde ?

— Tu sais parfaitement quand je suis né. Le 23 juin 1945 ! Et tu sais très bien aussi, parce que tu t'es renseigné, qu'à l'époque, en mai 45, mon père faisait partie de la milice populaire qui, à Prague, se révolta contre les troupes d'occupation et tua tous les Allemands qui passaient à portée de sa main. Tu sais parfaitement que mon père faisait partie des patriotes, des maquisards qui pourchassaient les Allemands comme des chiens enragés.

— Ah ! Cette fois, j'y suis ! dit Losskow d'une voix rauque. Bon, et maintenant, la ferme, hein !

— Au contraire. Ça ne fait que commencer.

— Mon Dieu, Jan, tu veux vraiment remuer toute cette pourriture encore une fois ici, en plein Atlantique ? Il y a trente ans de cela ! Nous n'étions pas nés, ni l'un ni l'autre ! Nous appartenons à la génération qui ne peut même plus comprendre cette époque ! Qu'est-ce que ça signifie, à la fin ?

— A l'époque, mon père habitait dans la banlieue de Prague, poursuivit Trosky sans tenir compte des protestations de Losskow. Ma mère était enceinte de huit mois. De moi justement. Depuis de nombreuses semaines, il la cachait pour qu'elle ne tombe pas aux mains des soldats allemands. Elle était très belle, ma mère. Quatre fois, les Allemands ont forcé notre porte au moment de la débâcle. Mon père les invitait à s'asseoir et leur donnait du pain, et chaque fois, il les fusillait à bout portant sur leur chaise. Avec l'aide de son voisin. Il avait quatre-vingt-quatre ans, le vieux, il se déplaçait difficilement avec sa canne, mais il était encore capable de tenir un revolver. Pendant ce temps, ma mère se cachait dans les combles, tremblante de peur, et chaque fois qu'elle entendait les coups de feu, elle priait, les mains jointes sur son gros ventre. Au bout d'une semaine notre cave servait de fosse commune à quatorze cadavres allemands. — Trosky regarda Losskow avec des yeux étincelants. — Tu le savais, hein ? Tu connaissais cette histoire avant de m'accepter comme co-équipier. Tu as tout appris à Prague ! Et tu t'es dit : Attends un peu, Jan Trosky ! Je te ferai payer tout ça ! Attends un peu que nous soyons seuls ! Tu croyais que je ne m'en étais pas aperçu ?

— Va te coucher ! répondit Losskow brutalement. Je n'ai pas de temps à perdre à discuter de toutes ces idioties ! Nos pères ! Est-ce que je sais, moi, ce qu'a fait mon père à l'époque ?

— Il était officier ?

— Oui.

— Tu ne l'as jamais questionné ?

— Si. Parfois. Mais chaque fois, il me répondait : C'est du passé, on n'en parle plus.

— Comme c'est simple, hein ? On oublie le passé, on passe l'éponge ! Mon père, lui, il n'a jamais pu oublier les quatorze cadavres allemands ! On a fait de lui un héros, on lui a donné une médaille. Mais il n'a plus jamais été capable de rire franchement. « J'ai fait ça à cause de ta mère, m'a-t-il dit. J'avais peur pour elle. Uniquement pour elle ! Tu sais ce que c'est que d'avoir peur ? Vraiment peur ? Votre génération ne connaîtra jamais cette peur, c'est pourquoi elle ne comprendra jamais ! » Plus tard, j'y ai réfléchi longuement, surtout au cours de ces dernières semaines, quand je me suis rendu compte que tu me détestais. Mais je n'ai pas peur de toi !

— Tu parles comme un dément ! conclut Losskow.

Il prit son tour à la barre, regarda le compas et constata qu'ils tenaient bien le cap. La mer pâlit, le soleil avait disparu, l'eau prenait des reflets violets, le ciel était strié de raies orange. Une bonne odeur de rôti monta du salon jusqu'à eux. Héléna préparait une épaule de porc. Il se rappela que ce jour-là était un dimanche.

— Pense au bon repas que nous allons faire et laisse tomber toutes ces histoires, à la fin !

Trosky grogna quelques paroles inintelligibles, puis il disparut dans les entrailles du voilier. Peu après, Héléna monta sur le pont en chassant de son front quelques mèches de cheveux humides de transpiration.

— Qu'est-ce qui lui arrive ? demanda-t-elle. Il s'est approché du four, a jeté un coup d'œil à l'intérieur ; il a reniflé et m'a lancé à la tête : Bouffez votre merde tout seuls !... Et il est allé s'enfermer dans son rouf !

— C'est son jour de folie, une fois de plus. Mais cette fois, une folie teintée de politique.

— Il ne manquait plus que cela !

— A présent me voilà l'Allemand le plus dégueulasse qu'il ait jamais vu, chargé d'un passé intolérable pour un Tchèque comme lui !

— Il lui vient toujours de nouvelles idées. Depuis quand es-tu le fils de Frankenstein ?

— Bon. Chapitre clos ! — Il se pencha en avant, donna un baiser à Héléna et soudain, il prit conscience de la musique qui montait du salon. — Qu'est-ce que c'est ?

— Beethoven. La Pastorale. Deuxième mouvement.

Sous leurs pieds, on entendit soudain des bruits sourds. Ils se trouvaient juste au-dessus du coin réservé à Trosky ; c'était lui qui cognait sur le plafond avec un instrument quelconque.

— C'est destiné à Beethoven, répondit paisiblement Héléna. Le prochain disque, je le lui dédie : Polka bohémienne !

Mais il n'y eut pas de prochain disque. Trosky grimpa à toute allure les marches qui menaient au pont, vêtu uniquement d'un petit slip. Tout son corps luisait de transpiration. Ses yeux lui sortaient des orbites ; il lançait des regards fous autour de lui, incapables de se fixer.

— Vous avez déjà éprouvé l'envie de tuer ? hurla-t-il avant même qu'Héléna ait pu prononcer un mot. Jusqu'aujourd'hui, je ne connaissais pas cette sensation ! Mais maintenant, je comprends que l'on puisse avoir l'eau à la bouche à la pensée de détruire ! D'anéantir ! Je vais tuer ce truc criard, cette horrible boîte à bruit ! Je les tuerai tous, Beethoven, Schubert, Chopin, Tchaïkovski et Wagner ! Tous ensemble ! Et quand le calme sera revenu, je me mettrai à hurler de délices ! — Il serra les poings et les tendit vers Héléna. — Je vais détruire ce fumier ! Je vais le démonter jusqu'à la dernière vis !

D'un mouvement brusque, il fit demi-tour sur les talons et redescendit dans le salon.

— Cours après lui ! dit Losskow. Il va vraiment le démolir !

— S'il ose, je démolirai son baromètre enregistreur !

Elle avait répondu du tac au tac, d'un air parfaitement indifférent. Losskow lui jeta un coup d'œil effaré.

— Vous êtes tous devenus fous, ma parole ! Vous allez finir par vous entre-tuer !

Des entrailles du bateau parvint un bruit de lutte et de jurons, puis un cri sourd. Et au milieu de tout cela, les aboiements grêles et furieux de Mr Plump. Puis Trosky remonta sur le pont en vacillant et tendit sa main gauche à Héléna.

— Il m'a mordu ! hurla-t-il. Ce sale roquet m'a mordu !

— Mon Dieu ! fit Héléna en joignant les mains. Il faut que j'aille voir tout de suite ! Le pauvre petit, il risque d'être empoisonné !

— Le pauvre petit, à la première occasion, je lui ouvre le ventre ! Il m'a mordu !

— Il a défendu mon électrophone !

— Cette bête me déteste !

— C'est un chien extrêmement intelligent et perspicace.

— Vous me détestez tous ! — Il fixa sur Losskow le regard de ses yeux dilatés. — Tu vois, en voilà la preuve ! Quand je dis ce que je pense, quand j'agis selon mon tempérament, tout simplement parce que je ne suis pas un sale hypocrite comme vous, vous n'attendez qu'une chose : l'occasion de me donner à bouffer aux requins !

— Les requins sont très rares sous ces latitudes, répliqua

Héléna froidement comme toujours. Il faudrait que le hasard soit bien informé pour qu'un requin vienne te flairer jusqu'ici ! — Et tournée vers Losskow, elle demanda : Au fait, Peer, comment ça se passe ? Je ne suis pas très bien au courant : les requins bouffent-ils aussi la charogne ?

— Blondie ! s'écria Losskow sur un ton de reproche.

Il avala péniblement sa salive. A quoi bon exciter Trosky davantage encore, c'était absurde.

— Jamais nous n'aurions dû nous rencontrer, grogna Trosky en examinant sa main gauche. C'est toi qui l'as dit, mais tu avais raison...

Mr Plump ne l'avait pas vraiment mordu, il n'y avait pas de plaie apparente, et pas de sang. Malgré cela, Trosky se comportait comme si sa main ne tenait au bras que par un fil.

— Quel est le démon qui t'a inspiré l'idée de nous réunir ? Nous, justement ! Cette bonne femme du Nord, arrogante et glacée, et cette Italienne en rut...

— ... et ce Népomucène en provenance de la Moldau sur le point de s'étrangler de colère ? compléta Héléna sans la moindre trace d'ironie.

Trosky haussa les épaules, tourna les talons et alla se réfugier dans son coin.

Une demi-heure plus tard, il réapparut, transformé. Il vint au salon, s'assit devant la table, un sourire gêné à la commissure des lèvres, et il supporta même les valses de Vienne clamées par l'électrophone. Mr Plump, écroulé aux pieds de sa maîtresse, le suivait des yeux, l'air furieux et les babines retroussées.

— Est-ce que vous auriez un petit reste de soupe pour un pauvre fou ? demanda Trosky.

Comme on ne savait jamais à l'avance comment il réagirait, on renonça à lui répondre. Héléna poussa vers lui une assiette contenant du rôti, des pommes de terre sautées et de la sauce qu'elle avait gardée au chaud. Il mangea sans dire un mot, le front strié de rides, but une boîte de bière et quand il eut terminé, il se décida enfin à parler.

— Je vous remercie humblement de votre charité.

Losskow fit semblant de ne rien entendre. Il remonta aussitôt sur le pont pour reprendre la barre. Durant toute cette scène, Lucrézia était restée assise sans bouger sur le banc, ses jambes nues recroquevillées sous elle. Par mesure de précaution, elle se cacha derrière une revue achetée à Santa Cruz, une revue qui contenait des récits érotiques, agrémentés de dessins plutôt osés. Quant à Héléna, elle se prépara à faire la vaisselle.

— A São Tiago, je file, déclara soudain Trosky. Vous pourrez naviguer sans moi jusqu'à la Terre de Feu si ça vous chante ! Nous nous sommes fait des illusions, nous ne tiendrons pas le coup ! A quoi bon un voilier insubmersible si les membres de l'équipage se haïssent ?

Il attendit la réaction des filles, en les regardant tour à tour d'un air provocateur, mais en fut pour ses frais.

— Nous nous portons mutuellement sur les nerfs ! reprit-il un peu plus fort. Au bout de si peu de temps déjà ! Dire que nous en avons encore pour des mois de cette vie communautaire ! Impossible ! Impensable ! Tandis que maintenant il n'est pas encore trop tard.

Il attendit encore quelques instants, mais ni Héléna ni Lucrézia ne manifesta la moindre envie d'entrer en conversation avec lui. Il fit la moue, enfonça son bonnet sur son crâne et quitta le salon.

— Espèces de connes, grogna-t-il.

Même cette insulte ne parvint pas à les tirer de leur mutisme.

Il trouva Losskow assis sur le petit banc ; la barre était maintenue en place par la courroie de cuir, et toutes les voiles arisées, sauf le foc. La HELU glissait doucement sur la mer plane. La nuit était claire et tiède. La lune descendante n'en était plus qu'à un croissant couché sur le dos, vision qui fascinait toujours les voyageurs étrangers à ces latitudes. Trosky s'assit en face de Losskow, écarta les bras sur le bastingage et la tête renversée en arrière, il contempla le ciel.

— Je me suis souvent demandé, dit-il au bout d'un certain temps, pourquoi les grands navigateurs étaient presque toujours aussi des corsaires. Francis Drake, par exemple, qui a même été anobli par la reine d'Angleterre. Et les grands héros, les modèles, en quelque sorte, Vasco de Gama, Magellan, Cook, John Cabot, Pedro Albares Cabral, Almeida, Da Cunha, Quinos, et les autres.... Eux non plus, ils n'y sont pas allés de main morte quand ils exploraient les océans ! Et le corsaire anglais, William Dampier ? Et le célèbre capitaine Bligh ? Qu'est-ce qu'il n'a pas fait avec son « Bounty » ? A quoi bon idéaliser ? Là où ces héros faisaient leur apparition, les carabines tiraient et les indigènes perdaient leur sang ; ils violaient les femmes et amassaient l'or et les pierres précieuses, et en contrepartie, ils abandonnaient derrière eux la Bible et la croix ! Et si jamais le capitaine les empêchait de se livrer à ces exactions et privait ainsi ses gens de leurs distractions favorites, ils le pendaient haut et court au mât principal. Pourquoi toutes ces mutineries au cours des expéditions ? Pourquoi Christophe Colomb dut-il inventer l'histoire de son œuf ? Pour apaiser ses hommes, sinon ils auraient perdu la tête. N'avoir que la mer, le vent ou le calme plat à se mettre sous la dent pendant des semaines, de l'eau fétide, des biscuits durs comme la pierre, de la viande salée, du poisson ou de la farine pleine de vers... ! Et pas une femme à bord ! C'était ça le pire ! Pire que tous les monstres marins authentiques ou imaginaires ! C'est la monotonie qui brise l'homme !

— N'empêche qu'ils ont tenu le coup ! répondit calmement Losskow. Ils ont découvert toutes les côtes d'Afrique, ils sont allés jusqu'en Inde et jusqu'en Australie, ils ont sillonné le Pacifique, ils ont contourné à la voile l'Amérique du Sud, ils ont mouillé en Inde et à Ceylan, ils ont poussé même jusqu'aux océans arctique et antarctique ! Envers et contre tout ! C'est *ça* qui a fait d'eux des héros. Ils ont tenu le coup !

— Parce qu'entre-temps, ils ont eu l'occasion de briser des crânes et de violer des femmes ? demanda Héléna.

Et Losskow prit les réflexions de Trosky sur le ton de l'ironie.

— Qu'est-ce que tu veux au juste ? Que nous attaquions les pétroliers et les cargos qui ont le malheur de passer à portée de notre voilier ? Pour que tu aies bon moral en arrivant à la Terre de Feu ?

— Je veux seulement prouver que je ne suis pas un monstre, en m'appuyant sur l'histoire ! Jadis, il semblait tout à fait naturel que les soupapes se soulèvent pour diminuer la pression interne. Tu es le seul, toi, à exiger de nous tous que nous planions comme des anges !

— C'est tout ce que tu trouves, comme excuse ?

— Je n'ai pas besoin de m'excuser ! — Trosky exhala un long soupir. — Je ne cherche qu'un minimum de compréhension.

— Je ne pense pas que tu la trouves ici. Tu nous considères tous comme des ennemis. — Losskow leva le bras et l'étendit vers le large. — Or nous n'avons ici qu'un ennemi... l'océan !

— Oh ! Il ne me fait pas peur, lui ! déclara Trosky d'une voix forte.

— Alors que tu n'es même pas capable de venir à bout de ton propre tempérament !

— A São Tiago, il faudra emporter à bord quelque chose à détruire, dit Trosky soudain.

Losskow lui jeta un coup d'œil inquisiteur.

— Allons bon ! Il ne manquait plus que ça ! Mais dis-moi un peu, à quoi penses-tu exactement ?

— Je ne sais pas ! Comment veux-tu que je te le dise maintenant ? Mais je trouverai bien une idée. Autrefois, d'après ce que j'ai pu lire, ils emportaient des sacs bourrés de paille à bord dont ils se servaient comme cibles pour apprendre à jouer du couteau. Et que fait-on aujourd'hui sur les cités flottantes, sur les porte-avions ? Rien que sur le « Nimitz » par exemple, vivent cinq mille personnes ! Quel est le meilleur moyen de détente à bord des navires sur lesquels on doit vivre serrés pendant des mois dans un espace vital réduit ? Le sport ! Il faut pouvoir se défouler avec le sport ! Pourquoi les banquets sur les navires de croisière, les fêtes costumées, les ponts équipés de jeux divers, les bals, le cinéma, le théâtre, les conférences, la danse ? S'il n'y avait pas tout cela, s'il n'y avait rien à offrir en pâture que la nature, le ciel et la mer, le soleil et le vent... tous les passagers deviendraient fous en une semaine ! Laissons aux poètes le soin de la chanter, la nature ! Mais un homme normal n'y résisterait pas ! Et nous, au bout de plusieurs mois passés sur l'eau, nous devrions débarquer aussi purs et aussi détendus qu'au moment d'embarquer ? Il aurait fallu prévenir le Vatican avant le départ. Attention, vous autres ! Les saints vont mettre pied à terre quelque part sur le globe, peut-être à Huwa Siwa !

— Où veux-tu en venir, Jan, avec ton discours ! demanda Losskow. Tu veux rester à São Tiago ?

— Ce serait un triomphe pour toi, hein ?

— La meilleure solution pour tout le monde, en tout cas !

— Et tu poursuivras ton équipée seul avec les deux femmes ?

— Oui.

— Tu es encore bien plus fou que moi, Peer !

— Je ne renoncerai pas à l'expédition, même avec Héléna toute seule.

— C'est un suicide à terme.

— C'est mon problème...

— A mon avis, reprit Trosky en se levant, les héros de l'absurde comme toi, il faut les immoler ! Je sais ce que tu penses. Tu veux profiter de cette expédition pour montrer jusqu'où peut aller l'endurance humaine. Si tu veux la réponse, je peux déjà te la donner maintenant : jusqu'à ce qu'on se fende le crâne mutuellement !

Il descendit dans la cabine, s'étendit sur sa couchette et se boucha les oreilles de coton hydrophile pour ne plus entendre brailler l'électrophone d'Héléna. Mais dès qu'il eut claqué la porte derrière lui, elle l'arrêta d'elle-même. Il ne s'en rendit même pas compte.

Quatre heures plus tard, avec sa ponctualité habituelle, il arriva près de Losskow pour le remplacer à la barre. Bien que naviguant à l'écart des routes maritimes les plus fréquentées, ils avaient décidé de ne pas voyager de nuit.

— Je crois que Blondie a pleuré ! déclara-t-il d'une voix rauque.

— Quoi ? — Losskow continua à fixer la mer immobile. — Héléna, pleuré ? Pourquoi ?

— Elle dort, tout contre son horrible cabot. Mais son visage est tout mouillé.

— C'est ta faute ! dit simplement Losskow sans élever le ton.

— Ben voyons ! Quel idiot je suis ! A quoi bon parler de cela ? Bien sûr, c'est toujours la faute de Trosky, quoi qu'il arrive. J'aurais dû y penser !

— Sinon, elle n'a aucune raison de pleurer.

— Peut-être a-t-elle peur ? Héléna est une fille intelligente. São Tiago est la dernière escale avant la grande solitude. De là jusqu'au Brésil, elle va connaître les affres de l'enfer, et elle en a le pressentiment...

— Vous pouvez tous renoncer si vous voulez, dit Losskow à mi-voix. Tous ! Je saurai bien me débrouiller tout seul. Cela vaudrait peut-être mieux d'ailleurs, et je me sentirai plus en sécurité !

Trosky attendit que Losskow ait disparu dans les entrailles du bateau, puis en plus du foc, il hissa le gênois II, vira légèrement de bord vers le sud-est et s'installa confortablement sur le banc.

A São Tiago, je m'achèterai un jeu d'échecs, se dit-il. Ou mieux encore, un arc et des flèches, ainsi qu'une cible. Je reste à bord, bien sûr, c'est l'évidence même ! Je ne peux tout de même pas laisser Peer tout seul ! Je ne tiens pas à ce qu'on me traite de lâche ! Je ne le supporterai pas !

Avec son petit avion, Dieter Randler avait atterri sur l'aéroport de Sal, en provenance du Sénégal. Il attendait ; tous les jours, et même plusieurs fois par jour, il scrutait la mer à la recherche du cotre et de son équipage. Pendant ce temps, la HELU entrait lentement dans le port de Tarrafal au nord de l'île São Tiago, par une matinée resplendissante de soleil.

On avait déployé toutes les voiles car le vent était très

faible. Debout sur le pont ils fixaient tous les quatre le petit coin de terre perdu au milieu de l'Atlantique et qui représentait leur dernière attache avant le grand large, l'immensité qu'ils voulaient affronter. Le spectacle n'avait rien de bien réjouissant. Un paysage nu et brun au relief légèrement accidenté, brûlé par le soleil, battu par les intempéries. Un monticule de terre en plein océan, jadis couvert de fruits, mais à présent desséché, appauvri, trop misérable pour survivre sans l'aide des autres et pourtant trop important, de par sa position entre l'Afrique et l'Amérique, pour qu'on l'abandonne. La présence de navires américains et soviétiques dans le port de Praia le prouvait tous les jours. Ils avaient l'apparence d'inoffensifs chalutiers, mais en réalité, ils étaient bourrés d'appareils électroniques pour sonder l'éther à l'aide de nouvelles techniques inconnues. Ils surveillaient en particulier les mouvements des sous-marins dans l'Atlantique ; les radars les plus perfectionnés auscultaient les fonds marins à la recherche de l'ennemi invisible.

De tout cela, on ne se doutait pas le moins du monde à Tarrafal. La petite cité gisait endormie sous le soleil, quelques vieilles barcasses flottaient sur l'eau ; la police portuaire ignora totalement l'arrivée du voilier. A voir les maisons, on avait l'impression que leur construction n'avait jamais été achevée, par simple négligence. A plusieurs endroits, la jetée tombait en décrépitude. Un spectacle désolant.

— Ceux qui vivent ici comprennent peut-être le sens de leur existence ! dit Trosky d'un air sarcastique. Mais je vous préviens, quelles qu'aient été vos bonnes intentions : je ne me laisserai pas débarquer ici !

— A quelques kilomètres de la côte se trouve la ville de Praia, la capitale. Et l'île de Sal, située tout à proximité, abrite même un aéroport international !

Losskow laissa la HELU glisser avec élégance dans le petit port, en visant un vieux débarcadère dont les pilotis et les planches pourries prouvaient qu'il n'était plus guère utilisé. Les bateaux des pêcheurs étaient amarrés les uns à côté des autres derrière la jetée, à un petit quai réservé. Des coques peintes de toutes les couleurs. Une laque épaisse qui cachait avec indulgence les outrages du temps.

Quelques hommes flânaient dans le port, les yeux rivés sur les nouveaux venus. Des filets étaient suspendus sur des pieux assez bas pour sécher. Les vieilles femmes assises sur des tabourets devant une misérable boutique en réparaient d'autres. Les enfants jouaient parmi les barques tirées sur le bord et des paniers d'osier retournés. Des bruits d'outils entrechoqués sortaient d'un garage où une homme, torse nu et inondé de sueur, réparait une moto.

Brusquement, comme s'il surgissait de terre, un policier se trouva devant eux, un des créoles du Cap-Vert qui composaient soixante-dix pour cent de la population locale. Il portait un uniforme propre avec deux décorations à la poitrine. Ce fut justement Trosky qu'il attrapa par le bras et à qui il s'adressa en premier.

— Lâche-moi ! dit le bouillant Tchèque avec calme. Sinon je te crache à la figure !

Comme ils ne se comprenaient pas mutuellement, ils se sourirent. Le policier continua à parler, dans un langage particulier baptisé crioulo, une sorte de portugais africanisé.

— Montrez-moi vos papiers ! disait-il. Même quand on arrive en voilier, on entre dans un pays étranger, hein ? Vous avez un passeport ? Un visa ? Où est votre carnet de vaccination ? Vous battez pavillon allemand. Vous venez de l'Allemagne ?

— Alemanha... — Ce fut le seul mot que comprit Losskow. Il acquiesça d'un signe de tête, alla chercher ses papiers et les présenta au représentant de la force indigène.
— Vous parlez anglais ? demanda-t-il. Ou français ?

Le policier secoua la tête en signe de dénégation et examina les papiers. Il ne fallait pas être grand observateur pour voir qu'il n'y comprenait strictement rien. Il ne savait qu'une chose : ce n'était pas des passeports. Pas plus que des visas. Des Allemands accostaient chez lui avec l'intention de se promener, tout simplement ! Comme s'il s'agissait d'un Etat primitif ! La fierté nationale du nouveau citoyen du Cap-Vert s'échauffa. Il enfouit les papiers dans sa poche et leur fit signe de le suivre.

— Décidément, sur toute la surface du globe, dès qu'ils jouissent d'une parcelle de pouvoir, les hommes se ressemblent ! déclara Trosky sur le ton de la plaisanterie. Tu vas voir ce qui va se passer. Nous allons trouver un gros bonhomme chaussé de lunettes à monture d'acier assis derrière une table, et il va nous faire comprendre que nous ne sommes que des pauvres types.

— Pourquoi les femmes viennent-elles aussi ? Elles peuvent bien aller faire les achats toutes seules pendant ce temps ! dit Losskow en s'immobilisant sur place.

— Vas-y lui faire comprendre ça ! rétorqua Trosky. Il t'accusera aussitôt de résistance contre les forces nationales de l'ordre !

— C'est bien simple, attends un peu ! — Lucrézia alla se glisser à côté de l'homme en uniforme ; elle gonfla la poitrine en lui souriant. L'homme sourit à son tour, examina la jeune femme d'un air gourmand et acquiesça d'un signe de tête.

— Quel porc ! grogna Trosky. Je sais exactement ce qu'il pense en ce moment !

— Nous voulons acheter de quoi manger ! dit Lucrézia dans un espagnol atroce.

Et elle énuméra tout ce qu'elle voulait acheter : de l'eau, du vin, de la viande, du maïs, du manioc, des pommes de terre, du café, des haricots, des pois, du fromage et des conserves. Tout en accompagnant chaque denrée d'un geste descriptif auquel on ne pouvait pas se tromper.

Le policier acquiesça encore d'un signe de tête, jeta un dernier coup d'œil sur la poitrine de Lucrézia et sembla hésiter.

— Alors, tu te décides, vieux ? dit Trosky d'une voix menaçante. Tu as déjà contemplé plus que tu ne pourras fournir en contrepartie.

Le policier leva la main, Trosky leva le menton.

— S'il la touche, je lui fous mon poing sur la gueule ! Même si ce geste doit entraîner des problèmes diplomatiques entre Prague et Praia.

— Bon, allez-y ! dit le policier généreux. Allez faire vos achats !

Il accompagna son autorisation d'un geste du bras qui signifiait sans doute : Je vous en prie, Tarrafal est à votre disposition !

— Oh merci ! dit Lucrézia avec un coup d'œil ensorcelant. Puis elle s'inclina vers lui et l'embrassa sur la joue.

— Un à zéro pour toi ! grogna Trosky. Dites donc, mes chéries, n'oubliez pas le schnaps ! Nous n'avons plus que trois bouteilles de whisky à bord !

Tandis que Losskow et Trosky accompagnaient le policier jusqu'aux bureaux officiels, Héléna et Lucrézia partirent à la découverte de la ville. Elles flânèrent le long de la rue du port.

Soudain Trosky poussa Losskow du coude.

— Avec quoi allons-nous payer ? Nous avons des escudos ?

— Non. Des dollars.

— Ils acceptent les dollars ?

— Sûrement !

— La police aussi ?

— Pourquoi, la police ?

— Je suppose que nous allons devoir remplir un long questionnaire. Et selon l'épaisseur du tas de papiers qui se trouvera sur la table du fonctionnaire de la police, nous serons servis tout de suite, ou bien nous devrons attendre deux jours. D'où ma question, tu comprends ?

— On verra bien. Nous ne savons même pas encore pourquoi il nous emmène là-bas. Les papiers du bateau sont en règle.

— Mais il n'y avait pas de billets de banque ! Il manquait donc quelque chose !

On reconnaissait de loin le commissariat de police au drapeau national qui pendait mollement le long d'un mât peint en blanc. A l'intérieur, dans un immense bureau climatisé en permanence par deux gros ventilateurs qui tournaient à plein régime, un petit homme maigre était assis devant une table de travail beaucoup trop vaste pour sa taille. Il lança sur les nouveaux venus un regard impérieux.

— Déclaration erronée ! dit Losskow en riant. Il n'y a pas de gros type chaussé de lunettes à monture d'acier.

— A sa place un Napoléon atteint d'hépatite virale. C'est bien pire !

Le policier fit sa déclaration comme s'il parlait devant tout un parterre d'auditeurs. Une fois de plus, Losskow ne saisit qu'un seul mot : « Alemanha ». Le petit homme jeta sur les navigateurs allemands un regard curieux, puis il indiqua du doigt deux chaises vides devant son bureau et les pria de s'asseoir. Quant au policier, il resta debout près de la porte ; on aurait cru qu'il surveillait l'unique issue de la pièce.

— Alemanha ! répéta le commissaire en souriant. Très beau ! Hymne national : « Heute blau und morgen blau * ! »... Très beau !

— Mon Dieu ! — Losskow joignit les mains sur ses genoux et il se mit à transpirer d'abondance. Qui a bien pu lui apprendre ça ? Le jour où il découvrira qu'on s'est moqué de lui, les Allemands n'auront plus rien à espérer de ce côté-ci !

Ce fut un entretien pénible mais intéressant qui dura trois heures. Le policier leur offrit du jus d'ananas agrémenté d'une bonne dose d'alcool de canne à sucre. Ils parlèrent avec les mains et les pieds et eurent évidemment un formulaire à remplir qui, heureusement, était rédigé en portugais et en anglais. Une fois le papier dûment rempli, il reçut deux tampons et une vaste signature, puis alla rejoindre ses frères dans un carton.

* Traduction littérale : ivre aujourd'hui, et ivre demain ! (N.d.T.)

— Alemanha beau ! dit le commissaire rêveur. Tas de crotte ! ajouta-t-il en allemand, d'un air inspiré.

Et il regarda Losskow dans l'attente d'un compliment. On avait dû lui dire un jour que ce mot servait à exprimer une grande admiration.

— Bravo ! s'écria Losskow.

Et il trinqua avec le petit homme. Puis il lui montra la mer par la fenêtre et lui fit comprendre par geste qu'ils devaient rejoindre leur embarcation pour poursuivre la course.

— Grande mare !

Le petit policier comprit aussitôt. Il bondit sur ses pieds, fit le tour de l'énorme table, serra sur son cœur Losskow et Trosky et apostropha son subordonné d'un air rogue. Celui-ci s'empressa d'ouvrir la porte et de se mettre au garde-à-vous. Il était évident qu'il devait accompagner les deux Allemands jusque chez eux.

— Il faudrait commencer par chercher les filles ! dit Trosky. Elles ne peuvent pas rapporter sur leur dos tout ce qu'elles avaient à acheter !

Arrivés sur le quai, ils inspectèrent les lieux, et surtout le vieil embarcadère délabré. Trosky laissa échapper un cri sourd et entrouvrit sa chemise. Losskow s'arrêta sur place, pétrifié, comme si un mur invisible l'empêchait d'aller plus loin.

Le débarcadère était vide. Pas la moindre trace de voilier, rien qui pût même rappeler que la HELU y avait jeté l'ancre quelques heures auparavant.

— Les héros de la navigation solitaire se font barboter leur voilier ! dit Trosky d'une voix amère. Heureusement qu'il nous reste nos femmes !

Son espoir fut de courte durée. Au bout d'une demi-heure de recherches, ils savaient que Lucrézia et Héléna, lourdement chargées de paquets de toutes sortes, étaient revenues à bord. Puis les voiles avaient été hissées et le cotre s'était éloigné du quai avec lenteur.

Les deux marchands qui étaient venus au port avec leur charrette pleine de boîtes de conserve, de bouteilles de bière et de vin, et deux sacs de farine et de riz s'étaient affolés en voyant le bateau lever l'ancre immédiatement. Non pas que les acheteuses eussent oublié de payer la marchandise, pas du tout. Il n'empêche qu'ils jurèrent comme des charretiers.

L'un des deux parlait un peu d'anglais, suffisamment pour se faire comprendre.

— Ils avaient l'air rudement pressés ! dit-il. Ils ont hissé toutes les voiles !

— Elles ont dû être mordues par un chien enragé toutes les deux ! déclara Trosky furieux. Mr Plump sans doute, je le sentais venir ! Et toi, as-tu une explication à donner sur ce comportement inouï, Peer ?

— Il a dû se passer quelque chose sur le bateau !

— Pour sûr ! Il a tout simplement disparu !

— Héléna et Lucrézia ne sont pas parties toutes seules... de leur plein gré...

— Alors c'est qu'il y avait un passager clandestin à bord. Un corsaire peut-être !

— Oui, en quelque sorte. Notre bateau a dû être kidnappé... Toi qui cherchais des divertissements, te voilà servi ! Des écumeurs de mer...

— En plein jour ? Et en plein port ?

La police de Tarrafal signala le fait à Praia et sonna l'alerte. Deux vedettes rapides démarrèrent aussitôt pour prendre les fuyards en chasse. Et Praia envoya un hélicoptère à Tarrafal.

— Nous les retrouverons ! déclara le petit commissaire du port, traduisant les instructions qu'il recevait par téléphone. Mais ça peut prendre du temps ! Nos côtes sont très escarpées, pleines de baies, de criques et de cavernes. Les roches laviques forment des cachettes excellentes ! Il nous faut inspecter pour ainsi dire mètre par mètre. Mais nous les retrouverons, Señores... Un peu de patience seulement ! Un cotre comme le vôtre ne peut pas s'évanouir dans les airs !

— Ce n'est pas le cotre qui importe maintenant, répondit Losskow. Mais les deux femmes !

— Je peux presque vous garantir l'embarcation ! assura le petit policier en regardant Trosky et Losskow avec des yeux tout tristes. Mais les deux femmes... Les reverrons-nous ? Cela, Dieu seul le sait !

— Et il ne donne jamais de réponse ! conclut Trosky d'un air sombre.

Elles étaient revenues au bout de deux heures vers le bateau, les bras chargés de paquets.

Aussi sinistre que pût être ce petit port de pêche dans cet univers volcanique, il possédait malgré tout trois attraits non négligeables : une église datant de la colonisation portugaise, un bar et un mini-supermarché. Celui-ci était géré par un homme qui parlait même assez bien le français. Il accueillit Héléna et Lucrézia comme deux reines en visite officielle.

— Mon magasin vous appartient, Mesdames !

On sentait du reste derrière ces quelques mots l'espoir de faire rentrer plus d'escudos dans la caisse en une heure qu'en un mois entier, plutôt qu'une proposition à prendre au pied de la lettre. Espoir qui se réalisa en effet : les deux jeunes filles se procurèrent chez lui tout ce qu'elles avaient inscrit sur leur liste, depuis l'eau potable en magnums de plastique fermés sous vide jusqu'aux potages instantanés aux pois cassés et aux lentilles. Pour Trosky, elles firent préparer un carton contenant douze bouteilles de whisky et Héléna, avec le sens pratique qui la caractérisait, acheta même deux barils de poudre à laver.

— Quand Trosky verra cela, il en tombera par-dessus bord ! dit Luzi pleine de pressentiments. De la poudre à laver ! Pour ce poids-là, on aurait pu emporter six bouteilles de whisky supplémentaires ! D'ailleurs nous avons acheté beaucoup trop de choses !

— Je ne peux pas vivre dans des vêtements sales ! déclara Héléna d'un air têtu. Tandis que je peux me passer d'alcool.

— Jour de lessive en plein Atlantique, hein ? Et séance de séchage du linge en face de la Terre de Feu ?

— Pourquoi pas ?

— Nous aurons d'autres chats à fouetter qu'un col de chemise crasseux ! — Luzi haussa les épaules d'un air résigné. — Enfin ! Vas-y, c'est toi qui commandes...

Héléna qui était en train d'essayer de déchiffrer l'étiquette d'une boîte de conserve tourna la tête d'un mouvement brusque. Elle eut juste le temps de voir étinceler encore les yeux de Luzi. Et aussitôt, la jeune Italienne retrouva son air candide, ses yeux ronds empreints d'un étonnement enfantin, la spécialité dont elle se servait pour éveiller chez tous les hommes leur instinct protecteur.

— Qu'est-ce que tu veux dire ? demanda Héléna d'une voix dure.

Luzi haussa les épaules et sourit d'un air angélique.

— Nous le savons bien tous, voyons !

— Qu'est-ce que vous savez ?

— Nous ne sommes pas aveugles...

— Mais complètement cinglés !

— Possible. — Cette fois, elle sourit avec impertinence. — Pas assez cinglés pourtant pour voir que vous vous aimez !

— Allons donc !

— Quand vous vous regardez, on croirait voir deux affamés devant un gâteau à la crème.

— Tu perds la tête, Luzi ! C'est stupide !

— Ce qui est stupide, c'est que vous ne couchiez pas ensemble ! Sinon il y a longtemps que j'aurais rejoint Peer sur sa couchette, moi ! Dès la première nuit ! Mais il n'a pas envie de moi, c'est toi qu'il veut. Seigneur, est-ce une honte ? Vous prenez le monde pour un couvent... mais vous ne réussirez qu'à vous couvrir de ridicule ! Faites donc ce dont vous rêvez toutes les nuits, à la fin !

— Pour que tu puisses aller rejoindre Jan, la conscience en paix ?

— Lui ? Ah non ! Ce n'est pas mon type ! J'aime les hommes doux et tendres, et non ces machos qui ne pensent qu'à exhiber leurs muscles ! — Un rêve langoureux passa dans ses grands yeux noirs. Incroyable ce qu'elle pouvait faire de sa physionomie, se dit Héléna. Elle était capable de changer d'expression comme les caméléons changent de couleur. — Seulement... Quand je pense que maintenant je n'aurai plus un seul gros ours à me mettre sous la dent pendant des semaines... je...

— C'est ça, ton unique souci ?

— C'est plus sérieux en tout cas que tes problèmes de lessive !

Lucrézia passa de rayon en rayon en se dandinant légèrement, comme à l'accoutumée. Elle s'arrêta devant les articles de parfumerie, eaux de toilette et crèmes de beauté à bon marché, et s'acheta un grand flacon de parfum de toilette au muguet, trois tubes de rouge à lèvres d'un rose transparent, du fard à joues et à paupières.

— A chacun son dû, dit-elle en riant. Tu essores le linge pendant que moi, je me maquille. Mon Dieu ! Quelle expédition démente ! Un ivrogne misanthrope, un Viking affublé d'une morale monastique, une maîtresse de maison impeccable atteinte de la manie de frotter et une petite poule qui ne pense qu'aux hommes. Car c'est bien comme ça que tu me vois, hein ?

Lorsqu'elles arrivèrent à la caisse, le gérant rougit d'enthousiasme. Comme Héléna ne pouvait payer qu'en dollars, il ajouta encore une jolie somme dans ses calculs de change et offrit à chacune un foulard de soie sur lequel les îles du Cap-Vert étaient immortalisées dans des couleurs atroces. Ces foulards provenaient de l'époque de la colonisation portugaise, où le tourisme représentait encore une source de revenus appréciable. Depuis l'indépendance, c'est-à-dire depuis 1975, il ne venait quasiment plus personne à Tarrafal, et les boutiques de souvenirs s'empoussiéraient lentement.

— Je vais vous confier mon apprenti, Mesdames, dit le gérant. Il portera tout cela jusqu'au port avec la charrette ! Bon voyage et bonne chance ! Vous allez jusqu'en Guinée Bissau, je suppose ?

— Non, nous allons jusqu'à la Terre de Feu, répondit gaiement Luzi.

— Jusqu'où ? fit le gérant en jetant sur les deux femmes un regard incrédule.

— Nous allons contourner le cap Horn.

— Sur un petit voilier ?

— Oui.

— Allons donc, vous vous moquez de moi !

— Pas du tout ! C'est l'entière vérité !

Lorsqu'elles descendirent la rue du port, suivies du petit apprenti qui n'avait certainement pas plus de dix ans, le gérant les regarda encore longuement. Que de fous il peut y avoir sur cette terre ! se dit-il en s'attachant d'un air triste sur les hanches expressives de Lucrézia. Mais projeter d'emblée la Terre de Feu avec une coque de noix ? Nous ne les reverrons jamais, ces deux filles appétissantes. Dommage... Il soupira, considéra d'un air ému les chèques libellés en dollars qu'il tenait encore à la main et décida d'aller le jour même à Praia pour les encaisser à la banque.

En revenant du supermarché, les deux jeunes navigatrices passèrent devant le commissariat de police où Trosky et Losskow en étaient à la conclusion de leurs négociations verbeuses avec le petit chef policier. Pour eux, tout se terminait bien, alors que leurs compagnes ne se doutaient nullement du sort qui les attendait.

Abandonnée à ses cordes de nylon, la HELU se dandinait sur l'eau, le long du quai. Les quelques barques de pêcheurs avaient déjà été tirées à terre, deux chalutiers un peu plus importants semblaient totalement désertés et inutilisés ; pas un homme à l'horizon. Il faisait une chaleur infernale, l'air desséchant était envahi de particules de sable que le vent, le terrible passat du nord, envoyait du Sahara. Ce sable rougeâtre, aussi fin que de la farine, véritable poussière impalpable, pénétrait partout. Il recouvrait les maisons et les champs, les rues et les toits, les bateaux et les arbres ; il crissait entre les dents et s'infiltrait dans les narines qu'il finissait par boucher.

En arrivant à la HELU, Héléna et Lucrézia ne s'aperçurent de rien. Mais le petit apprenti avec sa charrette bondée s'immobilisa sur place, les yeux exorbités fixés sur le voilier. Il renversa tout son chargement à l'endroit même, tira sa carriole et se sauva en courant. Sidérées, les deux filles contemplèrent la montagne de cartons, de bouteilles et de paquets et suivirent des yeux la course éperdue du gamin.

— Il ne risque pas d'obtenir un poste de gérant, celui-là, dit Luzi froidement en guise de commentaire. Ce n'est pas la courtoisie qui l'étouffe ! Pour commencer, la police, et ensuite ce sale gamin ! Nous ne sommes guère appréciés ici, et je me demande pourquoi. Bon, il ne nous reste plus qu'à monter tout ça à bord nous-mêmes !

Elle saisit le carton de whisky, le jeta sur son épaule où elle le cala, tandis qu'Héléna emportait un baril de poudre à laver à chaque main. La force et la ténacité de Lucrézia la surprit une fois de plus ; à voir sa jolie silhouette, on pouvait plutôt supposer qu'elle était frêle. Douze bouteilles de whisky, cela faisait déjà un bon poids, ce qui n'empêcha pas la jeune délurée de traverser la passerelle d'un pas léger, comme si elle portait un carton vide. Elle est coriace, la garce, se dit Héléna. Si nous avons le malheur d'essuyer de fortes tempêtes, nous pourrons compter sur elle... tout le contraire de moi. Rien qu'à la pensée du cap Horn, de ses coups de vent terribles, de ses écueils et de ses bas-fonds, je tremble de peur...

Elles mirent pied sur le pont, déposèrent leurs cartons et jetèrent un coup d'œil sur la montagne de marchandises qui traînait encore sur le quai.

— Notre soute à ravitaillement n'est pas extensible, dit Lucrézia. Je sens que nous allons nous faire drôlement engueuler par Peer. Il y aura surcharge.

— D'ici deux semaines, Trosky aura bu et mangé la moitié de tout cela.

— Tu arrangeras ça avec Peer, ton petit chéri, hein ? Elle alla jusqu'à l'entrée de la cabine et s'immobilisa, les sourcils froncés. La porte du salon était grande ouverte. Or elle se rappelait fort bien avoir vu Peer la fermer. La seconde clef se trouvait en possession d'Héléna.

— Ils sont déjà rentrés ! dit Luzi.

— Quoi ?

Héléna se préparait à retourner sur le quai pour continuer le chargement ; elle s'arrêta aussitôt et tourna les yeux vers l'entrée de la cabine.

— La porte est ouverte !

— Et ils ne nous entendent pas ?

— Attends un peu ! — Lucrézia tapa du poing sur le toit du salon et se pencha vers l'escalier. — Alors, vous montez, tas de fainéants ! cria-t-elle. Vous n'allez tout de même pas nous laisser porter seules le ravitaillement !

Silence complet sous le pont. Lucrézia regarda Héléna, haussa les épaules et secoua la tête.

— C'est un peu fort ! Attends un peu que je les réveille ! s'écria-t-elle.

Elle descendit les quelques marches, entra dans le salon, et aussitôt deux poignes solides l'arrêtèrent. Deux mains se plaquèrent sur ses yeux, tandis que deux autres mains lui tiraient les bras par-derrière. En même temps, la porte se ferma.

Lucrézia se sentit paralysée pendant un instant, puis tous ses muscles se contractèrent, comme ceux d'un chat aux aguets. Mais elle ne fit pas le moindre geste de résistance. Il lui était du reste impossible de se libérer de ces deux étaux. Aussi resta-t-elle figée sur place, dans l'attente de ce qui allait se passer. Les mains qui l'aveuglaient sentaient le poisson ou le tan.

Un homme s'adressa à elle à mi-voix ; mais elle ne comprit rien à son discours. C'était du crioulo, ce portugais africain que parlaient presque tous les insulaires du Cap-Vert.

— Vous parlez français ? demanda une voix sombre derrière elle.

— Oui ! répondit-elle furieuse. Vous êtes des idiots !

— On va bien voir. Appelez votre collègue !

— Et si je refuse ?

— Nous vous étranglerons, et nous trouverons bien un moyen de l'attirer quand même jusqu'ici. Mais je ne veux tuer personne, moi ! J'ai horreur de la violence.

— Cela joue en votre faveur. D'ailleurs, on s'en rend compte tout de suite !

— Il ne faut pas confondre agression et assassinat !

— Il faudrait savoir, n'est-ce pas ? Il doit y avoir là quelques différences minimes en effet.

— Alors, vous l'appelez ? Oui ou non... ? demanda la voix sombre derrière elle.

— Pour sauver ma peau, je ferais n'importe quoi !

— Mais soyez naturelle, hein ? N'essayez pas de vous jouer de nous !

— Je vais faire tout mon possible.

Ils la tournèrent vers l'entrée du pont ; elle entendit la porte s'ouvrir et claquer contre la cloison.

— Allez-y !

Lucrézia prit son souffle.

— Blondie ! cria-t-elle. Viens vite ! Il y a quelque chose de louche ici !

A ce moment-là seulement, elle réalisa que ses deux agresseurs ne comprenaient sans doute pas l'allemand ; elle aurait pu crier tout ce qu'elle voulait. Mais il était trop tard. Une main se plaqua lourdement sur sa bouche. Je pourrais le mordre, se dit-elle. Cela le ferait crier, il enlèverait sa main par simple réflexe, et je pourrais hurler à mon tour : Va-t'en ! Va-t'en vite ! Agression !... Mais qu'est-ce que ça me rapportera ? Ils me tueront. Il est très rare que l'héroïsme ait un sens.

— La voilà ! dit la voix sombre derrière son oreille. Et maintenant, du calme, hein ! Pas le moindre geste !

On la tira dans un coin, contre la cloison du salon, et la porte se referma. Pour Héléna aussi, la surprise serait totale quand, en ouvrant la porte à son tour, elle serait happée par les deux mains qui sentaient le poisson.

Tout se passa avec une précision minutieuse. Héléna descendit les marches en hâte, le front soucieux, car si Luzi criait qu'il y avait quelque chose de louche, cela ne pouvait signifier qu'une nouvelle déclaration de guerre entre Losskow et Trosky... et qui pouvait en prévoir les conséquences ?

En quelques secondes aussi, Héléna fut capturée, mais on ne l'aveugla pas. On la tira brutalement de la dernière marche dans le salon et on la jeta contre le mur. Avant de tomber, elle eut le temps d'apercevoir Lucrézia maîtrisée par un petit bonhomme rondouillard et chauve. Et elle vit aussi son adversaire, un homme grand et mince, jeune encore, au visage basané barré d'une moustache et aux cheveux noirs et frisés. Puis elle s'écroula sur les genoux et attendit. Elle avait pris la précaution de se protéger la tête de ses deux bras.

— Je suppose que vous parlez aussi le français ? demanda la voix sombre.

— Oui, répondit Héléna.

Elle tourna la tête. La porte donnant sur l'escalier était de nouveau fermée. Lucrézia était seule en face d'elle, collée au mur. Les deux hommes, le chauve et le noir, se tenaient côte à côte, appuyés contre la cloison du coin cuisine. Lucrézia leva les mains d'un air de regret.

— Ils m'ont forcée à t'appeler, dit-elle en français. Sinon ils m'auraient étranglée...

— Nous avons un problème, déclara le grand brun d'une voix agréable, mais glaciale. Et nous pensons que votre bateau est exactement ce qui peut nous aider à résoudre ce problème. Vous connaissez la technique de la voile, bien sûr ?

— Non ! s'empressa de répondre Lucrézia.

— Allons, ne mentez pas ! C'est inutile et absurde. Je vais vous raconter une petite histoire. Vous avez déjà entendu parler du Tchad, n'est-ce pas ? Un pays affreusement pauvre, au centre de l'Afrique. Qui le connaît d'ailleurs ? Tout ce que l'on sait, c'est que des milliers d'êtres humains y meurent de faim, que le pays est secoué par des révolutions, que les tribus se déciment lentement mais sûrement, et que la France couvre tout cela, pour de simples raisons stratégiques. Je faisais partie de la Légion étrangère. Vous savez ce que c'est, je suppose. On m'a envoyé au Tchad, en même temps que deux cents prétendus volontaires, pour y mettre de l'ordre. Mission que l'on pouvait aussi bien traduire ainsi : Et maintenant, faites-vous griller à la santé de la France ! Alors moi, j'ai déserté. Je n'ai pas besoin de vous dire comment sont traités les légionnaires déserteurs quand on les rattrape ! J'ai réussi à traverser toute l'Afrique, depuis le Tchad jusqu'ici, sur cette petite île. Ce n'cst pas mal, n'est-ce pas ? Vous regarderez plus tard sur la carte. Une sacrée distance ! Maintenant, je prépare le coup qui m'assurera le début d'une nouvelle vie. Et c'est justement à Tarrafal que ça colle ! C'est fou, hein ? Mais il faut que je décampe. Oh, pas loin, jusqu'à Maio seulement. Impossible de louer une vedette de la police, vous vous en doutez. C'est pourquoi nous allons y aller tous les quatre ensemble.

— Il est tombé sur la tête ! déclara Luzi en s'asseyant sur un tabouret. Vous feriez mieux d'y aller à la nage, ce serait plus sûr. Imaginez un peu le tohu-bohu qu'il va y avoir ici quand on s'apercevra que le bateau a disparu ! Nous ne sommes pas seules en voyage !

— Je sais. — L'homme fit un geste de dénégation. — Nous allons apporter à bord ce que vous avez acheté, et nous lèverons l'ancre immédiatement. La côte rocheuse est truffée de criques et de grottes, ce ne sont pas les occasions de se cacher qui manquent. Nous attendrons là sagement qu'il fasse nuit, puis nous mettrons le cap vers Maio, toutes voiles déployées. Où voyez-vous des difficultés ?

— Vous ne connaissez pas nos hommes ! déclara Héléna d'une voix forte.

— Je ne sous-estime personne. Et moi, pas davantage ! — Il ouvrit la porte du salon et aussitôt le petit homme chauve, qui n'avait pas ouvert la bouche jusque-là, grimpa les marches en courant. — N'ayez pas trop d'espoir dans le temps, reprit le grand. Ces messieurs ne reviendront pas de sitôt ! Le commissaire de police est un homme bavard, et il est ravi chaque fois qu'il peut mettre la main sur un interrogatoire. Plus le suspect est innocent, mieux ça vaut, car plus on a de questions à poser ! Cela remplace pour ce brave type la télévision et les contacts humains pratiquement inexistants ici. Il peut se passer bien du temps encore avant que vos hommes ne soient libérés, Mesdames !

— On nous observe sûrement !

— Pas à cette heure-ci !

Le grand frisé sourit, sûr de lui.

— L'apprenti du supermarché ? Il va tout raconter... Il s'est sauvé en courant, vous l'avez vu ? Il vous a certainement aperçus sur le bateau !

— Il ne dira rien ! Je lui ai montré mon revolver par la fenêtre. Pas besoin d'être instruit pour comprendre la signification de ce geste !

Le chauve revint, lourdement chargé, et jeta les cartons dans la cabine.

— A propos, il s'appelle Jorge Silva, dit encore le grand. Et moi, je suis Maurice Depallier... ce qui ne veut pas dire que les noms soient authentiques. Mais nous nous en tiendrons là pour le moment.

Silva remonta les marches en courant. Il se chargeait de la dure besogne sans protester ; manifestement, il reconnaissait en Maurice l'autorité du chef, et il était heureux de pouvoir vivre dans son ombre.

— Et si nous hissions les voiles, qu'en pensez-vous ?

Héléna et Lucrézia échangèrent un coup d'œil rapide, que Depallier intercepta ; il sourit.

— En quoi cela consiste-t-il ? demanda posément Héléna.

— C'est exactement la question que je me posais, Mesdames. Puis-je vous aider ?

Il fit deux pas en avant, saisit Héléna par son chemisier et la souleva, puis il lui tordit le bras gauche vers l'arrière jusqu'à ce qu'elle gémisse. Non pas que la douleur fût insupportable, mais il ne fallait plus tirer le bras d'un seul millimètre, sinon, il y aurait fracture.

— Les femmes n'aiment pas entendre crier... n'est-ce pas ?

— Oh moi ! Ça ne me fait rien, répliqua Lucrézia en croisant les jambes.

Silva revint une seconde fois, suant et soufflant, et jeta la caisse contenant les bouteilles d'eau potable dans un coin. Mais il ne s'accorda pas une seule minute de répit, et remonta à toute allure sur le pont. Le temps passait, il fallait agir vite.

— Pendant toute mon enfance, j'ai entendu des cris. Nous habitions à côté d'un abattoir. Quand j'étais petite, je me glissais souvent dans les immenses salles, aux heures où l'on tuait les bêtes. Des porcs à l'agonie, ça pousse des cris horribles ! Ils flairaient le sang, ils sentaient venir leur fin, ils ne sont pas aussi stupides qu'on le dit, vous savez ! Des cris... Non, vraiment, ça me laisse froide. Question d'entraînement !

Maurice lui jeta un coup d'œil ahuri ; il ramena légèrement le bras d'Héléna vers l'avant, et se passa la main libre sur les cheveux.

— Pourquoi toutes ces complications, Mesdames ? Vous nous transportez à Maio, et je vous promets qu'ensuite vous serez libres et pourrez revenir ici sans difficultés. Soixante kilomètres aller, soixante kilomètres retour, et quelques arrêts en cours de route...

— Que voulez-vous dire avec vos arrêts en cours de route ? questionna Héléna.

— Il va falloir que nous nous cachions pendant quelques jours, jusqu'à ce que les autorités de Tarrafal cessent de nous rechercher. Si la chance est avec nous, elle nous apportera aussi une bonne tempête. Et que faire dans ce cas ? Rien. Le bateau est perdu, corps et biens. Nous avons quatre mille mètres de fond sous les pieds... Je me demande, Mesdames, pourquoi vous tenez tant à souffrir, puisque de toute façon vous êtes condamnées à manœuvrer le bateau. Ne serait-il pas préférable de vous montrer raisonnables et de hisser les voiles de votre plein gré ?

Jorge Silva revint, déchargea son dos et reprit son souffle bruyamment.

— Encore un transport, dit-il en crioulo. Et tout sera chargé à bord. Alors, elles acceptent ? ajouta-t-il en regardant les deux jeunes filles.

— Bien sûr, elles acceptent ! — Maurice lâcha Héléna. — Ce brave Jorge, il demande s'il doit ouvrir la joue avec son couteau à l'une de vous deux, reprit-il en français. Il paraît bien gentil, avec son crâne chauve, si paternel, si aimable, mais c'est un vrai démon ! Une bête fauve dépourvue de tout sentiment. Et un artiste dans les jeux au couteau. — Il s'inclina courtoisement devant Héléna et lui montra l'escalier. — Nous pouvons appareiller, Madame. Je vais suivre des yeux toute la manœuvre d'ici. Si vous faites un signe ou si vous tentez n'importe quoi pour nous prendre au piège, je tire sans préavis. N'oubliez pas une chose : nous deux, nous n'avons plus rien à perdre, nous sommes habitués à jouer notre va-tout. Mais je suppose que vous aimez beaucoup trop la vie pour vouloir la risquer aussi légèrement, hein ?

— Bon, allons-y ! décréta Lucrézia. Je suis prête à faire n'importe quoi pour ma pomme ! Mais vous n'avez pas de chance, Maurice. Nous attendons encore deux carrioles contenant du riz, de la farine, des pommes de terre et des pâtes, de la bière et des conserves.

— Vous bluffez très mal, ma petite. Vous n'avez acheté que ce qui se trouve ici, sur le plancher, et rien d'autre !

— Erreur ! Le gérant du supermarché va venir voir le bateau avec son associé, il nous a demandé l'autorisation de visiter l'intérieur. C'est trop tard, mon vieux !

Silva revint en courant avec le dernier sac.

— Il faut partir ! dit-il en haletant, et il essuya la sueur qui lui inondait le visage. Les gens reviennent sur le port.

— Allez, au travail ! — La voix de Maurice Depallier était dure et tranchante, une voix qui n'admettait pas la discussion. — Toutes voiles déployées, je vous prie. Et n'oubliez pas que je vous surveille, le doigt sur la détente !

Héléna et Lucrézia se sauvèrent en courant jusqu'au pont, après avoir au passage envoyé une grimace à Silva, toujours haletant et muet. Elles ôtèrent la passerelle, et s'installèrent aux places qui leur avaient été assignées pendant les séances d'entraînement et qu'elles avaient occupées aussi de temps en temps pendant le voyage. Le port reprenait vie lentement, le vent était bon et la HELU allait filer comme une flèche jusqu'en pleine mer. De loin, elles aperçurent en effet le gérant du supermarché avec son compagnon et deux carrioles.

— A un quart d'heure près ! gémit Lucrézia tout en hissant la grand-voile. Si nous courions la chance malgré tout ?

— Et s'il tire pour de bon...

— C'est un risque à prendre !

— Si nous lui obéissons, nous reviendrons ici saines et sauves...

— Tu le crois vraiment ? Bon...

Il y eut un bruissement de toiles, puis la grand-voile se déplia. La HELU tourna sur elle-même et d'un seul coup, elle s'éloigna d'un bond. Lucrézia se hâta d'aller détacher le câble et de hisser le spinnaker. Le bateau frémit de toute sa carcasse ; la quille haute, il fendit l'eau du port en direction du large. Au début, il pencha dangereusement sur le côté, tant que la manœuvre n'était pas terminée ; mais bientôt Lucrézia plaça les voiles en plein sous le vent et tout rentra dans l'ordre. Elle jeta un coup d'œil derrière elle ; Maurice

Depallier était allongé sur les marches, les yeux rivés sur elle, le revolver menaçant. Sa physionomie grimaçante lui avait fait perdre toute sa beauté.

Entre-temps, le gérant du supermarché accompagné de son associé avait atteint le petit port de Tarrafal ; ahuri, il suivit des yeux le voilier qui filait sous ses yeux, toutes voiles dehors. Il frappa du poing un sac de farine qui se trouvait justement à sa disposition ; le monde, décidément, lui échappait.

— Qu'est-ce qu'elles fabriquent ? cria-t-il. Elles démarrent avant d'avoir pris livraison de leur marchandise ?

— L'essentiel, c'est que tout soit payé, déclara son compagnon sans s'émouvoir. Allons, nous avons fait là une bonne affaire ! Elles ne reviendront certainement plus ! Depuis la Terre de Feu ! Nous pouvons tout de suite aller boire un pot à la santé de leur expédition !

— Il y a là quelque chose qui cloche ! s'écria encore le gérant.

— Ça te regarde, oui ou non ? Tous les étrangers sont fous !

— Ces filles-là, elles paraissaient pourtant tout à fait normales ! Je te dis qu'il s'est passé quelque chose !

— Tu ne vas tout de même pas aller trouver la police ?

— Si !

— C'est la ruine de la boutique ! — l'associé se plaça devant la charrette et en saisit les poignées. — Allez, on rentre ! Nous n'avons pas à nous occuper de leurs oignons. Nous avons les nôtres, ça nous suffit amplement ! — Il porta la main au front pour se protéger du soleil et lança un dernier regard sur la HELU qui s'évanouissait lentement à l'horizon.

— N'empêche qu'elles ont embarqué tout ce qu'Alvaro avait apporté, dit-il en hochant la tête. A propos, il n'a rien dit, Alvaro ?

— Non. Il est rentré aussitôt au dépôt et s'est mis à ranger les boîtes de conserve. Apparemment, il n'a pas rapporté un seul escudo de pourboire. « Alors, il te plaît, ce voilier ? » que je lui ai demandé. Et au lieu de répondre, tu sais ce qu'il a fait ? Il a craché par terre, ce qui prouve bien qu'il est revenu les mains vides.

Ils demeurèrent encore un moment à la même place, les yeux fixés sur l'Océan, jusqu'à ce que le voilier fuyard ne fût plus qu'un point minuscule à l'horizon. Puis ils ramenèrent leurs charrettes pleines au magasin et ne retrouvèrent leur entrain qu'en voyant le sergent de police pénétrer à son tour dans la boutique en hurlant :

— Où sont-ils, ces forbans ? Au commissariat ! Et en vitesse !

— Je m'en doutais ! soupira le gérant en se coiffant de son chapeau de paille. Ce n'est pas tellement facile chez nous de gagner quelques dollars !

La HELU fila à pleines voiles tant qu'elle se trouva à portée de vue du port. Puis elle obliqua à angle droit pour rejoindre la côte est. Lucrézia arisa les voiles, en ne gardant que le foc, et ils glissèrent doucement sur l'eau d'un bleu profond jusqu'à la côte rocheuse qu'ils longèrent, en restant prudemment à l'ombre des éperons escarpés. Ils durent souvent aussi contourner des presqu'îles aux formes bizarres, vestiges des écoulements de laves pétrifiées dans l'eau. La terre ici était nue, hostile, inutilisable ; l'homme ne s'était pas implanté sur ce territoire désséché par le feu plusieurs millénaires auparavant, battu par les tempêtes, rongé par la mer, amas de pierres poreuses comme des éponges, scories mortes en provenance des entrailles de la terre. Cette côte abrupte offrait des centaines d'abris de toutes tailles et de toutes formes au bateau en fuite. Rien de plus aisé pour lui que de se cacher derrière des rochers en forme de stalactites géants ou dans des canaux creusés à l'intérieur par une mer avide.

— Ils ont dû donner l'alarme depuis longtemps maintenant, dit Héléna sans quitter la barre des mains.

Il n'était pas facile de manœuvrer le bateau au milieu de tous ces escarpements, mais elle s'en tira fort bien. L'eau était claire comme du cristal, on voyait tous les détails des fonds marins. Il eût été absurde de tenter d'échouer consciemment, autant signer tout de suite l'échec de l'expédition. La coque spéciale, avec ses caissons à air qui assuraient l'insubmersibilité de l'embarcation, ne supportait aucune réparation. Si elle venait à être endommagée, il ne restait plus qu'à jeter le bateau à la poubelle.

Maurice Depallier arriva sur le pont ; il vint s'asseoir à côté d'Héléna sur le petit banc de bois et se comporta comme s'il se trouvait sur un navire de croisière. Quant à Jorge Silva, assis sur le toit de la cabine, il examinait Lucrézia avec des yeux concupiscents, laquelle Lucrézia avait fini son travail : elle venait d'amener toutes les voiles, et, étendue sur le foc, elle rêvait en battant l'air de ses longues jambes.

— Bravo, Madame, déclara Maurice lorsque le bateau pénétra doucement à l'intérieur d'une caverne à l'abri du vent et des regards indiscrets.

Ils s'enfoncèrent le plus profondément possible et devinrent invisibles aussi bien de la mer que des airs, avec ces tonnes de roches laviques accumulées au-dessus de leurs têtes.

— Nous allons attendre ici quelques jours, deux ou trois, ou même plus s'il le faut. Nous avons le temps.

— Je suppose que les indigènes connaissent la moindre crique de leurs côtes...

— Il y en a des milliers ici ! Et on ne peut faire des recherches qu'en plein jour ! Nous avons vraiment une chance de nous en sortir !

Lucrézia quitta son refuge à la proue pour les rejoindre ; elle s'adossa au bastingage.

— Ce chauve, il me bouffe des yeux, dit-elle en jetant sur Maurice un coup d'œil coquet. Est-il permis de rentrer dans la cabine ?

— A présent, vous pouvez faire tout ce qui vous plaît !

— Merci.

Elle s'éloigna de son pas dansant et descendit les marches du salon en sifflotant une chanson à la mode. Depallier fit la moue.

— C'est une petite garce, hein ?

— Ne vous bercez pas d'illusions ! dit Héléna.

— Aucun risque que je la poursuive de mes assiduités. Ni elle, ni aucune autre femme. Plus maintenant...

— Pourquoi ?

— Voulez-vous que je vous raconte mon histoire, Madame ? Au fait, comment vous appelez-vous ?

— Héléna Sydgriff.

— C'est un nom à consonance germanique ?

— Je suis suédoise.

— Ah bon !

Depallier se mit à rire. Il ressemblait de nouveau au client de Saint-Tropez égaré dans ces parages et condamné à la solitude. Un bel homme, mis à part les yeux. Des yeux d'ours brun, sans la moindre étincelle de sentiment, des yeux glacés.

— Et la petite garce ?

— Elle s'appelle Lucrézia Panarotti ! Elle est italienne...

— C'est tout de même une belle plante. — Il se renversa en arrière, étendit les bras sur le dossier et fixa Héléna d'un regard inquisiteur. — Vous aussi, vous êtes belle. Dans des conditions normales, vous me plairiez davantage que votre amie Lucrézia.

— Merci.

— Vos cheveux blonds, votre poitrine généreuse, vos hanches expressives, vos jambes solides... Tout en vous respire l'énergie. L'énergie dans l'amour aussi, j'imagine. Nous autres, Français, nous avons le coup d'œil pour ces sortes de choses, Héléna.

— Arrêtez un peu d'analyser mes caractéristiques, Maurice. Ça ne vous mènera à rien.

— Je sais. Votre mari...

— Ce n'est pas mon mari !

— Oh ! là ! là ! Héléna ! — Maurice Depallier retrouva son rire. — Est-ce que l'histoire du monde se répéterait sur ce bateau, par hasard ? La belle Hélène, enlevée par Pâris, et la dangereuse et venimeuse Lucrèce, l'Italienne cruelle ! Quelle aventure en marge de...

Il s'inclina et secoua la tête.

— Rassurez-vous, je ne vous toucherai pas. J'ai d'autres problèmes. Et maintenant, voulez-vous écouter mon histoire ?

— Pourquoi ? Cela changera-t-il quelque chose au fait que vous nous avez kidnappées ?

— Non, mais cela vous permettrait d'en connaître la raison. — Depallier claqua des mains. — Voilà, elle arrive. C'est bien ce que je me disais : elle est belle à vous couper le souffle !

Lucrézia venait de monter les marches. Elle portait un bikini couleur or, tellement exigu que l'on se demandait s'il n'allait pas se déchirer au moindre mouvement.

Elle passa devant Héléna et Maurice, tête haute, s'étendit sur les planches du pont et remonta les genoux. Interdit, Silva le chauve la buvait des yeux, jusqu'à ce qu'un signe de Depallier lui enjoignît de retourner à l'avant du bateau.

— Je propose, reprit Depallier, que nous fassions une petite brèche dans vos provisions de vin et que nous cherchions une bonne bouteille. Vous avez un bordeaux remarquable à bord...

— Je vous envie la solidité de votre système nerveux ! grogna Héléna en se passant les deux mains dans les cheveux. Savez-vous ce qui se passe actuellement sur l'île ?

— Vous voyez ou vous entendez quelque chose ?

— Ça ne durera plus longtemps !

— Et tout retombera dans l'ordre. Que ce soit par air ou par mer... Le seul instant qui sera vraiment dangereux, c'est celui où nous sortirons de notre cachette pour mettre le cap sur Maio.

— Qu'est-ce que vous allez faire à Maio ?

— Je pourrai mieux m'y cacher et n'aurai aucun mal à rejoindre l'aéroport international de Sal dans un petit avion des *Transportes Aèreos* de Cabo Verde. Ça vous paraît comique, mais c'est ainsi. J'ai beaucoup d'amis à Maio. Pourtant, après tout ce que j'ai fait, y compris ces journées passées avec vous, les amis ne pourront plus faire grand-chose pour moi, d'ailleurs, on ne peut pas avoir de *bons* amis ici ! Oh, et puis, après tout, l'amitié, qu'est-ce que c'est ? Je n'ai rencontré la véritable amitié que dans la Légion. Une amitié qui ne reculait devant rien, pas même devant la mort ! Mais comme je suis déserteur...

— Mon Dieu, ne commencez pas à faire du sentimentalisme, je vous en prie !

— Nous devrions boire quelque chose, Héléna.

— Apportez-moi un verre, à moi aussi ! cria Lucrézia qui avait l'ouïe très fine. Et ne restez pas dans le salon. Le chauve est déjà prêt à bondir !

— Je vais chercher une bouteille.

Héléna se leva. Au même moment, on perçut au loin le ronronnement d'un moteur, suivi d'un crépitement. De son pouce, Depallier indiqua le plafond rocheux de la caverne, et il hocha la tête avec un sourire.

— Un hélicoptère. Mes félicitations. Ils ne regardent pas à la dépense ! Je n'aurais jamais pensé cela. Mesdames, je regrette, mais il va nous falloir passer quelques jours ensemble. Jusqu'à ce que les esprits se soient calmés à Tarrafal !

Ils tendirent l'oreille ; l'hélicoptère devait certainement voler très bas, car on entendait très bien le bruit des pales ; puis il s'éloigna après avoir effectué quelques tours de ronde sans doute.

— Il en a terminé avec ce secteur, dit Maurice d'un air satisfait. Logiquement, nous voilà en sécurité. Mon plan se réalise point par point !

— Il faut toujours compter avec les surprises, Maurice !

Lucrézia s'étira ; étant donné sa position, son geste pouvait sûrement passer pour une invitation.

— Et si j'escalade les rochers pendant la nuit ?

— Vous ne ferez pas cette bêtise !

— Vous êtes très confiant, Maurice ! C'est plutôt mauvais pour votre profession, vous ne croyez pas ?

— Vos paroles pourraient me forcer à vous enfermer la nuit avec Jorge Silva...

Lucrézia releva la tête et le fusilla du regard.

— Vous en seriez capable ?

— Oui. En ce qui me concerne, vous pouvez vous rhabiller maintenant. Je connais votre corps par cœur.

— Et ça se dit français !

Héléna revint. Elle apportait un plateau avec quatre gobelets en plastique et une bouteille de bordeaux débouchée. Elle posa le tout sur une table pliante et, d'un geste, coupa la parole à Depallier avant qu'il ait commencé à parler.

— Ne protestez pas, Maurice ! Je sais qu'un Français a un frisson dans le dos à la pensée de boire du bordeaux dans un gobelet en plastique. Mais lorsque nous avons appareillé, nous ne pouvions pas prévoir que nous aurions un gourmet à bord. — Elle remplit les quatre gobelets et en tendit deux à Lucrézia. — Un pour toi et un pour Silva.

— Il va s'évaporer sous son regard ardent...

— Ça ne tient qu'à toi !

Elle attendit que Lucrézia se soit éloignée, puis elle s'assit à côté de Depallier. Il prit alors son gobelet en main, le leva, trinqua avec Héléna et but une longue gorgée.

— Fameux ! dit-il en le posant sur le plateau. Malgré le plastique. Savez-vous à quand remonte mon dernier verre de bordeaux ? A sept mois, dans un bar de Lagos. J'arrivais du Tchad, je venais de déserter, et j'avais l'air d'un aventurier. Une touriste américaine me cueillit dans la rue, m'emmena dans son hôtel et dans son lit, et me retint pendant dix jours comme machine à faire l'amour. En échange, j'ai pu bouffer et boire tout ce que je voulais. Et au bout de dix jours, elle me congédia en me donnant même mille dollars. Mille dollars ! Vous imaginez un peu ce que cela représentait pour moi à l'époque, mille dollars ! Moi, le déserteur poursuivi par toutes les polices et pauvre comme Job ! Survivre, Héléna ! La véritable liberté ! Car j'avais compris une chose : le pauvre n'est pas vraiment libre ; seul est libre celui qui a les poches pleines !

Depallier but une nouvelle gorgée de vin, aussi longue que la première.

— Voilà dans quel état j'étais jadis, Madame. Un chacal errant. Ce n'est que très lentement que je suis redevenu un être humain et que je me suis rappelé le nom de mon père, Jérôme Depallier. Les costumes Depallier... C'est nous. Une fabrique réputée. On reconnaît au premier coup d'œil un complet Depallier, à sa coupe, à l'étoffe, à l'élégance !

— Et le fils Depallier est dans la Légion étrangère ?

— Etait ! Maintenant, c'est un voleur et un gangster.

Mais cette période-là aussi est passée. Grâce à vous, Héléna je vais pouvoir revenir dans la vie civilisée avec un statut d'homme riche et bon, après tous les intermezzi. Non pas dans le giron de la famille Depallier : pour eux, je suis mort ! Je vais changer de nom aussi... Comment ? Ce détail ne vous regarde pas. Je veux avoir la paix dans ma nouvelle vie. J'ai traversé des enfers, maintenant je ne cherche plus qu'à occuper un tout petit coin de paradis. — Il se pencha vers elle. — Vous voulez écouter mon histoire maintenant ?

— Oui, répondit Héléna en acquiesçant de la tête. Après ce prélude, oui.

— Je vous en prie, Madame ! — Depallier leva son gobelet. — Une nouvelle rasade !

Puis il se renversa sur son dossier, examina Lucrézia qui était revenue et gisait à ses pieds ; elle lui répondit en levant son gobelet à son tour.

— Tout a commencé avec une femme, dit-il. Ce n'est guère original... Avec une femme belle, aussi belle que notre Lucrézia. Je l'aimais et je suis devenu, comme on dit, fou d'amour...

On ne doit jamais interrompre la confession d'un homme. C'est comme pour les personnes atteintes d'une maladie nerveuse. Tel est le premier commandement de la loi médicale : laisser parler. Ecouter. Prendre patience. Hocher la tête de temps en temps et ne pas intervenir avec des mots. Si l'on se permet tout de même de parler, ce doit être pour encourager le narrateur à poursuivre son récit, à ouvrir toutes grandes les vannes de son âme ; pour lui donner le sentiment d'être écouté et compris. Mais il faut à tout prix s'abstenir de demander le « pourquoi », le sens de toutes ces erreurs, et d'élever une barrière de défense, par une curiosité déplacée ou une critique mal venue. Un homme qui déballe son cœur est comme quelqu'un qui perd tout son sang, à cette différence près cependant que le second perd la vie tandis que le premier se libère et qu'à la fin, il se sent épuisé, soulagé, et délivré, vide et heureux. Car c'est bien ce qu'il voulait : cracher le venin du passé et se purifier pour un nouveau recommencement !

La tête renversée, Maurice Depallier vida en silence son gobelet de bordeaux. Il donnait l'impression de s'être soudain figé dans le sommeil ; seuls les mouvements de sa poitrine montraient qu'il respirait encore. Lucrézia se prépara à intervenir, mais un geste énergique d'Héléna l'en dissuada. Elle regardait Maurice comme si ce stade de l'engourdissement était le prélude d'une explosion.

— Elle s'appelait Liliane..., dit-il soudain. Héléna ne put s'empêcher de tressaillir, tant elle s'attendait peu à ce qu'il rompe le silence. — Je la vois encore : grande, mince, de longs cheveux blonds qui lui tombaient jusqu'aux hanches... Non, des cheveux qui ressemblaient à des fils d'or. Cette comparaison vous paraît banale, mais il n'y a pas d'autre mot pour décrire cette toison dorée. Je n'ai jamais vu de cheveux plus beaux que les siens, et je n'ai jamais vu de corps plus harmonieux que celui de Liliane. Dès qu'elle apparaissait, le soleil brillait avec plus d'éclat et les étoiles scintillaient avec plus d'entrain, la mer devenait plus bleue et les fleurs s'épanouissaient sous ses pieds. Liliane... A l'époque, elle avait dix-neuf ans. Son père travaillait à l'abattoir où il charriait tous les détritus, les entrailles, les peaux sanguinolentes, les jambes coupées à la hache et les cornes... Il traînait perpétuellement avec lui une odeur de sang. Sa mère se mit à boire à l'âge de vingt-trois ans... Pourquoi ? Personne ne le sait. Peut-être à cause de cette odeur de sang ? Lorsque Liliane croisa mon chemin, sa mère en était déjà à un stade d'éthylisme avancé, le foie rongé et les nerfs optiques attaqués...

Depallier se glissa un peu plus sur le banc, de sorte qu'il avait la tête tout à fait en arrière. Les commissures de ses lèvres frémirent... Sourire douloureux, ou expression de dégoût ?

Il se tut, et Héléna se garda bien d'interrompre sa méditation. Sans dire un mot, elle lui remplit son gobelet de vin. Il avait dû entendre le bruit léger du liquide versé, mais ne réagit point. Les yeux fermés, il déroulait une fois encore le film de sa vie en quelque sorte.

— Il faut connaître la famille Depallier pour comprendre ce qui va suivre. Les Depallier étaient, et sont encore, une famille riche, mais dans un coin secret de leur moi, ils sont fous. Leur entourage ne s'en rend pas compte ; on se contente de dire en hochant la tête avec indulgence : Après tout, c'est leur droit !... Et ils en ont les moyens ! Les riches sont tous cinglés. De quoi vivrait la presse de boulevard sinon ? Mais en réalité, ce sont des tragédies qui se jouent là, croyez-moi. Ma mère s'octroyait un amant, un comte dont la principale performance consistait à lancer son chapeau à trois mètres de distance du vestiaire, et à ne jamais rater la patère. Il le faisait partout, et on l'avait surnommé le Comte du Chapeau. Sa seconde spécialité, il devait certainement la manifester sur l'oreiller, mais je n'ai jamais questionné ma mère à ce sujet. Ma sœur aînée faisait de l'élevage de serpents... Oui, oui, parfaitement, de serpents ! On avait construit pour elle une aile spéciale attenante à la villa, où elle avait installé des cages pour ses bestioles. Elle passait ses jours et ses nuits en contemplation devant les bacs vitrés, d'un air ravi. Mon frère Raymond était le spécialiste des rallyes automobiles, mais il n'acceptait de piloter que des voitures laquées rose avec un homosexuel à ses côtés. Il avait une façon très particulière de célébrer ses victoires, et jouissait du reste d'une réputation détestable. Je préfère ne pas en parler ici. Aujourd'hui, il est paralysé à la suite d'un accident, et il vit au Maroc dans un petit palais mauresque où il entretient une troupe de ballets, composée uniquement de jeunes hommes bien sûr, qui dansent nus. Quant à ma jeune sœur elle a disparu. Et Papa Jérôme Depallier, le grand patriarche, me direz-vous ? Il a aussi sa maîtresse, cela va de soi, bien qu'il ait déjà besoin d'une canne pour assurer sa démarche. C'est dans cet asile de fous où vivait la famille Depallier que j'ai fait la connaissance de Liliane. Elle était la maîtresse de mon père... ! Cheerio !

Il se pencha et vida son verre d'un seul trait, tout en regardant tour à tour Héléna et Lucrézia, comme un acteur en quête d'applaudissements.

— Je ne vous ennuie pas ?

— C'est maintenant que ça va devenir intéressant, déclara Lucrézia en s'étirant comme une chatte. Du bout de sa canne, Papa tape sur la tête de son fiston...

— Dès ma première rencontre avec Liliane, j'ai été comme ivre...

— Moi aussi, je la vois très bien d'ici, murmura Héléna pensive. Le démon aux cheveux d'or...

— Démon ? Non, vous exagérez. Liliane a été aveuglée par l'opulence dans laquelle elle est tombée tout d'un coup. Elle a commencé comme petite main dans l'atelier de confection de pantalons pour hommes des usines Depallier. En rentrant chez elle le soir, elle retrouvait jour après jour son père qui puait le sang et sa mère ivre, et voilà que, du jour au lendemain, elle débarque dans un univers de rêve. Car notre existence devait paraître à ses yeux une existence féerique ! Un superbe appartement sur le boulevard Haussmann, une voiture de sport italienne, des bijoux, des fourrures, des robes sortant de chez les grands couturiers, des chaussures faites main... mon père tenait sa bourse grande ouverte devant une silhouette aussi harmonieuse ! Voilà comment elle était, Liliane... J'ai fait sa connaissance dans une course à Longchamp, tout à fait par hasard, sans savoir que l'homme qui couvrait d'or cette beauté unique n'était autre que mon père. Trois jours plus tard, à l'heure du déjeuner pour être plus précis, Liliane devint ma maîtresse. Moi aussi, je tenais grands ouverts les cordons de ma bourse ; entre ses bras, j'ai complètement perdu l'esprit. Et le bel ange blond avait ainsi deux sources de revenus. La moitié de la famille Depallier lui appartenait. Mais je l'ignorais encore. Elle répartissait son temps avec un art consommé, de sorte que jamais le père et le fils ne se rencontraient ni ne se gênaient. Jusqu'à ce 23 septembre fatal ! Je venais de m'acheter une nouvelle voiture et je voulais la présenter fièrement à Liliane, à l'improviste, à une heure inhabituelle. Et qui vois-je dans l'appartement ? Un homme appuyé sur une canne, vêtu uniquement d'un slip bleu clair, une horrible caricature d'homme, d'un grotesque achevé. Mon père. « Je me doutais bien qu'il venait un autre type ici », se mit-il aussitôt à crier. « Mon fils ! Mon propre fils ! C'est le comble ! Espèce de saligaud ! » Il leva sa canne pour me frapper, et je me suis sauvé sans demander mon reste. J'ai bien entendu Liliane crier : « Reste, Maurice, reste ! » Mais je me suis mis à courir comme un fou à travers les rues ; j'étais vraiment devenu fou. Mon ange blond et mon père... Ensemble dans un lit ! Cette pensée me rendait fou. Le même jour peut-être, d'abord le père, puis le fils... Ou le contraire... C'était une vision dantesque !

Depallier respira profondément et serra les poings. Héléna retint son souffle.

— Le soir de ce jour, reprit-il à voix lente. Le soir de ce jour, je suis retourné chez Liliane. Il fallait que j'y aille, il fallait que je la voie... Je l'ai poignardée avec un couteau de chasse. Puis j'ai pris le train pour Marseille, et le lendemain à sept heures du matin, je me suis présenté au service de recrutement de la Légion étrangère, et j'ai signé mon engagement. J'étais enfin en sécurité, j'étais intouchable. Je recommençai à vivre. Et en même temps, j'étais mort...

Il allongea les jambes et saisit la bouteille qu'il porta à ses lèvres et vida d'un trait avant de la jeter par-dessus bord.

— Voilà toute mon histoire ! A présent, vous savez à qui vous avez affaire, Mesdames ! Je suis prêt à tout pour m'éloigner d'ici. Vous avez la chance d'être des femmes. Je ne suis plus capable de tuer une femme. Si vos hommes étaient arrivés les premiers, c'est eux qui auraient été chargés de nous emmener loin d'ici... Seulement, eux, ils ne seraient plus revenus. Tuer des hommes ? Ah ! J'ai appris à le faire, croyez-moi. C'est devenu mon métier. Alors, nous nous comprenons maintenant ?

— Non !

Lucrézia se releva et regarda Maurice avec un sourire lumineux.

— Bien sûr, tout est clair à présent, dit Héléna.

— Et si je refuse de vous aider, moi, Maurice, que se passera-t-il ? — Elle entoura ses genoux de ses bras et le contempla de ses grands yeux chargés de reproches, qui laissaient les hommes pantois.

— Que voulez-vous faire ? Vous avez avoué vous-même que vous étiez incapable de nous tuer...

— On n'a pas besoin de tuer pour convaincre, répondit Depallier d'une voix sourde, la tête baissée. En Afrique, on apprend la manière d'imposer sa volonté, vous n'aurez jamais la force d'y résister ! Vous seriez même incapable d'imaginer...

— Alors, vous voyez bien que vous êtes un démon !

— Peut-être. Ou plutôt sûrement. Mais quelle importance ? Vous nous emmenez loin d'ici, et vous oubliez tout le reste, c'est tout !

Il bondit sur ses jambes, alla jusqu'à la porte qui donnait sur la cabine et descendit l'escalier où il croisa Mr Plump qui voulait monter sur le pont pour faire sa sieste au soleil. Contre toute attente, le chien demeura impassible : il ne se mit pas en colère, il ne retroussa pas les babines, il ne saisit pas le pantalon de l'intrus dans ses crocs. Au contraire, il battait gaiement de la queue, muet comme une carpe. Il leva vers Maurice Depallier son bon regard de chien fidèle et s'écarta même pour le laisser passer. Héléna suivait de loin le moindre de ses mouvements ; elle n'en croyait pas ses yeux.

— Traître ! dit-elle lorsque Mr Plump arriva près d'elle pour recevoir une petite caresse. Je t'avais complètement oublié avec toutes ces émotions ! Bien sûr ! C'est toi qui aurais dû défendre notre logis ! Et que fais-tu ? Tu fais le beau ! Tu as probablement accueilli avec amabilité ces messieurs les crocheteurs de serrures lorsqu'ils se sont présentés à bord ! Tu crois que c'est un comportement normal pour un chien navigateur ? Va-t'en, lâche... poltron ! Judas ! Pfui... !

Mr Plump contempla d'abord Héléna, puis Lucrézia ; il ne semblait pas comprendre le moins du monde cette réprimande injuste. Car pour lui, seule comptait l'odeur. Et l'odeur apportée par Maurice Depallier était agréable à ses narines. L'insulte lancée par sa maîtresse était injuste !

Injuste et déshonorante ! Vexé, il fit demi-tour et alla s'allonger sur le toit de la cabine près de la bouée de sauvetage.

— Quand nous appareillerons, dit Lucrézia à voix basse, je laisserai couler derrière nous une trace rouge. De la peinture à l'huile qui restera en suspension à la surface de l'eau. L'hélicoptère ou les vedettes de la police ne pourront pas ne pas la remarquer. Et ils nous suivront.

— Si on nous recherche encore, Luzi !

— Peer et Jan ne vont pas lâcher prise tant qu'ils ne nous ont pas retrouvées, c'est l'évidence même !

— Tout dépend toujours des autorités, reprit Héléna pleine de sombres pressentiments. C'est eux qui décident. D'ici quelques jours, Jan et Peer ne seront plus peut-être que deux pauvres types qui hurlent dans le désert !

Le commissariat de police de Tarrafal était devenu le grand quartier général. Une commission vint de Praia, la capitale, en hélicoptère : un commissaire, deux sous-commissaires et un capitaine de l'armée qui voulait se rendre compte par lui-même sur les lieux s'il était judicieux de faire venir quelques unités de l'armée pour les lancer aussi dans les recherches. Ce qui n'était possible que dans les cas très spéciaux et avec un ordre exprès venu d'en haut.

Trosky trouva les arguments capables de prouver l'urgence au capitaine. Il alla chercher une photo en couleurs qu'il cachait dans son sac depuis le départ, à l'insu de Losskow. Pour la première fois, et certainement aussi sous la pression des nécessités présentes, il révéla son secret. C'était une photo prise par lui au cours de la séance d'entraînement sur le canot de sauvetage. Elle montrait Lucrézia dans toute la splendeur de sa nudité, assise sur le bord du canot, agitant la main.

— Je vais envoyer immédiatement un rapport au quartier général, dit le capitaine après avoir contemplé longuement la photo. C'est en effet un cas très urgent et très grave !

Le chef de la police de Tarrafal déploya une activité inhabituelle pour cette petite ville. En fait c'était la première fois qu'il s'agitait à ce point. Il était fier, cela se voyait, d'avoir à s'occuper enfin d'un vrai cas important qui le sortait de sa routine de tous les jours, coups, disputes, vols à la tire, tricheries des commerçants sur le poids de la marchandise. Il prit des allures d'inspecteur de la police criminelle comme on en voit dans les films pour interroger tout ce qui habitait ou travaillait dans les alentours du port ; et il convoqua toutes les personnes avec lesquelles les deux jeunes filles étaient entrées en contact lorsqu'elles avaient fait leurs emplettes. Ainsi apprit-on par le gérant du supermarché et son collègue que le voilier avait été vu au moment de son départ. Un ouvrier avait observé de loin que deux femmes seulement manœuvraient les voiles. Les seuls à avoir assisté à toute la scène étaient trois chiens galeux qui hantaient les abords du port, mais on ne pouvait guère les interroger, bien entendu. On ne posa aucune question au petit apprenti du magasin ; personne ne pensa à lui au milieu de toute cette agitation.

— L'énigme est complète, dit Trosky une fois que tous les interrogatoires furent terminés et dûment enregistrés. Pourquoi peut-on vouloir kidnapper un bateau ? Où peut-on aller ? C'est un mode de locomotion tellement voyant qu'on ne peut pas passer inaperçu. Et on se fait reconnaître dans chaque port ! On ne vole tout de même pas un voilier pour le laisser pourrir et rouiller dans un coin !

— Une chose est certaine en tout cas, déclara le capitaine avec assurance. Maintenant que l'alarme a été donnée partout, ils ne peuvent plus s'éloigner des îles du Cap-Vert. On les verra !

— Et combien de temps allez-vous poursuivre les recherches ? demanda Losskow avec inquiétude.

— Jusqu'à ce qu'on les retrouve ! répondit fièrement le capitaine.

— Les bandits se diront la même chose, et ils joueront sur le facteur temps. Car dans une semaine au plus tard, vous abandonnerez sans doute les recherches en chargeant le hasard de finir l'ouvrage ! — Trosky jeta un bref coup d'œil sur Losskow dont le désespoir faisait peine à voir. — Est-ce que tu vas prévenir Hambourg que toute l'expédition est tombée à l'eau, si je puis m'exprimer ainsi ?

— Non, pas encore. Je ne perds pas encore espoir.

Le soir, ils se rendirent compte qu'ils avaient gaspillé leur temps. Les recherches méthodiques effectuées autour de São Tiago dans les airs, avec deux hélicoptères de l'armée, et sur l'eau avec les bateaux de la police en provenance de Praia furent interrompues à la tombée de la nuit. Seules deux vedettes de surveillance patrouillèrent entre São Tiago et Fogo, et São Tiago et Maia, les îles les plus proches, pour contrôler la moindre embarcation qui croiserait de nuit dans les parages. Mais cette mesure servait davantage à prouver la bonne volonté des autorités locales qu'à effectuer un contrôle efficace. Car il était quasiment impossible de surveiller tout l'archipel avec deux vedettes seulement.

Au commissariat de Tarrafal, le chef de la police tenait une sorte de conférence d'état-major. Il avait accroché au mur avec des punaises une grande carte de l'archipel, et entouré au crayon rouge les secteurs qui avaient déjà été contrôlés par mer et par air. Trosky considéra cette carte d'un air peu convaincu. Losskow fumait cigarette sur cigarette en buvant le schnaps qu'on lui avait offert, un véritable tord-boyaux distillé à partir de la canne à sucre. Il était au bord de la crise de nerfs et n'allait pas tarder à tomber de sa chaise.

— La côte rocheuse de l'île cache une infinité de grottes ! déclara le chef de la police d'un air pathétique. — Ce rôle lui convenait à merveille ; il avait la dignité d'un commandant en chef. — Mais elle ne se prête pas aux cachettes. Le ressac est trop fort, et les courants sont imprévisibles ; quand la mer monte, les vagues se jettent avec violence sur les parois des cavernes. Pour y rester caché malgré tout, il faut vraiment être un as de la navigation. Ces dames en seraient-elles capables, à votre avis ?

Le capitaine servait d'interprète. Peter von Losskow secoua la tête.

— Non !

— Ah ! ah !

— Elles savent manœuvrer les voiles, bien sûr. Nous avons eu un long stage d'entraînement, mais elles sont plutôt réservées aux cas graves, en cas d'avarie par exemple. Si les côtes sont vraiment comme vous les décrivez, si elles obligent à avancer dans les couloirs étroits et escarpés, même moi, j'aurais des difficultés !

— Ils sont donc réfugiés quelque part dans une crique ! s'écria le chef de la police d'un air triomphant.

— A condition que les bandits qui ont kidnappé le bateau ne soient pas eux-mêmes des navigateurs hors série !

— Que voulez-vous dire ?

— Qui volerait un voilier de ce type-là s'il n'est pas lui-même un excellent navigateur ?

— Ah ! Je vois où vous voulez en venir ! s'écria encore le chef de la police. Vous accusez un de nos pêcheurs ?

— Ce pourrait être aussi deux ou trois ?

— Nous n'avons ici que de braves citoyens, honnêtes et paisibles ! Que pourrait faire l'un de nous avec un bateau de ce genre ?

— Le vendre !

— Où donc ? aboya le chef de la police hors de lui. Sur le

marché de Praia ? Allons donc ! Ce bateau est invendable ! On l'a déjà dit : impossible de passer inaperçu avec lui !

— On pourrait le vendre en Gambie ou au Sénégal...

— Il faudrait commencer par arriver jusque-là ! intervint le capitaine en faisant un geste de dénégation. Croyez-vous que quelqu'un de chez nous prendrait le risque de voler un bateau aussi voyant et de l'amener sain et sauf sur le continent pour le vendre ?

— Pour deux ou trois pauvres pêcheurs, le produit de cette vente représenterait une fortune !

— Tout ceci est absurde ! intervint à son tour Losskow en se cramponnant des deux mains à son verre de schnaps. Nous bavardons, bavardons, bavardons... Et personne ne songe aux deux jeunes filles... à ce qu'elles sont devenues...

— Je suis content qu'on y vienne, déclara le chef de la police, profondément choqué que l'on ait pu, même de façon indirecte, suspecter un de ses compatriotes de piraterie ; et il leva l'index pour attirer l'attention de tous. — Nous avons des témoins oculaires qui prétendent que les deux femmes ont hissé elles-mêmes les voiles.

— Sous la contrainte !

— Nous le supposons ! Mais qui peut le prouver ? Personne n'a vu un homme à bord.

— Vous n'allez tout de même pas prétendre que les filles sont parties de leur plein gré ? hurla Trosky.

— Je me contente d'énumérer les différentes possibilités, s'écria à son tour le chef de la police. Peut-être après tout que ce prétendu acte de piraterie n'est qu'une mauvaise plaisanterie ?

— Je casse la gueule au premier qui osera prétendre une chose pareille ! dit à son tour Losskow en serrant les poings.

Puis il perdit l'équilibre, ce que Trosky attendait déjà depuis un moment, et glissa de sa chaise. On le fit asseoir par terre, dos au mur. Chacun comprenait fort bien son état. Il n'est pas donné à tout le monde de supporter avec dignité la perte d'un cotre et de la femme qu'on aime.

Ils restèrent quatre jours et quatre nuits dans leur caverne. Le bateau se balançait doucement sur la mer immobile. A marée montante, il prenait un peu de hauteur, car si la mer pénétrait jusqu'à eux, les grosses vagues se brisaient au-dehors, sur les rochers et les colonnes de laves, à l'entrée du chenal.

Le deuxième jour, ils entendirent encore plusieurs fois les

ronronnements des hélicoptères de recherche, mais bien sûr, ne purent pas suivre des yeux les progrès des vedettes sur l'eau ; ils supposèrent qu'elles fouillaient et exploraient les moindres cachettes à la longue-vue. Une fois Lucrézia demanda :

— Que feriez-vous si une vedette de la police pénétrait dans notre refuge ?

Et Maurice répondit sincèrement :

— Je ne sais pas. Je me suis refusé à envisager ce cas. Si cela arrive, il faudra que j'agisse par intuition. De toute façon, ça chauffera, je peux vous le garantir !

Les journées traînaient en longueur. Ils les passèrent à somnoler, à nager, à jouer aux cartes, à pêcher et à préparer les repas. Maurice parla de la Légion étrangère, Silva garda le silence, il y était bien forcé puisqu'il ne connaissait que le crioulo, mais il aimait beaucoup la canasta, et il y jouait avec Lucrézia jusqu'à ce que ses yeux se ferment d'épuisement ; il ne manquait pas non plus de jurer dans sa langue maternelle quand il perdait ; une fois même, de rage, il mordit son bonnet à pleines dents.

Maurice Depallier et Héléna jouaient aux échecs, mais ce que l'ancien légionnaire aimait par-dessus tout, c'était rester assis sur un des sièges du salon à écouter des disques que choisissait pour lui Héléna : le concerto nº 1 pour piano et orchestre de Tchaïkovski, les ouvertures des opéras italiens, des extraits de *Tannhäuser* et de *Lohengrin,* les symphonies de Brahms et de Beethoven, les nocturnes de Chopin ou les récitals des grands chanteurs et cantatrices avec les plus beaux airs d'opéra. Maurice fermait alors les yeux et sa main tenait une baguette invisible avec laquelle il dirigeait. A ces moments-là, il retrouvait ses chimères.

— La Callas, dit-il un jour après avoir écouté une aria extraite de *Norma,* venait chez nous, et elle chantait pour nos invités parce qu'elle aimait bien mon père et qu'Onassis possédait dix complets Depallier dans sa garde-robe, dix complets de coupe excellente, ce qui était assez extraordinaire pour lui. Qui a jamais vu Onassis bien habillé ? Même en smoking, il avait une allure minable. Et je n'oublierai jamais cette scène où je priai Mario del Monaco de chanter un duo avec moi, car je possédais une belle voix de baryton à l'époque. Il s'exécuta de bonne grâce, et me dit ensuite : « Si tu prends des leçons particulières et que tu travailles, mon vieux, nous nous rencontrerons dans les coulisses ! Mais pourquoi un Depallier chanterait-il ? Je ne connais aucun fils de milliardaire qui soit devenu chanteur d'opéra international. Ne deviennent de grands chanteurs que ceux qui ont les poches vides... Dommage, car tu es vraiment doué ! ». Et ma mère prit aussitôt des leçons de chant, parce que le professeur ne la laissait pas indifférente.

Depallier ne cessait de parler de son enfance et de son adolescence, de la maison paternelle qu'il semblait haïr au plus profond de lui-même, car elle l'avait étouffé sous l'argent.

Quant au comportement de Mr Plump, il aurait intéressé un psychiatre pour chiens. Il s'asseyait sur les genoux du bandit, couchait à ses pieds, lui léchait les mains et regardait... Héléna de ses bons yeux grands ouverts.

— Ce chien doit avoir un fond de perversité, Maurice, déclara une fois la jeune fille. On dit toujours que les chiens flairent d'instinct les bons et les méchants. Mais l'attitude de Mr Plump est scandaleuse. Vous qui n'êtes qu'un assassin et un aventurier...

— Je suis et je resterai toute ma vie la victime d'une femme !

— Cela n'excuse pas ce que vous avez sur la conscience !

— C'est possible. — Depallier posa les pieds sur l'échiquier. — Mais même un type comme moi doit avoir une excuse s'il veut continuer à vivre... Héléna, qu'est-ce que vous choisissez ?

— Les blancs !

— A vous l'honneur ! Et moi j'aurai le dernier mot... comme il se doit... — Il se mit à rire doucement. — Habituez-vous à me voir toujours gagner, Héléna !

Les deux jours suivants furent très calmes. Les recherches avaient dû se déplacer vers un autre secteur de la côte. Plus de ronronnement d'hélicoptère pour donner de l'espoir aux deux jeunes filles kidnappées ; tout laissait à croire du reste qu'on avait mis un terme aux opérations de recherche. Le quatrième jour, un fort vent se leva, les vagues vinrent même secouer la paix de la caverne ; il sifflait à travers les excroissances rocheuses et se transforma bientôt en une véritable tempête ; des lames furieuses s'attaquèrent aux rochers de la côte et à l'entrée du repaire. La HELU se mit à rouler sur elle-même et à s'approcher dangereusement des parois ravinées. Héléna jeta l'ancre de secours, vérifia toutes les issues et contrôla l'équilibre du bateau ; puis elle leva les deux bras en signe d'impuissance.

— C'est tout ce que je peux faire, Maurice !

— Je la bénis, cette tempête ! déclara Depallier avec une satisfaction visible.

— Même si elle nous précipite contre les rochers ?

— Ça n'arrivera plus. Silva et moi, nous monterons la garde pendant la nuit. — Il sourit de toutes ses dents. — Vous vous imaginez un peu ce que nous deviendrions si nous étions en pleine mer par un temps pareil ?

— Et comment !

— C'est exactement ce que se disent les chiens lancés à nos trousses : ils ne survivront pas à cette tempête ! La HELU a sombré ! Arrêtons les recherches, c'est inutile ! Vraiment, cette tempête, c'est ce qui pouvait nous arriver de mieux ! On nous portera disparus !

— Et voilà ! confirma paisiblement Héléna.

Il ne sait pas que la HELU est insubmersible, se dit-elle. Il ne suffit pas d'un ouragan pour nous anéantir ! Il faut que la carcasse tout entière tombe en morceaux ! Tout ce qu'il va faire maintenant sera dicté par la conviction qu'on nous portera disparus, purement et simplement. Autrement dit, toutes ses décisions sont faussées. Il suffit donc d'abonder dans son sens.

— Peut-être pourra-t-on vraiment nous porter disparus si la tempête devient encore plus violente, dit-elle.

Suivit une nuit dramatique. Aucun des quatre navigateurs ne réussit à dormir. Debout sur le pont, ils se cramponnaient aux cordages tout en surveillant les parois rocheuses et la position du bateau. A chaque instant il leur fallait le protéger d'un choc mortel contre les rochers. Les ancres n'étaient guère utiles, l'eau tourbillonnait dans la caverne, poussait le bateau tantôt à droite, tantôt à gauche, tantôt par-dessus les ancres. Au-dessus de leurs têtes, le vent hurlait dans les moindres fissures de la lave refroidie. La caverne faisait l'effet d'un porte-voix qui amplifiait les sons et les rejetait en quelque sorte vers l'entrée où ils se heurtaient aux vagues furieuses.

Ce fut une nuit infernale, hantée par le désespoir et la peur. Et pourtant aussi l'espoir d'échapper à la catastrophe et de survivre.

La tempête se calma au petit jour. Complètement épuisés, Lucrézia et Mr Plump s'étaient allongés sur leur couchette respective ; Héléna préparait un grand pot de thé. Accroupi à la proue, Jorge Silva récitait une prière, ce qui ne laissait pas de surprendre chez un vaurien de son espèce. Il se signait et tendait vers la mer la petite croix d'or qu'il portait autour du cou. Maurice Depallier contrôla une nouvelle fois les ancres, puis il descendit à son tour au salon, se jeta sur le banc et observa Héléna. La jeune fille allait et venait ; elle versa du thé bouillant dans le pot et prit la bouteille de rhum sur l'étagère. Ses vêtements étaient trempés des pieds à la tête, comme ceux des autres, malgré les cirés jaunes qu'ils portaient depuis près de quarante-huit heures. L'eau salée dégoulinait le long de ses cheveux blonds.

— Vous êtes une femme merveilleuse, Héléna, dit Maurice tout en ôtant ses bottes pleines d'eau. Commencez donc par vous changer. Malgré le thé, nous en sommes tous quittes pour un gros rhume. Dommage que je vous aie rencontrée avec mon auréole de gangster. Je vous aurais fait une cour assidue.

— J'aime Peter, dit calmement Héléna. Et lui seul !

— Le veinard ! — Depallier ôta son pull-over mouillé et se retrouva torse nu. — Voulez-vous que je vous confie un secret ? Vous n'avez pas envie de savoir pourquoi toute cette mise en scène ? Vous n'êtes pas curieuse... ?

— Non.

— C'est à cause de mes deux sacs de cuir... Deux grands sac de cuir dans lesquels se trouve la vie future de Maurice Depallier.

Jorge Silva descendit à son tour du pont. Lui aussi, il était trempé des pieds à la tête, et sans la moindre gêne, il ôta ses vêtements et s'enveloppa dans une grande serviette de bain que lui tendait Héléna, tout en gloussant de plaisir comme un chiot. De sa couche, Lucrézia contemplait la nudité de l'Africain. Oh ! mon Dieu, se dit-elle, il faut qu'une femme soit vraiment affamée pour accepter de faire l'amour avec un singe comme celui-ci...

Après ces heures difficiles, le thé au rhum les réconcilia avec l'existence. Silva le lampa comme un porcelet sa tasse de lait ; Maurice Depallier le but à petites gorgées rapides ; même Mr Plump descendit de son lit pour réclamer sa part.

— Traître ! lui dit Héléna sur un ton méprisant. Mais attends, tu vas tout de même avoir ta jatte de thé.

Elle y ajouta de l'eau froide et une bonne rasade de rhum, sous l'œil étonné de Depallier.

— Il est alcoolique, ce clébard ?

— Non. Mais en guise de châtiment, je veux qu'il vomisse ses tripes !

— Peut-être au contraire qu'il y prendra goût... Qui peut savoir ? J'ai appris en Corse qu'un chien ivre réagissait exactement comme un homme dans le même état.

Mr Plump avala le breuvage d'un air ravi ; il lâcha un rot retentissant, vacilla sur ses pieds et finit par se réfugier au lit où il se mit en boule et commença aussitôt à ronfler de toutes ses forces.

— Je vais faire comme lui, déclara Depallier en avalant sa troisième tasse. Nous sommes tous épuisés. Pas de garde de nuit aujourd'hui. Aussi suis-je obligé de m'excuser d'avance auprès de ces dames, mais je vais les ligoter.

— Essaie un peu ! grinça Lucrézia entre ses dents.

— Lucrézia, nous nous sommes si bien entendus tous les quatre pendant tant de jours. Pourquoi sortez-vous vos griffes tout d'un coup ?

— Je ne me laisserai pas ligoter !

— Et moi, je ne veux pas mettre en jeu ma liberté au moment où je peux presque la toucher du doigt. Plutôt deux précautions qu'une !

— Alors il faudra que vous m'attrapiez de force ! s'écria Lucrézia en bondissant sur ses jambes.

— Je laisserai ce soin à Jorge Silva...

— Salaud ! Espèce de sale type !

Depallier se tourna vers Héléna. Debout dans la cuisine, elle se séchait les cheveux avec une serviette-éponge.

— Et vous, Héléna, vous allez vous défendre aussi ?

— Non, ça ne sert à rien.

— Vous ne pourriez pas le faire comprendre à votre amie ?

— Je ne bougerai pas d'ici ! hurla Lucrézia furieuse. Je le jure ! Parole d'honneur !

— Je préfère une bonne corde, c'est plus sûr... Comprenez donc que tout ce que je fais, c'est pour me garantir un nouveau départ dans la vie. Même si je risque une fois de plus votre mépris !

Il but une dernière tasse de thé au rhum et alla chercher quatre cordes dans une caisse de bois. Il attendit que, dans sa cabine, Héléna ait enfilé un jean et un pull-over secs et la lia la première. Il lui noua les mains derrière le dos et lui laissa les jambes libres. Alors qu'à Lucrézia, qui se débattit comme un diable et l'insulta de tous les noms, il lia aussi les jambes.

— Pour vous, Héléna, ce n'est pas utile. Vous êtes assez raisonnable pour ne pas abuser de la situation. Bonne nuit !

Il les porta toutes deux dans la plus grande cabine dont il ferma la porte.

— Quel salaud ! Tu vois bien que c'est un salaud tout de même ! hurla Lucrézia furieuse. Il a beau faire les yeux doux ! Et Mr Plump, où est-il ?

— Avec lui !

— Ah ! Les hommes ! fit Lucrézia avec une grimace de dégoût.

Elles entendirent des rumeurs derrière la cloison.

— Que se passe-t-il ? s'écria Héléna en tapant la porte de la pointe de ses chaussures.

— Jorge Silva va dormir devant votre cabine, Héléna. Si vous voulez ouvrir la porte, il faudra commencer par le glisser sur le côté. Ce qui ne manquera pas de le réveiller !

— Tu vois, qu'est-ce que je te disais ?

Lucrézia s'étira, et une minute plus tard, vaincue par le rhum, elle était endormie.

A Tarrafal, la tempête avait changé la situation dans le sens où l'avait prévu Maurice Depallier. L'hélicoptère ne décolla pas et les vedettes restèrent au port. Il était impossible de voler ni de prendre la mer dans l'état des éléments.

— Voilà qui anéantit tous nos espoirs, déclara franchement le chef de la police à ses auditeurs.

Tandis qu'au-dehors, la tempête faisait rage, mettant à rude épreuve les bateaux dans le port, les toits des maisons et les personnes obligées de sortir ; au commissariat de police, Peter et Trosky, le capitaine venu de Praia et le chef de la police, le commandant d'une vedette et deux pilotes d'hélicoptère se regardaient, l'air grave, en buvant du porto.

— De toute façon, s'ils sont en haute mer, ils ne survivront pas à cet ouragan, reprit le chef de la police locale. De même s'ils se sont cachés dans un trou de la côte. Ils seront précipités sur les rochers et réduits en lambeaux !

— Le bateau est insubmersible, dit Peter von Losskow. En pleine mer, le pire qu'il puisse lui arriver, c'est que le mât se brise. Mais il ne peut pas sombrer.

— C'est impossible ! riposta le chef de la police d'un air moqueur. Tous les bateaux peuvent couler.

— Celui-ci a été construit d'une façon spéciale.

— L'océan vient à bout de tout !

— Pas de ce matériau spécial à base de polyester laminé. Nous l'avons testé...

— Mais s'il est précipité contre les rochers... ?

— Dans ce cas, oui, admit Peter. Espérons que ça n'arrivera pas !

— Tout est possible. Ecoutez-moi cette tempête ! Il y a longtemps que nous n'en avons plus eu de pareilles ! Et vous parlez d'un bateau insubmersible ? Je crains fort que nous ne devions cesser les recherches...

— Je proteste ! s'écria Trosky d'une voix dure. C'est évidemment la solution de facilité ! On poursuivra les recherches après la tempête, au contraire. Un bateau comme la HELU ne peut pas s'évanouir dans la nature aussi aisément !

Il se leva et alla à la fenêtre. Les vagues monstrueuses se dressaient jusqu'à la hauteur des maisons et retombaient lourdement sur le quai, écrasant tout sur leur passage.

Mon Dieu, se dit Trosky. Si elles sont vraiment en pleine mer, il ne leur reste qu'une solution : s'assurer et attendre...

Puis il se détacha de la fenêtre et revint au centre de la pièce.

— Qu'arrivera-t-il aux pirates si nous les attrapons ? demanda-t-il.

— Ils iront en prison...

— Inutile, grogna Trosky en serrant les poings. Laissez-les-moi cinq minutes... Autrefois la loi des navigateurs était tellement plus simple ! Si un pirate se faisait prendre, on le pendait haut et court au grand mât. Quelques crochets étaient prévus à cet usage. Et pourtant, tous les bateaux recevaient la bénédiction de l'Eglise au moment du départ !

Leur cinquième nuit dans la caverne. La mer s'était beaucoup calmée. Elle roulait encore de hautes vagues contre les côtes, mais sans aucune comparaison avec les jours précédents. Dans le ciel nocturne, le vent avait notablement baissé.

— Le temps idéal pour partir en croisière, déclara Maurice Depallier en se frottant les mains. Nous appareillerons avec la marée.

C'était l'unique moyen de sortir de là, car il ne fallait pas songer à se servir des voiles ; le vent n'était plus assez violent pour pénétrer jusqu'à eux. On n'avait pas de moteur auxiliaire... ce qui eût bien fait l'affaire. La fameuse protestation de Trosky se justifiait pour la première fois.

— Nous utiliserons aussi les rames, déclara encore Maurice de son ton autoritaire. Plus loin, nous aurons davantage de vent, et il nous sera plus facile de gagner le large. — Il dédia à Lucrézia un charmant sourire. — Dans vingt-quatre heures au plus, vous serez débarrassées de nous !

— Vous vouliez me montrer le contenu de vos sacs, intervint Héléna en enfilant son ciré.

— Ah oui ! C'est vrai ! répondit Depallier en acquiesçant d'un signe de tête. Je vous l'ai promis. Ma nouvelle existence... obtenue par le vol et le pillage !

Il alla ouvrir la trappe de la soute de gauche et en tira un sac de cuir élimé, fermé par d'épaisses cordelières et de larges courroies. Lorsqu'il le posa sur la table, un bruit métallique se fit entendre.

— Voici le nouveau Depallier ! déclara-t-il sur un ton solennel. Espérons en tout cas que le nouveau sera meilleur que l'ancien...

Un grand silence se fit dans la pièce.

— J'espère que vous apprécierez la confiance que je mets en vous !

— Et si je vous trahissais ?

— Pourquoi le feriez-vous ? N'ai-je pas fait preuve de grandeur d'âme à votre égard ? Je vous ai laissé la vie, ce qui n'était pas tellement évident. Et je vous rends à présent la liberté. En contre-partie, vous pourriez garder le secret. Tenez, ouvrez-le vous-même...

— Moi ? Pourquoi ?

— Vous avez peur de vous rendre complice ?

— Non.

Héléna dénoua les courroies et les cordelières et jeta un coup d'œil à l'intérieur. Puis elle releva la tête et alla s'adosser à la cloison en croisant les bras.

— Alors, qu'est-ce que vous avez vu ? demanda Maurice Depallier.

— Des pièces d'or...

— Des pièces d'or ? Comme vous y allez ! Des pièces d'or ? Ma chère, vous n'avez jamais vu cela ! Les directeurs de musées auraient une attaque s'ils voyaient cette collection ! Il y a là des pièces datant des empereurs romains, des pièces à l'effigie de notre Roi-Soleil, Louis XIV, des pièces byzantines, des pièces en or pur qui proviennent des conquistadores, de l'or qui appartenait aux Aztèques, aux Incas et aux Mayas, et des pièces sur lesquelles le sang des tribus anéanties colle encore. Des pièces dont tout le monde, ou presque, ignore l'existence et que l'homme à qui je les ai volées n'a pu obtenir que par des voies obscures ! C'est un trésor d'une valeur inappréciable !

— Je vous félicite, Maurice ! dit Héléna d'une voix sèche.

— Je vous en prie, Madame...

Il se pencha, enfouit ses deux mains dans le sac, puis les

leva en l'air, remplies de pièces qu'il lâcha au-dessus du sac ; elles retombèrent avec un bruit métallique. Une fois. Deux fois. Trois fois... Dix fois... Des cascades d'or. Ses yeux étincelaient.

— Je comprends aisément que certaines personnes aient voulu nager dans l'or, au sens littéral du terme. Quelle sensation extraordinaire que de contempler de l'or, que d'entendre le cliquetis de l'or !

— Vous aurez du mal à commencer une nouvelle existence avec cet or, Maurice ! Qui vous les achètera, ces pièces précieuses ? Dès qu'elles réapparaîtront sur le marché, on en suivra la trace pour savoir d'où elles proviennent. On vous pourchassera...

— Il existe de par le monde suffisamment de collectionneurs qui sont prêts à payer des millions pour faire disparaître ces pièces dans un coffre, et garder le silence. En Amérique surtout. Les collectionneurs fanatiques sont souvent plus ou moins hors-la-loi. J'aimerais savoir combien de trésors volés dans les musées se trouvent maintenant chez des particuliers, dans des galeries souterraines ultra-secrètes aménagées à cet effet, protégées par des systèmes d'alarme comme les coffres d'une banque... Il y en a au moins autant dans l'autre sac. Vous comprenez maintenant pourquoi j'avais tant besoin de vous et de votre bateau ? Pour m'échapper de Maio, je n'aurai aucun problème. Et un jour viendra où je m'installerai dans un coin quelconque de ce monde magnifique pour y vivre paisiblement, sans attirer l'attention. C'est mon seul désir à présent ! Vivre en paix... — Il reporta les deux sacs dans la petite cale qu'il ferma soigneusement, puis revint au salon. — Bon, et maintenant, tout le monde au travail. Sur le pont ! On part ! Silva et moi, nous prendrons les rames, Héléna, vous manœuvrerez le bateau. Lucrézia, vous vous tenez prête à hisser une voile dès que nous arriverons dans une zone de vent, quelle qu'en soit la force. Il faudra attendre l'entrée du chenal, j'imagine. Et ensuite, le grand large à pleines voiles !

— Aïe ! Aïe ! Sir ! fit Lucrézia en passant devant Maurice et en bouchant l'entrée du salon de son corps. Vous êtes bien avare, Maurice ! Vous pourriez nous faire cadeau d'une petite pièce, à Héléna et à moi. Quel joli pendentif cela ferait ! Une sorte de talisman qui nous protégerait à l'avenir de tomber entre les mains de corsaires de votre espèce !

Une demi-heure plus tard, ils débouchaient sur l'océan par un vent assez doux. On hissa le gênois I et le spinnaker. La mer s'était notablement calmée depuis la veille. Il semblait que toutes les conditions fussent réunies pour que

Maurice Depallier atteigne son but et mette vraiment fin à sa folle existence de hors-la-loi.

Ils arrivèrent en vue de Maio à l'aube, et distinguèrent les grandes salines dans la brume matinale. Le bateau longea la côte jusqu'à ce que Depallier aperçût une petite crique bien fermée par les formations extravagantes de rochers.

— Ici ! On rentre à l'intérieur ! ordonna-t-il. Héléna, vous êtes une femme merveilleuse. Je ne me lasserai jamais de le répéter. J'envie votre ami ! Nous mettrons pied à terre là-bas, et vous serez enfin délivrées de notre présence !

Ils glissèrent avec mille précautions dans la crique, car le sol inégal risquait de blesser la quille fragile de la HELU. Puis ils atteignirent la côte à un endroit où elle était praticable. Jorge Silva sauta à terre et avec la corde que lui lança Lucrézia, il amarra solidement la HELU à un piton rocheux.

Depallier descendit au salon et revint aussitôt avec ses deux précieux sacs de cuir qu'il posa à ses pieds. Il portait sur l'épaule un sac de voyage contenant quelques vêtements, des chaussures de rechange et son rasoir.

— C'est le moment des adieux, annonça-t-il.

— Je vous en prie, finissons-en ! — Héléna était adossée au mât. — Allez-vous-en !

— Vous ne me souhaitez pas bonne chance ?

— Ça vous étonne ?

— Je pensais pourtant vous avoir un peu émue, sur le plan humain. Au moins par ma franchise...

— Dépêchez-vous, il fait de plus en plus clair...

— Vous avez raison. Pendant quelques jours, j'avais oublié que vous étiez une menace pour ma sécurité.

Il sauta à terre à son tour, puis revint en courant sur le bateau et descendit au salon sans dire un mot. Quand il remonta, il tenait un couteau à la main. Avant de disparaître pour de bon, il coupa tous les cordages du gréement. Il en faudrait maintenant, du temps, avant de pouvoir hisser une voile ! Lucrézia serra les poings.

— C'est vraiment un sale type, cria-t-elle. Je l'ai toujours dit que vous étiez un saligaud !

Sans dire un mot, Depallier sauta de nouveau à terre et jeta le couteau derrière lui, sur le pont, après avoir coupé les cordes d'amarrage. La HELU s'éloigna légèrement de la côte, et se balança avec élégance au rythme des vagues. Mais sans voiles, elle ne pouvait avancer. Dommage que Peter ait refusé le moteur auxiliaire, se dit Héléna en courant à la barre pour manœuvrer le gouvernail, tandis que Lucrézia jetait l'ancre. Il n'y avait guère de fond à cet endroit.

Avant de disparaître à jamais dans les rochers avec son compagnon et son trésor, Maurice Depallier agita une dernière fois les bras en signe d'adieu.

— Va-t'en au diable ! lui cria Lucrézia.

Puis elle s'assit sur le toit de la cabine et fixa l'océan de ses grands yeux noirs.

— Et maintenant ?

— Il faut réparer quelques cordages pour pouvoir hisser au moins une voile. Je propose que nous choisissions le gênois I. C'est la plus grande et celle qui nous maintiendra le mieux sous le vent.

— Je serais capable de l'étrangler, ce sale type ! grinça Lucrézia. D'ici à ce que nous décollions de cette sacrée crique... ! Avec toute cette avance, il est sûr de réussir à s'enfuir !

— Plutôt que de l'étrangler, tu ferais mieux d'économiser tes forces pour réparer les cordages. Il ne sert à rien de faire des nœuds, nous avons besoin de cordes solides en qui nous puissions avoir confiance ! Nous ne pouvons pas nous offrir le luxe de perdre une voile en plein océan !

Elles passèrent toute la journée à l'ombre d'une bâche à faire des épissures, véritable corvée contre laquelle tous les trois, ils avaient rechigné au cours de leur apprentissage. Mais c'était pour l'heure leur seul moyen de sauvetage. Le soleil monta à l'horizon, et pas un être humain ne vint donner un peu de vie à la plage. Ni enfants, ni pêcheurs, pas même un chien. Ce devait être une contrée totalement abandonnée.

Le temps passait, les doigts saignaient, malgré les dés de protection qui ne quittaient pas la caisse à outils. Lucrézia en particulier ne cessait de gémir.

Vers midi, la patience l'abandonna. Héléna s'y attendait ; elle avait remarqué le tremblement des mains de sa compagne, ses pieds qui ne cessaient de s'agiter, son corps qui frémissait. Tout d'un coup, la jeune fille jeta en l'air cordes et dés, bourra de coups de poing le toit de la cabine et se mit à crier comme une hystérique. Des mots sans suite, dépourvus de sens. Tout son corps était agité de soubresauts, elle laissait pendre la tête vers l'avant. Cela dura quelques minutes, puis Héléna se leva, alla remplir un seau d'eau et le versa sur elle.

L'effet fut instantané. Elle cessa de crier et se mit en boule. Sans un mot, Héléna retourna à son travail.

Au bout d'un long moment de silence, Lucrézia releva la tête.

— Je me suis conduite comme une imbécile, hein ? dit-elle d'une voix rauque.

— C'est oublié... — Héléna lui montra les cordages. — Continue à travailler.

— Ce soleil. Cette chaleur humide. Le silence. Je n'ai pas pu me retenir.

— Je sais. Ça t'a fait du bien.

— Je me sens vide... Tu connais cette impression ?

— Oui.

— Mais tu n'as jamais crié, toi, Blondie ?

— Qu'est-ce que tu en sais ?

— Quand ?

— On peut aussi hurler dans son oreiller. Ou dans la fourrure d'un chien, dans les voiles. Il m'est arrivé de crier pendant que vous dormiez tous dans la cabine. Quand j'étais de quart.

— Et moi qui croyais que rien ne pouvait t'entamer ! Que tu étais un iceberg ! Je me disais qu'à la place du cœur, tu avais un moteur bien huilé.

— On peut aussi en avoir besoin, dans certaines situations...

— Jamais je ne pourrai me maîtriser comme toi !

— Personne ne te le demande !

— Et toi ?

— Que deviendrions-nous sinon ?

Lucrézia se remit à son épissure, ses doigts tremblaient, elle se sentait sans forces.

— Ne le raconte pas aux autres, dit-elle soudain d'une voix plaintive. Je t'en prie, Blondie !

— Ne crains rien, ça restera entre nous... D'ici quelques heures, nous pourrons hisser la voile et partir !

— Enfin !... Et si jamais ça me reprend, jette-moi à la mer !

— Sûrement pas ! répondit Héléna d'une voix paisible. La prochaine fois, je te donnerai deux bonnes gifles, une à droite et une à gauche, dont tu te souviendras pendant huit jours !

— Iceberg, va ! conclut Lucrézia avec une grimace.

Elles hissèrent enfin leur gênois I au début de la nuit et le bateau prit immédiatement le vent. Certes il ne fallait pas compter sur une course folle, mais de voir s'éloigner cette côte inhospitalière les transporta d'aise. Elles battirent des mains et s'embrassèrent avec fougue.

Le seul moyen pour Héléna de garder le cap, c'était la boussole. Chaque fois que la HELU avait tendance à dévier, elle donnait un petit coup de barre.

Vers trois heures du matin, Lucrézia vint la rejoindre dans le cockpit. Elle avait dormi trois heures d'un sommeil de plomb et venait prendre le quart à son tour.

— Tu es sûre que nous sommes dans la bonne direction ? demanda-t-elle.

— Nous avons pris l'ouest pour venir ici, il faut donc prendre l'est pour retourner !

— C'est à cela que se bornent tes connaissances ?

— Oui.

— Bravo ! Et si nous passons à côté de São Tiago sans la voir... ?

— Il nous restera le grand large jusqu'en Amérique... — Elle jeta un coup d'œil moqueur sur Lucrézia. — Allons, ma vieille, ne crains rien. Chaque mille nous rapproche de la civilisation !

— Tu crois qu'ils nous cherchent encore ?

— Bien sûr !

— Au bout de six jours ! Ils vont se demander qui va payer les frais. La loi de l'humanité ? Piètre devise ! On ne peut pas acheter d'essence avec ça ! Tout ce branle-bas pour deux femmes ?

— Tu connais mal Peter. Et Trosky va se démener comme un diable, lui aussi, jusqu'à ce qu'on nous ait retrouvées.

— Ou jusqu'à ce qu'on l'ait enfermé ! — Elle prit la barre en main et contempla la mer étale sous son manteau de nuit. — Va te coucher, Blondie. Il faut que tu dormes !

— Non, je reste ici. Je ne suis pas fatiguée. Je vais fermer les yeux et m'assoupir un peu, d'accord ? Réveille-moi dès que tu verras quelque chose !

Elle croisa les mains sur son ventre et se laissa aller. Contrairement à ce qu'elle avait dit à Lucrézia, elle était tellement épuisée que tout son corps lui faisait mal. Mais elle ne pouvait rien dire ! Pour ne pas inquiéter Lucrézia. Bercée par le mouvement du voilier, elle finit par s'endormir contre sa volonté, et ne s'éveilla que lorsque le jour vint se glisser entre ses paupières.

Le soleil était levé depuis longtemps. La HELU filait sur une mer calme. Près de la barre, étendue sur les planches, Lucrézia dormait profondément.

Héléna bondit jusqu'à la boussole.

Cap sur le nord. Depuis quand ?

Elle corrigea la direction, se frotta la figure de ses deux mains pour chasser le sommeil et s'assit sur le cockpit. Que faire ? Elle ne savait pas se servir d'un sextant, elle ne connaissait pas les secrets des cartes de Peter, elle ne pouvait donc se fier qu'à son flair, en espérant rencontrer un autre bateau.

Une demi-heure plus tard, Lucrézia s'éveilla à son tour. Elle se redressa d'un bond et rencontra le regard calme d'Héléna.

— Où sommes-nous ?

— Je ne sais pas. Quand je me suis réveillée, nous filions plein nord.

— C'est ma faute...

— Oui.

— Faut-il que je m'excuse ? Ou que je saute par-dessus bord ?

— Ça ne nous servirait pas à grand-chose. J'ai rétabli le cap. Nous arriverons sûrement quelque part, mais où... ? Et quand... ?

La journée se passa. La matinée avait été marquée par un calme plat, la HELU s'était contentée de s'amuser sur place ; enfin le vent se leva dans l'après-midi et entraîna le bateau.

Vers le soir, elles aperçurent une terre à l'horizon, des rochers qui surplombaient la mer. Lorsqu'elles reconnurent les contours de la côte ouest de l'île São Tiago, elles battirent des mains et s'embrassèrent en pleurant d'émotion.

— Nous y voilà vraiment, dit Héléna au moment où elle changea le cap pour rejoindre le petit port de Tarrafal. Quelle chance inouïe. C'est à peine croyable ! Luzi, nous avons sûrement un ange gardien.

— J'étais justement en train de le remercier ! murmura Luzi d'une voix frémissante.

La terre, la mer et le ciel s'enflammaient dans une débauche de couleurs ardentes. Un coucher de soleil comme elles en avaient rarement vu présida à leur entrée dans le port. Elles accostèrent à l'endroit même où la HELU avait accosté quelques jours auparavant et jetèrent la passerelle. Un agent de la police locale passait justement par là ; en les voyant, il crut voir deux revenants et après un coup d'œil sur le bateau, il partit en courant au commissariat.

— Elles sont revenues, hurla-t-il. Elles sont revenues ! Comme si de rien n'était !

Le chef de la police dut procéder à un interrogatoire en règle ; il devait bien cela à la capitale, car en fin de compte, on avait poursuivi les recherches pendant quatre jours, ce qui entraînait des frais considérables. Le capitaine était toujours là. Il fit entrer les deux jeunes filles dans un bureau vide avec Peter et Trosky, et leur laissa le temps de fêter les retrouvailles.

Héléna se jeta au cou de Peter ; pour la première fois, elle donna libre cours à ses sentiments. Trosky et Lucrézia se regardèrent, gênés.

— Si je te saute au cou, ce ne sera pas une raison pour me porter sur un lit ! déclara Lucrézia d'une voix rauque qui fit froncer les sourcils à Trosky.

— Prêt ?

— Idiot !

Elle se jeta sur lui et l'embrassa avec fougue. Surpris, Trosky se sentait embarrassé, mais il ne la lâcha que pour embrasser Héléna.

— Maintenant que nous nous sommes copieusement léchés, déclara-t-il finalement, il serait intéressant de savoir d'où vous venez.

— De Maio ! s'exclama Lucrézia.

— Vraiment ? Jolie promenade, hein ?

— Oui. — Héléna se passa la main sur le visage. — On nous a kidnappées et forcées à aller à Maio...

— Ah ! Tout de même ! Personne ne voulait le croire !

— Et vous avez survécu à la tempête ?

Le chef de la police commença par sacrifier deux bouteilles de vin pour célébrer l'événement et faciliter l'interrogatoire. Et au bout de quelque temps, tous se rendirent compte de la chance invraisemblable des deux jeunes filles.

— Je me demande pourquoi ce Depallier était si bavard ! déclara le capitaine étonné. Nous avons la confession. Il ne nous manque plus que le coupable !

— Il a beaucoup trop d'avance, répondit Héléna. Vous ne le rattraperez plus. Il y a longtemps qu'il a quitté les îles du Cap-Vert.

— Et la radio, Madame ? Nous n'allons pas tarder à savoir sur quel avion deux inconnus ont quitté Sal. Et nous les suivrons à la trace !

— Il est bien plus important de savoir à qui il a volé ce trésor ?

— Où, et à qui... ? dit Losskow. Vous ne le saurez jamais. La victime s'est mise à l'abri, soyez-en sûr !

— Parce que c'est aussi un bandit... ?

— Evidemment !

On téléphona le soir même à l'aéroport de Sal pour apprendre que cinquante-quatre passagers étaient montés dans l'avion en partance pour Lisbonne. Rien que des hommes d'affaires. On leur donna la liste des passagers, mais elle ne contenait ni un Maurice Depallier, ni un Jorge Silva, bien entendu. L'avion avait atterri à Lisbonne dix heures auparavant. Impossible de rechercher les fugitifs.

— Il y a de quoi se taper la tête contre les murs ! gémit le petit chef de la police.

— Bon ! intervint Trosky. Quant à nous, nous remplaçons les cordages et nous mettons les voiles avant de nouvelles surprises de ce grenre !

— Vous ne pouvez pas vous plaindre ! Nous vous avons aidés du mieux que nous pouvions !

La nuit commençait à tomber. On remplaça les cordages, et le lendemain au petit jour, on testa les voiles. Aucun problème. La HELU était prête pour son grand départ.

Les adieux furent de courte durée. Le capitaine, le chef de la police et un officier de Praia vinrent sur le quai. Soudain un gamin arriva en courant ; il poussait une brouette en direction du bateau.

— Enfin ! s'écria Trosky qui se préparait à retirer la passerelle.

La brouette ne contenait qu'une grosse balle de paille serrée et soigneusement ficelée. Tous les spectateurs écarquillèrent les yeux de surprise.

Losskow se trouvait déjà dans le cockpit. Il s'approcha du quai.

— C'est toi qui as commandé ça ? demanda-t-il.

— Oui, répondit Trosky sur un ton rogue. Pourquoi ?

— C'est de la paille... ?

— Oui.

— Tu as l'intention de nourrir une chèvre à bord ?

— Pourquoi... ? Nous en avons déjà deux...

— Attends un peu, mufle ! cria Lucrézia.

Le gamin aidé de Trosky traîna la balle de paille jusqu'au pont, puis Trosky tira la passerelle et attrapa au vol la corde qu'on lui lança du quai. La HELU était libre.

— Alors ? fit Trosky en interrogeant Losskow du regard. Qu'est-ce qu'on attend ?

— Je ne sais pas. Un chameau cette fois-ci, peut-être...

— Bon ! Allez, les focs sous le vent ! hurla le Tchèque. On y va !

Le bateau s'éloigna doucement du quai. A terre, le petit groupe agita les bras jusqu'à ce que la HELU ne fût plus qu'un point indistinct à l'horizon. Elle filait à grande allure, toutes voiles dressées, vers l'infini de l'océan, vers le but final, l'Amérique du Sud, la Terre de Feu et le cap Horn.

Assis côte à côte sur le banc de bois, Losskow et Trosky contemplaient la mer. Les filles s'étaient réfugiées dans la cabine ; Lucrézia était de cuisine, et Héléna portait quelques notes sur son livre de bord et s'occupait de Mr Plump.

Celui-ci, à vrai dire, faisait la tête. Depuis le départ de Maurice Depallier, il ne mangeait plus, avait un regard triste et ne réagissait plus ni aux caresses ni aux insultes de Trosky.

Malgré tout, une fois le bateau en pleine mer, Mr Plump sembla se décider à changer d'attitude. Il renifla un morceau de viande dans sa gamelle, mais sans le manger, se roula en boule, et la tête sur les pattes, il exhala de sombres soupirs.

— Je voudrais que nous soyons bien d'accord, déclara Losskow à l'adresse de Trosky : nous nous lançons à présent dans la solitude. Une solitude qui peut durer de quatre à huit semaines, si nous tombons sur une zone de calme. Je voudrais passer devant Saint-Paul et Fernando de Noronha sans m'arrêter, et prendre la route la plus directe pour l'Argentine.

Il regarda son voisin d'un air interrogateur.

— Ma foi, grogna Trosky. C'est toi le patron !

— Nous pouvons aussi raccourcir le trajet en mettant le cap directement sur les Malouines où nous réviserons la HELU en vue de la Terre de Feu.

— Pourquoi pas la route directe ?

— Ta balle de paille ne me plaît pas...

— Tiens donc ! Pourquoi ?

— Huit semaines en mer... Je veux du calme à bord...

— Ah ! Ça recommence ! Tu as peur que je pique une crise ?

— Pour être franc... oui !

— C'est bien. La raison d'être de cette paille ? ricana Trosky. Attends un peu, tu verras...

— Je n'aime pas les surprises à bord, Jan. Tout ce que nous avons vécu jusqu'ici n'est qu'un jeu en regard de ce qui nous attend !

— Je sais, je sais, Maître ! Garde tes sermons pour toi, je fais ce qu'il faut. D'ailleurs c'est l'heure de la soupe. J'ai une faim d'ogre.

Mr Plump monta sur le pont, et en apercevant Trosky, il retroussa les babines. Ce qui était un grand progrès : il sortait de son apathie en reconnaissant son ennemi intime.

— Celui-là, un jour viendra où je le mettrai en broche ! grogna Trosky.

Le voyage se déroula sans incident pendant la première semaine. Un bon vent d'est poussait la HELU à bonne allure vers son but. Trosky commença alors à s'occuper de sa balle de paille. Tout d'abord, il bricola un grand cerceau en crin qu'il s'était également procuré à Tarrafal. Puis il tressa un entrelacs de ficelle à travers lequel il passa la paille.

Au bout de trois jours, Losskow comprit le but de ce travail d'artiste.

— Il est en train de fabriquer une cible de grandes dimensions, dit-il à Héléna et Lucrézia, alors qu'ils se trouvaient tous les trois dans le salon. Je suppose qu'il va tirer à l'arc ! Parfait ! Je préfère qu'il se dépense là-haut plutôt que de s'ennuyer ici en bas et de nous tyranniser tous !

La vie à bord était bien rodée. Chacun savait qu'ils dépendaient tous les uns des autres à présent. Plusieurs semaines de vie commune sans la moindre possibilité de s'esquiver si les choses allaient trop mal... Ils étaient assujettis au bon vouloir du ciel, de la mer et du vent, condamnés à s'incliner devant leurs décisions quelles qu'elles fussent : soleil, brume, tempête ou calme plat, chaleur torride ou pluie, mer d'huile ou vagues écumantes.

Le quatorzième jour, qui était un dimanche si l'on en croyait le calendrier de Peter von Losskow, Trosky termina enfin son dur labeur. Il suspendit sa cible à la proue du bateau et cloua dessus un grand carton qu'il avait peint la nuit précédente.

Héléna monta sur le pont pour apporter aux deux hommes une tasse de thé au citron ; en apercevant la cible, elle redescendit en courant vers le salon où, depuis trois jours, Lucrézia avait repris ses travaux scientifiques. Penchée sur son microscope, elle examinait les microbes entretenus par l'eau de mer à différentes profondeurs.

— Il a orné sa cible d'un carton peint par lui, dit Héléna. Tu devrais aller voir ça ! Je me demande bien ce qui peut trotter dans la tête de cet homme.

Lorsqu'elles montèrent ensemble sur le pont, elles aperçurent Trosky à l'arrière du bateau, un arc et une flèche à la main ; il paraissait tout joyeux. Lucrézia jeta un coup d'œil sur la « toile » et fit la moue. Eclairés de plein fouet par les rayons du soleil, deux seins imposants, peints d'après nature, se tendaient vers elles.

— Alors, ça te plaît ? cria Trosky depuis la poupe.

— J'ai toujours pensé que tu avais des tendances perverses ! répondit Lucrézia.

— Tais-toi... et va te regarder dans la glace... Ce n'est pas toi ! Du moins, pas toi toute seule. Il y a aussi un peu d'Héléna là-dedans. Je vous ai fondues toutes les deux pour créer la poitrine idéale !

Il plaça la flèche dans l'arc, visa et tira. Le vent la fit dévier un peu, et elle alla frapper le bord supérieur de la cible. Trosky posa son arme sur son genou et regarda Peter.

— Si nous récompensions les beaux coups par un prix, Peter ? Une flèche plantée dans le mamelon donne douze points. Chaque douze rapporte une bouteille ! Six fois douze en suivant, ça rapporte... Luzi !

— Le tir à l'arc ici ?

Losskow vint du cockpit et arracha l'arc des mains de Trosky avant que celui-ci ait pu s'y cramponner. Il y eut quelques secondes de silence pesant entre eux. Puis Trosky dit tout bas :

— Rends-moi mon arc, Peer !

— Ôte ce carton !

— Non ! C'est *ma* cible ! Si tu n'es pas content, demain, c'est ta tête que j'y mettrai ! — Il tendit la main. — Rends-moi mon arc ! Je te préviens, Peer ! J'ai bricolé quelque chose qui me satisfait, et je ne permettrai pas qu'on y touche, tant que ma tête tient sur mes deux épaules. C'est clair ?

— Parfaitement clair !

Losskow prit une flèche, visa à son tour ; la flèche partit et alla se ficher exactement au centre du mamelon de gauche. Il n'y eut pas d'applaudissements parmi l'assistance ni de cris. Héléna sentit ses cheveux se dresser sur sa tête.

— Douze, Trosky ! dit Peter à voix haute. Tu me dois une bouteille de bordeaux. D'accord. Nous enregistrons les résultats et nous ferons les comptes plus tard, quand nous serons à terre !

Il lança l'arc à Trosky qui le laissa tomber.

— Espèce de rabat-joie, va ! dit-il d'une voix sombre. Mais je vais m'exercer, et tu verras que d'ici peu, tu ne pourras plus m'en remontrer !

Le soir, tout en aidant Peter à amener les voiles pour la nuit, Héléna dit :

— Pourquoi cette histoire de flèche, Peer ?

— Il a absolument besoin d'un adversaire, de se battre contre quelqu'un, sinon il ne peut pas vivre. C'est seulement maintenant que je le comprends.

— Il va te détester encore plus !

— Il ne me déteste pas, il se déteste lui-même. Mais je ne sais pas pourquoi.

Le lendemain matin, Trosky s'exerça au tir à l'arc. Il avait mis sa menace à exécution : sur la cible s'étalait la tête de Peter, et au cours de la journée, il lui perça deux fois les yeux et deux fois les narines.

Soleil et mer, immensité plane, silence rompu uniquement par le murmure des vagues, le crissement des voiles, le chuchotement de plus en plus faible du vent. Bruits qui cessaient d'être des bruits parce qu'ils s'étaient intégrés à la vie, parce qu'ils faisaient partie de la vie; on ne les entendait même plus. Malgré le travail à bord et les occupations scientifiques que chacun avait reprises pour soi, les heures traînaient, toutes semblables, monotones, uniformes. Peter von Losskow tenait son journal de bord. Dès la fin de la première page, force lui fut de reconnaître la vérité : Nous nous portons tous mutuellement sur les nerfs !

Le bateau était trop petit pour quatre personnes. Il n'y avait pas un endroit où se retirer lorsque l'envie leur en prenait, à l'un ou à l'autre, lorsqu'ils se sentaient prêts à sauter à la tête du voisin. Ils étaient condamnés à être toujours ensemble, à se voir, à se heurter, à se sentir, à s'entendre.

Le pire, c'étaient les soirées. Héléna mettait un disque sur son électrophone. Tchaïkovski ou Wagner, Beethoven ou Bruckner. Parfois une opérette. Et quand Trosky aboyait :

— Je veux entendre du rock !

Elle lui répondait sur le même ton :

— La musique, c'est la culture ! Mais tu ne comprends même pas la signification de ce mot !

Trosky se réfugiait alors sur sa couchette ou s'asseyait sur le pont, les lèvres serrées, et ne manquait jamais de donner un coup de pied à Mr Plump lorsque celui-ci s'approchait un peu trop de lui.

Un jour, il dit à Peter :

— Je te jure que je me servirai de ce sacré Beethoven comme d'une cible ! Qui pourrait tenir le coup avec ce crincrin ? Cet éternel bim-ba-da-boum ! Bim-ba-da-boum...

Ciel et océan, soleil et quelques gouttes de pluie de temps en temps, calme plat. Ils passaient des jours entiers à la même place, sans avancer, ce qui permettait à Trosky d'invectiver Losskow et de le traiter d'idiot, pour avoir refusé d'emporter un moteur auxiliaire.

Solitude, canicule, un air étouffant, un océan de plomb. Lucrézia somnolait, étendue toute nue sur le pont, et protégée de la morsure du soleil par une bâche. Peter rédigeait son livre de bord, Héléna lisait des romans ou écoutait de la musique. Trosky tirait à l'arc. Tous les deux jours, il changeait de cible : la tête de Peter, la gueule d'un requin, de nouveaux seins, le drapeau américain avec ses quarante-huit étoiles. C'était sa cible préférée, car il pouvait viser toutes les étoiles à tour de rôle.

Pendant quarante-trois jours et quarante-trois nuits, quatre navigateurs et quelques voiles au milieu de l'océan Atlantique. Des corps nus et la musique de Beethoven. Quarante-trois jours durant lesquels la haine ne fit que s'exaspérer.

Une nuit, Trosky déménagea pour aller s'installer près du cockpit.

— Je dors ici maintenant ! cria-t-il à la cantonade. Rien que de vous voir, ça me donne envie de vomir ! En outre il m'est impossible de dormir quand ça sent la femelle à travers les cloisons ! Mais tu ne comprends pas ça, toi, Peer ! Au fait, est-ce que tu es châtré ? Laisse-moi seul, tes yeux bleus me mettent en boule !

Malgré l'atmosphère surchargée à bord, malgré la menace qui se précisait de jour en jour, la HELU maintenait son cap. Fidèle à l'itinéraire prévu, elle passa à l'ouest de Fernando de Noronha et ils avaient à présent cinq mille mètres de fond au-dessous d'eux. Peter était vraiment un as de la navigation, et Trosky lui-même fut bien obligé de l'admettre : malgré les interminables journées d'immobilité, la HELU avançait vers son but.

La monotonie de la vie quotidienne finit par émousser les comportements, et chasser tous les scrupules. Losskow lui-même s'en rendit compte, avec effroi certes, mais il n'avait plus la force d'y remédier. Il grognait contre Héléna parce que les pommes de terre étaient trop cuites, ou pas assez salées ; il jetait les légumes par-dessus bord parce qu'ils étaient trop fades à son goût.

Trosky jubilait.

— Enfin ! Le voilà qui admet la vérité ! Ces femmes, ce sont des poisons ! Tout ce qu'elles cherchent, c'est à nous achever ! Manger salé pour se saouler à mort après, hein ?

— Qu'est-ce que ça nous rapporterait, triple idiot ? cria Héléna. Nous avons besoin de vous !

— Tiens ! Voilà un refrain nouveau. Allez, Peer, au lit !... Mais elles ne veulent pas !

Le lendemain, Losskow refusa le thé, il le trouvait trop amer et trop fort.

— Il est comme toujours, dit Héléna.

— Je te dis qu'il est trop amer. S'il a toujours été comme ça, il a toujours été trop amer, voilà !

— Verse-lui le thé sur la tronche ! cria Lucrézia de son banc.

Et Héléna déclara à haute voix :

— Eh bien, à partir d'aujourd'hui, je me refuse à faire la popote. Chacun la fera pour soi !

— Formidable ! hurla Trosky. On fait même la grève, ici !

Un peu plus tard, Losskow revint dans la cabine.

— Oublie ça, Héléna, dit-il. J'ai les nerfs à fleur de peau. Je suis désolé. Le thé était très bon, bien sûr.

— Il était trop amer...

— Ne recommence pas, je t'en prie.

— Je l'ai goûté, moi aussi. Il était vraiment trop amer. A midi, vous mangerez des conserves.

— Alors, c'est bien vrai, tu ne fais plus la popote ?

— La popote ? Tu appelles ça faire la popote ? Ouvrir une boîte de conserve ? Vous pouvez bien vous débrouiller tout seuls !

— Mais tes spaghettis sont uniques au monde !

— Demande donc à Luzi de les préparer. C'est une Italienne, ce doit donc être sa spécialité !

— Donc tu ne veux plus faire la cuisine pour nous tous ?

— Non !

— Et que vas-tu faire ?

— Je vais vous regarder et compter les points pour savoir quel est le premier qui attaquera l'autre !

Cependant le lendemain, Héléna avait repris son poste aux fourneaux. Elle leur fit réchauffer une boîte de haricots verts au lard et leur prépara un pudding au chocolat avec une crème à la vanille. Lorsqu'ils s'assirent à table, Trosky goûta les haricots à même le plat.

— Cette fois, il n'y a pas un gramme de sel là-dedans. Sommes-nous condamnés à une cure de désintoxication ?

— Un mot de plus et je cogne, gronda Losskow en serrant les poings. Jan, les haricots sont excellents...

— Pour les poissons, certes, oui !

Comme deux griffes d'acier, les mains de Peter agrippèrent la chemise de Trosky qui fut obligé de se soulever pardessus la table.

— Répète un peu ! dit Losskow à mi-voix en regardant l'autre dans le blanc des yeux. Répète ! Les haricots sont excellents...

— Mon Dieu... si ça peut faire ton bonheur... Les haricots sont excellents ! — Et il se dégagea de la poigne de Losskow.

— Ça va mieux ! Bon sang, je ne peux plus vous voir, tous tant que vous êtes !

Il renversa son tabouret et monta sur le pont. Après avoir étendu le drapeau américain sur la cible, il recommença à percer les étoiles une par une. Mais cette fois, il donna un nom à chacune d'elle.

— Tiens, c'est toi, Potisky ! Va au diable ! cria-t-il. Touché ! Et toi, maintenant Pslelcek ! Kaput ! A toi cette fois, Lombacsy, espèce de crétin ! En plein dans l'œil ! Va donc rôtir en enfer !

Lorsque Losskow remonta sur le pont un peu plus tard, Trosky avait supprimé dix-neuf étoiles. Il salua le nouveau venu en agitant son arc en l'air.

— Je suis justement en train de liquider mes collègues de Prague ! s'écria-t-il. Merde alors, quelle jouissance ! Attends, c'est le tour de ce tas de lard de Hadek. Le contremaître. Un type répugnant ! Un lèche-cul. Hadek, à toi, mon pote !

Losskow s'installa à la barre et contempla le ciel uniformément bleu.

Dix-neuf jours de calme total. Pas un souffle de vent. Il n'aurait jamais cru que ce fût possible !

C'est toi, le responsable ! se dit-il en s'adressant au ciel. Tu nous grilles à petit feu, tu réduis les cerveaux en bouillie. Et toi, océan de malheur, tu nous rends fou !

Mon Dieu, toi qui es là-haut, envoie-nous du vent, un peu de vent, une petite brise, n'importe quoi...

Il suffit que nos voiles se tendent et nous sommes sauvés !

Une nuit, Losskow se leva et alla faire un tour sur le pont, la chaleur étouffante de la cabine l'empêchait de trouver le sommeil.

Il découvrit Trosky assis sur son matelas, près du cockpit, dos à la cloison ; il n'entendit pas Peter approcher, car il était absorbé par une occupation apparemment très importante.

Losskow le vit prendre une pincée de poudre blanche dans une petite boîte plate, la déposer sur le dos de sa main gauche, la contempler d'un air ravi et la porter ensuite à chacune de ses narines. Puis il aspira une grande bouffée d'air et resta là sans faire un mouvement, pétrifié. On aurait cru qu'il écoutait parler son âme.

— Bonne prise ! déclara tout d'un coup Losskow à haute voix.

Trosky sursauta comme si on l'avait frappé à la nuque. Ses yeux sombres lançaient des éclairs.

— Sale pion ! grinça-t-il. Qu'est-ce que t'as à fouiner par ici ?

— Depuis quand tu prises ?

— Depuis toujours ! Pourquoi ? C'est défendu ? — Trosky remonta la fermeture à glissière de son anorak ; il faisait très frais la nuit sur l'océan, mais l'air était pur et on respirait enfin ! — Alors, pas de femmes, pas d'alcool, et maintenant on me refuserait aussi le tabac ?

— Ce n'était pas du tabac, Jan !

— Tiens ? Qu'est-ce que c'était alors ?

— Il n'existe pas de tabac blanc !

— Il a blanchi au soleil, riposta Trosky d'un air sombre, sur la défensive.

— ... et porte le joli nom de méthylbenzoylecgonine, ou plus simplement cocaïne. Où t'es-tu procuré cette saleté ?

— Cette saleté ? Cette définition donnerait peut-être lieu à des discussions ! Il n'y a rien de meilleur pour stimuler le cerveau. Une bonne prise, et le système nerveux frémit de plaisir. C'est rare ici, le plaisir. Ici, on ne sait plus ce que c'est.

— Ainsi, tu te drogues ! constata Losskow bouleversé.

— Pas précisément. Je me contente de me ravigoter un peu de temps en temps.

— A coups de drogue ! cria Losskow.

— Mais c'est aussi vieux que le monde, voyons ! Déjà les Mayas et les Incas accordaient des pouvoirs divins aux buissons de coca. Lorsque les prêtres aztèques faisaient leurs sacrifices humains, lorsqu'ils sacrifiaient des jeunes garçons d'une beauté exceptionnelle en leur ôtant le cœur pour l'offrir au dieu Soleil, ils commençaient par mâchonner des feuilles de coca jusqu'à ce que leur cerveau s'élève vers le ciel... Bon, d'accord... — Trosky s'enroula dans sa couverture et se coucha. — Je prends de la cocaïne. Et maintenant, va-t'en retrouver les femmes et sonne le tocsin !

— Au prochain port, je te débarque, dit Losskow d'une voix sèche.

Trosky releva la tête et le fusilla du regard.

— Où donc, Sir ?

— Je vais changer de cap et foncer sur le Brésil. Dès que j'aperçois la terre, tu files ! N'importe où, je m'en fous ! C'est clair ?

— Je te conseille de réfléchir avant, Peer, dit Trosky d'un air calme.

— C'est tout réfléchi !

— Fais gaffe à toi, Cap'taine !

— Tu ne peux pas vivre sans cette maudite poudre blanche, bon sang ?

— Oh si ! Je peux, mon vieux ! Quand nous avons fait connaissance, je m'étais déjà arrêté depuis un certain temps. Mais je me suis douté de ce qui m'attendait, et j'ai pris mes précautions. Quand j'ai vu comment les choses tournaient ici, je m'y suis remis, et je me sens très bien dans ma peau !

— Cette fois, je comprends ce qui, pour moi, restait une énigme : il existe deux Trosky. Celui que j'ai rencontré à Hambourg et en qui j'avais confiance, et l'autre, celui que nous avons maintenant à bord !

Losskow jeta un coup d'œil sur le Tchèque. Etendu sur son matelas, il souriait de toutes ses dents. Dans ses yeux brillait l'éclat de la drogue ; ses pupilles étaient dilatées, son regard étrangement fixe.

— Combien de prises as-tu déjà eues aujourd'hui ?

— C'était la première. Parole d'honneur !

— Parole d'honneur ? Sais-tu encore ce que c'est ?

Trosky releva la tête.

— Tu as intérêt à oublier cette réflexion en vitesse, mon vieux, dit-il d'une voix sourde. C'est un de mes points sensibles ! Surtout une question comme celle-là, quand elle est posée par un Allemand à un Tchèque ! Retourne donc dans ta cambuse, espèce de clown de sale boche !

Losskow fit demi-tour sans ajouter un mot et descendit les quelques marches. Héléna l'attendait au salon, vêtue d'une chemise de nuit fine et transparente. Elle avait jeté un châle sur ses épaules. La lumière de la lampe à gaz dévoilait les secrets de sa nudité derrière ces voiles moelleux.

— Je me suis réveillée, dit-elle tout bas. Juste au moment où tu es monté sur le pont. Je vous ai entendus parler. Encore une dispute ?

— Non. — Il s'assit en face d'elle et renversa sa tête lasse sur le dossier. — Pourquoi les hommes ont-ils des nerfs aussi fragiles ? Ils veulent dominer le monde et le cosmos, et maîtriser l'atome. Et ils ne sont même pas capables de maîtriser leurs nerfs !

— C'est sur ce problème que vous vous êtes entretenus, en pleine nuit, à une heure du matin ?

— Oui. Sur ce problème aussi. J'ai compris maintenant. Demain on change de direction.

— Le cap sur la côte ?
— Oui.
— Autrement dit, il s'est encore passé quelque chose avec Trosky ?
— Non. Parce que j'ai peur... — Il posa sur elle le regard éteint de ses yeux bleus. — Tout au fond de moi-même, j'ai peur brusquement. Nous allons en effet nous détruire mutuellement.
— Nous deux ? Toi et moi ?
— Nous aussi, Héléna. Nous avons déjà commencé. Je t'aime. Je voudrais coucher avec toi. Je voudrais vivre avec toi, comme nous avons envie de vivre toi et moi. Et que faisons-nous ? Nous édifions des cloisons vitrées entre nous, uniquement pour donner le bon exemple aux autres ! Mais nous nous détruisons progressivement.
— Et si nous faisons l'amour, Peer... ?
— Trosky se jettera immédiatement sur Lucrézia.
— Et alors ? Ce ne serait pas une catastrophe !
— Ce serait le chaos... Jan et Luzi... Deux bêtes sauvages aux instincts de tueurs !
— On ne désamorce pas une bombe en la cachant sous une couverture... Peut-être que l'ambiance serait plus paisible si nous laissions libre cours à nos sentiments.
— Je ne sais pas, répondit Losskow d'un air las. Je ne sais qu'une chose : il faut rejoindre le plus vite possible la côte la plus proche !

Trois jours plus tard, un vent faible se leva. Les voiles se gonflèrent ; le balancement ininterrompu et régulier du bateau cessa, c'était lui surtout qui mettait les nerfs à rude épreuve. La HELU fila droit devant elle.

Trosky hurla « Hourra ! », et embrassa le vent.

Toutes voiles déployées, la HELU reprit vie et brisa allègrement les longs rouleaux de vagues de sa proue écumante.

Le vent tint bon pendant quatre jours et quatre nuits.
— Il faut le mettre à profit, décida Losskow. Cela nous permettra de rattraper un peu le temps perdu. A partir de maintenant, nous voguerons sans interruption, nuit et jour.

Revinrent donc les périodes de quart nocturne. Chacun quatre heures à la barre. Quand c'était le tour de Trosky ou de Losskow, ils corrigeaient le cap selon les nécessités, mais les filles ne savaient pas calculer la position ni naviguer au sextant. Dès la seconde nuit, de nouvelles difficultés surgirent.

Trosky venait de remplacer Peter. Il jeta un coup d'œil sur la carte et sur le cap qui y était indiqué.

— Mais... qu'est-ce que ça signifie ? demanda-t-il.

— J'ai changé de direction.

— C'est bien ce que je vois. Tu es devenu fou ma parole ?

— Au contraire. Je veux prendre la route maritime internationale.

— C'était justement ce que nous voulions éviter... ?

— Les choses ont changé maintenant. Je veux m'approcher d'un navire qui t'embarquera. Je veux me débarrasser de toi, tu comprends ?

— Ah ! ah ! Oui, je comprends, répondit Trosky.

— Parfaitement.

— Ça ne sera pas facile. — Trosky regarda Losskow d'un air mélancolique ; en réalité, il jouait son personnage et ce regard cachait une ferme détermination. — Tu veux faire le héros et tu n'es qu'un pauvre con.

Au bout de huit heures, lorsque Losskow reprit la barre à la suite de Lucrézia, il se rendit compte immédiatement que le bateau avait changé de direction. Le sextant confirma son soupçon : ils avaient repris l'ancien cap. La Terre de Feu.

— J'ai fait ce que Trosky m'a dit de faire, dit Lucrézia en faisant la moue, lorsque Peter remit la HELU sur son chemin, non sans vomir quelques jurons sonores. — J'ai fait très attention...

— Je sais. Ce n'est pas après toi que j'en ai. — Il s'assit dans le cockpit et attendit qu'Héléna monte avec le plateau du petit déjeuner et vienne s'asseoir à côté de lui. La HELU filait en plein sous le vent à une très belle allure.

— Nous filons, hein ? Nous rattrapons le temps perdu, constata-t-elle.

— Trosky a changé le cap cette nuit.

Epouvantée, Héléna contempla un instant la mer, puis tourna la tête vers Losskow.

— Ce n'est pas possible..., murmura-t-elle.

— Je voulais rejoindre la route internationale, et il a repris la direction de la Terre de Feu.

— Mon Dieu ! Je me demande bien lequel d'entre vous deux finira par étrangler l'autre...

— Il faut absolument garder le contrôle de soi-même jusqu'à ce que nous rencontrions un navire ou que nous apercevions la terre. On verra bien qui sera le plus fort !

Quelques minutes plus tard, Trosky monta sur le pont à son tour. Bien qu'il eût dormi à peine cinq heures, il semblait d'excellente humeur. Il salua de loin Mr Plump qui faisait ses besoins à l'avant du bateau et lui lança la peau d'un demi-citron, puis éclata de rire en voyant le chien retrousser les babines et disparaître dans les profondeurs du voilier.

— C'est une journée à relever ses manches ! déclara-t-il gaiement en s'adossant au toit de la cabine. Là-dessus des œufs au lard pour le petit déjeuner ! Et une charmante Lucrézia étendue à poil sur sa couchette, toutes portes ouvertes ! — Il jeta un coup d'œil sur la boussole et hocha la tête. — C'est bien ce que je pensais. Tu as repris ton nouveau cap. Tu es un âne têtu, Peter ! Si tu continues ainsi, nous n'arriverons jamais à la Terre de Feu !

— A partir de maintenant, je ne lâcherai plus la barre.

— Plus jamais ? demanda Trosky sur un ton ironique.

— Oui.

— Tu tiendras le coup quarante-huit heures, au grand maximum ! Et ensuite, tu t'écrouleras ! Les supermen, ça n'existe pas. Ça n'existe que dans les films !

— Dans quarante-huit heures, je serai sur la route internationale !

— C'est possible !

Trosky s'assit sur un tas de cordages, près de la caisse en plastique contenant le canot de sauvetage. Il ôta son pullover et s'étira au soleil, en faisant jouer tous ses muscles. Il n'y a pas de doute, se dit Losskow, il est plus fort que moi. C'est bien la raison pour laquelle il faut que j'attende que d'autres me viennent en aide. A moi seul, je n'arriverai jamais à m'en débarrasser.

— Nous devrions trouver un compromis, Cap'taine !

— Avec de la cocaïne, il n'y a plus de place pour un compromis.

— Je ne suis pas un toxicomane !

— Pourquoi en prends-tu alors ?

— C'est encore une fois une histoire qui a son origine à Prague... J'étais étudiant lorsque les Russes sont entrés chez nous en 1968 avec leurs chars et leurs mitrailleuses, pour réprimer nos besoins de liberté. A l'époque, j'appartenais à un groupe de résistants cachés dans les forêts de Bohême et chargés de saboter les renforts soviétiques. Nous ne pouvions rien faire de plus, le monde entier nous avait abandonnés à notre triste sort. Ils étaient tous paralysés devant le monstre russe, comme des lapins. Nous étions les seuls à ne pas lâcher prise, nous les étudiants, en petits groupes dispersés. Nous vivions dans des cavernes et nous mettions en pratique ce que les Soviétiques avaient toujours prôné comme le summum de l'héroïsme quand ils le faisaient eux-mêmes. Nous étions des partisans ! Imagine un peu ce que c'était, cette vie dans les forêts ! Pour tous, nous étions du gibier. Une cible. A abattre sans préavis. Le moindre bruissement te fait dresser les cheveux sur la tête et battre le cœur, fait vibrer chacun de tes nerfs. Un jour, quelqu'un apporta de la poudre blanche dans un sac de cuir, en provenance de Prague. De la cocaïne. D'où le tenait-il ? Personne ne lui a posé la question. Et personne ne voulait se servir. J'ai été le premier à demander une prise... L'effet était incroyable. Je me suis senti la force d'un lion, le courage d'un tigre. Mais je savais pertinemment que si je m'y habituais, j'étais foutu. Je deviendrais un esclave, incurable, perdu à jamais ; mon cerveau se paralyserait peu à peu. Je savais qu'il fallait payer fort cher ce sentiment d'euphorie, la dégradation progressive, physique et morale... — Trosky cracha par-dessus bord, comme s'il éprouvait encore cette sensation de peur permanente. — J'ai eu la force de m'en détacher. Lorsque notre groupe s'est disloqué et que nous sommes rentrés à Prague pour reprendre notre petit train-train d'étudiants soumis, parce que plus rien ne pouvait sauver notre pays, j'ai jeté la poudre aux chiottes. Ça ne m'a plus jamais manqué... jusqu'à ce que je me joigne à votre expédition. J'ai su tout de suite que j'en aurais de nouveau besoin. A Hambourg, les occasions ne manquent pas de s'en procurer. — Il esquissa un sourire lamentable. — Je parais plus solide que je ne suis. Et je te promets que je ne toucherai plus à ce poison dès que nous aurons atteint le but. Voilà le compromis dont je te parlais.

— D'ici que nous contournions le cap Horn et que nous accostions à Ushuaia, tu auras transformé la HELU en enfer. C'est cela que je veux éviter.

— Donnez-moi quelque chose à faire, bon Dieu ! dit Trosky d'une voix cassée. N'importe quoi d'utile ! Les examens climatologiques, c'est une plaisanterie, tout comme les microbes des grands fonds de Luzi ! Je veux avoir quelque chose de concret, de manuel à faire ! Je veux me mesurer avec quelque chose de solide ! Il y a bien des requins ici ?

— Oui, je crois. Il y en a encore. Plus tard, nous entrerons dans les eaux fréquentées par les baleines.

— Alors, pêchons une baleine. Je voudrais en dépecer une, en faire un goulasch ! Ce serait une occupation utile au moins !

— Prends-en une ! répondit Losskow d'une voix rauque.

Une fois de plus, d'une seule phrase, Trosky dévoilait ses

instincts meurtriers, et la gorge de Losskow se serra. Il faut absolument que je trouve un navire, ou que nous accostions. N'importe où, se dit-il. Le plus rapidement possible. A quelle allure sommes-nous, par ce bon vent ? Trente-cinq nœuds environ. On peut atteindre quarante nœuds. Ce qui fait mille milles en une semaine.

Mille milles en une semaine ! Qu'est-ce que ça représente, mille milles ! Si ce vent-là tient, nous en avons encore pour quatre semaines. Mais il ne tiendra pas... Ou bien il tombera, ou bien il se transformera progressivement en ouragan. D'une façon comme de l'autre, nous perdrons du temps, nous serons déviés de notre route... Il faut bien compter six semaines au moins !

Encore six semaines avec Trosky ? Avec un homme qui rêve de dépecer une baleine en petits morceaux !

Comme s'il devinait le cours de ses pensées, Trosky reprit :

— Nous faisons exactement neuf nœuds. Ce n'est pas mal, hein ? Il faut être reconnaissant pour les petites choses aussi, non ?

Losskow ne répondit pas. Il tenait la HELU sous le vent. Le bateau fendait courageusement les flots légèrement agités.

— Alors, ce compromis ? interrogea Trosky à haute voix.

— Non.

— Bon. — Il se leva et regagna la proue. En passant près de Losskow, il déclara d'une voix où perçait la menace : C'est ça qui vous rend tellement antipathiques, vous autres, les Allemands ! Vous voulez toujours avoir raison !

Ce jour-là, Trosky n'adressa plus la parole à qui que ce soit, pas même à Mr Plump qui grognait sur son passage. Ce ne fut qu'au moment où il voulut reprendre son tour de quart qu'il rompit ce silence lourd de menaces. Losskow venait de remplacer Héléna.

— Alors, je suis lock-outé ? demanda-t-il en avançant le menton. Pas de garde de nuit ?

— Non. Nous y arriverons bien sans toi.

— Je me demande ce qui me retient de t'étrangler !

— Ce ne serait tout de même pas si facile !

Losskow entrouvrit son ciré ; il portait un revolver dans sa ceinture.

— Nous en sommes donc déjà là ? dit Trosky en avalant péniblement sa salive, comme s'il étouffait.

— Eh oui ! Tu vois, nous en sommes là !

Il lança un long regard à Losskow, puis sans un mot, recula jusqu'à l'arrière du bateau où il s'assit sur le tas de cordages. Sans faire un mouvement, il laissa ses yeux errer sur la mer, une mer qui tournait progressivement du vert au noir dans le crépuscule.

Trosky n'était pas le seul à changer de jour en jour. Lucrézia aussi souffrait de cette monotonie épuisante.

Elle avait décidé de ne plus s'habiller, et se promenait toute nue sur le bateau. Un jour, elle demanda à Héléna sur un ton agressif :

— Combien de temps encore ton bonhomme va-t-il tenir le coup ? Veux-tu que je le chauffe un peu ?

— Attention à ce que tu dis ! répondit Héléna sur un ton acerbe.

Mais ce n'était qu'un début.

Lucrézia adopta une attitude contestatrice. Une fois que Losskow lui faisait une remontrance...

— Hisse le petit foc mieux que ça ! Il n'est pas droit !

... elle lui répondit avec insolence :

— Fais-le toi-même ! Moi, je n'en ai pas envie !

Puis elle prit une pose provocante, adossée au mât, en attendant que Losskow s'approche ; mais elle en fut pour ses frais, et Héléna la remplaça au petit foc, accompagnée des éclats de rire tonitruants de Trosky.

— Le combat des Grâces ! cria-t-il.

La vie à bord se transforma effectivement en enfer ; le ton ne fit que monter entre les protagonistes. Les brusques explosions se succédaient, provoquées par des bagatelles ridicules ; ainsi un jour, après un copieux déjeuner composé de pommes de terre rissolées, d'œufs brouillés et de légumes, Trosky se permit de roter et de péter sans retenue.

— Cochon ! lui cria Losskow en serrant les poings.

Ce à quoi Trosky répondit :

— Je suis le seul à disposer de mes boyaux !

Losskow non plus n'était pas à l'abri des crises d'agressivité. Il se rendit compte avec effroi qu'il commençait à comprendre pourquoi Trosky avait besoin de se soulager avec son arc et ses flèches sur des cibles représentant des têtes ou des seins de femmes.

Il lui arriva plus d'une fois d'être sur le point de demander au Tchèque de lui prêter son arc. Mais au dernier moment, il finissait par renoncer et pour occuper ses mains, il taillait des personnages bizarres dans du bois. Quand il pêchait, il se servait de petits poissons comme appât et était ravi chaque fois qu'il voyait les gros avaler les petits.

Les gros poissons, il les assommait d'un coup de gourdin, ce qui lui procurait une grande satisfaction.

Le moment où Héléna mettait un disque sur son électrophone était toujours marqué d'un drame. Trosky se mettait alors à courir sur le pont, les deux mains plaquées sur ses oreilles, et hurlait d'une voix enrouée :

— Au secours ! Au secours ! Bim-ba-da-boum ! Est-ce que personne ne lui cassera jamais la gueule, à ce sacré Beethoven ?

La HELU fendait l'Atlantique à pleines voiles. Par un vent de quarante nœuds, une mer agitée mais sans danger. Parfois les vagues se jetaient sur le cockpit et secouaient l'embarcation. Trosky proposa d'ariser le gênois et de ne garder que le foc, mais Losskow refusa.

— Il faut que je mette ce bon vent à profit ! cria-t-il à travers tout le pont. Nous l'avons bien en main, ce bateau, il n'y a rien à craindre !

Cinq jours s'étaient écoulés depuis que Trosky avait changé le cap de sa propre initiative. Losskow réussit à tenir la barre trois nuits consécutives, mais ensuite, il s'écroula et dormit pendant dix-neuf heures d'affilée. Trosky profita de ce répit pour remettre la HELU sur le cap de la Terre de Feu, malgré les protestations d'Héléna.

— Tu n'as rien à voir avec le manche, ma belle ! lui dit-il lorsqu'elle vint le rejoindre dans le cockpit. Je te jure que je cognerai, tout en déplorant d'abîmer ton joli minois. Appelle donc ton bien-aimé ! Il lui faudra plusieurs heures pour se tenir sur ses jambes. C'est *moi* qui commande maintenant !

Héléna essaya de réveiller Losskow ; elle le secoua de toutes ses forces, cria dans ses oreilles. Peine perdue. Il semblait dormir sous l'effet d'un narcotique. Il reparut enfin sur le pont le lendemain, par une belle matinée ensoleillée, balayée d'un vent moyen ; l'océan étalait avec nonchalance de longues vagues ondulantes. Trosky l'accueillit d'un air joyeux.

— Salut, Sir ! Tout va bien à bord. Pas d'incidents notables. C'est ce que j'ai inscrit sur le livre...

— Et ton nouveau changement de cap aussi, j'imagine ?

Losskow s'assit près du barreur.

— Bien sûr. Plus tard, on sera bien étonné de constater que nous avons navigué à tort et à travers sur l'océan, et on se demandera pourquoi. Le soleil leur a porté sur la tête, dira-t-on. A moins qu'ils aient été complètement ivres !

Trosky se leva et lâcha la barre. Ils avaient volontairement écarté toutes les installations modernes, dont l'enregistrement automatique de tout changement de cap ; il fallait tout faire à la main.

— Tu peux de nouveau gouverner pendant une demi-journée maintenant !

— Nous sommes loin de la route internationale ? demanda paisiblement Losskow.

— Nous fonçons directement sur la Terre de Feu !

Peter von Losskow refit le point ; il calcula la position et la porta sur la carte. Trosky ne s'était pas trompé, ils filaient en direction plein sud-ouest, entre la côte du Brésil et le plateau de Bromley, vers le bassin de l'Argentine, avec plus de sept mille mètres de fond. S'ils gardaient ce cap, ils passeraient entre les îles Malouines à bâbord et la Géorgie du Sud avec son « dos écossais » à tribord. Et ils arriveraient en plein sur le cap Horn.

Dans combien de temps ? Vingt jours ? Trente jours ?

— Alors, qu'est-ce que tu en penses ? demanda Trosky avec ironie lorsque Peter en eut terminé avec ses calculs.

— Nous garderons ce cap ! — Il regarda son compagnon d'un air furieux. — Non pas parce que je capitule, mais parce que je veux arriver le plus vite possible au bout. Une fois à terre, nous réglerons les comptes, je te le garantis !

L'après-midi, Trosky pêchait, appuyé contre le bastingage. Soudain il poussa un grand cri. Sa canne se courbait comme un arc, et malgré sa force, il dut se cramponner par les pieds pour ne pas être catapulté par-dessus bord.

— Je l'ai ! Ça y est ! J'en ai un ! hurla-t-il. Un requin ! J'ai attrapé un requin !

— Il n'y a plus de requin ici, lui répondit Losskow depuis le cockpit.

— N'empêche que j'en ai attrapé un, crétin ! Viens m'aider, bon Dieu !

Peter fixa la barre avec la courroie de cuir et courut rejoindre le pêcheur. Héléna et Lucrézia aussi apparurent sur le pont, Lucrézia nue comme à son habitude par temps ensoleillé. Leurs efforts conjugués vinrent à bout de la résistance du poisson. La canne s'immobilisa. Peter jeta un coup d'œil par-dessus bord : c'était effectivement un requin. Pour l'heure, il se débattait comme un beau diable, frappant l'eau de sa queue. Tantôt son ventre brillant apparaissait au soleil, tantôt il plongeait pour essayer de se débarrasser du crochet qui s'enfonçait plus profondément dans son palais. Il avait une force monstrueuse, et Héléna dut s'agripper elle aussi par les pieds pour ne pas être basculée dans l'eau. A quatre, ils parvinrent à l'attirer contre la coque du bateau.

— C'est dément ! dit Losskow. Il n'y a pas un soupçon de terre à l'horizon. Que vient faire ce requin ici ?

— Il vient me transmettre les salutations de la Tante Vasca, de Karlsbad ! répondit Trosky en haletant. Où est le harpon ? Vas-y, pique-le ! Il va finir par nous échapper, le corniaud !

Losskow partit en courant, revint avec le harpon et observa le requin qui luttait désespérément pour se libérer. Plus il s'agitait, plus le crochet s'enfonçait.

— Frappe-le ! hurla Trosky. J'ai les bras qui lâchent !

Losskow se pencha au maximum, le harpon en bonne position dans la main droite. Il attendit que le poisson sorte de l'eau, et au moment où il se retournait, ventre en l'air, pour replonger, Losskow jeta la lance d'acier mortelle.

— Touché ! s'écria Trosky. Fantastique ! Bon, maintenant, il faut donner du mou...

D'un coup de couteau, il coupa le fil de la ligne ; le requin s'éloigna d'un bond, le fil du harpon se dévida à toute allure, et au moment où l'animal se voyait déjà libéré, une violente secousse l'arrêta net et faillit lui déchirer le corps. Le filin du harpon était solidement accroché à une bitte en croix ; il se tendit en grinçant, comme la corde d'un violon.

Le requin refit un bond hors de l'eau, le harpon en plein ventre. Trosky se penchait le plus possible sur le bastingage ; les yeux exorbités, il contemplait le combat de l'animal pour sa vie.

— Tu vas venir, petit ! lui dit-il d'une voix rauque. Tu m'appartiens... Depuis le temps que je t'attendais ! Si longtemps...

Le requin lutta pendant plus de deux heures pour sauver son existence, puis ses forces déclinèrent. A bout de souffle, Trosky enroula le fil du harpon ; le requin s'approcha une fois de plus de la coque du bateau et le contempla de ses petits yeux froids, brillants de cruauté : Trosky lui jeta sur le dos un second crochet attaché à un filin et le tira à bord à l'aide d'un petit treuil manuel. Le corps lourd du requin s'éleva dans les airs puis retomba sur le pont, les nageoires palpitantes.

— Attention ! cria Losskow. Même maintenant il peut encore t'attraper. Attends que je l'achève au harpon !

Mais Trosky n'attendit pas. Son couteau à lame effilée en main, il s'approcha, le visage ruisselant de transpiration : un sourire figé lui déformait les traits ; on eût cru qu'il portait un masque. Des deux pieds, il sauta sur le harpon. Le requin, étendu sur le côté, tressaillit et essaya de se cabrer.

— Pas avec moi, mon cher ! dit Trosky d'une voix étrangement monocorde.

Il se pencha et commença à jouer du couteau. Un coup dans les yeux du poisson, puis dans la nuque, puis sur tout le corps. En quelques secondes, il fut éclaboussé de sang, les bras rouges jusqu'aux épaules. Il n'en continua pas moins à transpercer le corps palpitant du requin ; il semblait possédé du besoin de frapper. Lorsque le poisson fut enfin mort et que seuls ses nerfs réagissaient encore, Trosky se hâta de lui ouvrir le ventre d'un coup brutal. Héléna se cacha la tête dans les mains, et Lucrézia se réfugia en courant au salon. Agenouillé devant sa victime, au milieu d'une immense flaque de sang dans laquelle nageaient des lambeaux de chair rosée, Trosky leva les yeux vers Losskow.

— Il m'appartient, bredouilla-t-il d'une voix rauque, le souffle court.

— Personne ne le conteste.

— C'est moi qui l'ai vaincu ! Il fait plus de trois mètres !

— Lève-toi et va te laver ! dit Losskow.

Mais Trosky secoua la tête.

— Mon requin ?

— Je le surveillerai pendant ce temps-là, Jan.

Cette fois, il acquiesça. Il se releva péniblement, passa le pied par-dessus la bête ensanglantée, lâcha son couteau, et, d'un pas vacillant, rejoignit la proue du bateau.

A l'aide d'un seau attaché à un filin, il prit de l'eau qu'il se versa sur tout le corps, à plusieurs reprises, puis il descendit dans la cabine pour se changer. Les nerfs du poisson vibraient encore, ses entrailles lui sortaient par l'ouverture béante du ventre.

— J'ai peur, bredouilla Héléna, la gorge serrée. J'ai horriblement peur, Peter...

Le soir même, le requin, ou plutôt ce qu'il en restait, était suspendu à la place de la cible de paille, et Trosky jouait du couteau sur le cadavre déchiqueté.

A chaque coup, il faisait mouche.

Il suffisait de le regarder pour voir qu'il était très heureux.

Vingt-deux jours s'écoulèrent encore.

Vingt-deux jours meublés uniquement de soleil et de ciel bleu, ou de nuages et de pluie, d'océan ; des journées chaudes et humides et des nuits glaciales. Vingt-deux jours de solilude et d'inactivité, à voguer sur une étendue d'eau infinie, qui écume pendant la tempête et ressemble à une huile bleuâtre quand le vent tombe.

La haine de tout ce qui vous entoure croît et prend des proportions inquiétantes, la fureur aveugle au simple spectacle des autres... Sur quelques mètres carrés de polyester et de bois, d'aluminium et de fibre de verre, quatre êtres humains se déchiraient et se détruisaient mutuellement.

Entre-temps, le malheureux requin déchiqueté à coups de couteau s'était rapidement décomposé au soleil ; il n'en restait pas moins suspendu au crochet, à sa place initiale, celle de la cible de Jan Trosky. Mais l'hygrométrie élevée de l'air l'empêchait de sécher et de se momifier. Il pourrissait. La puanteur qu'il dégageait, cette odeur douceâtre de cadavre en décomposition ne pouvait pas être brassée et dissipée par l'air et le vent ; elle pesait sur le bateau, s'infiltrait dans la cabine, s'accrochait aux cloisons comme un gaz visqueux.

Héléna et Lucrézia tentèrent à deux ou trois reprises de détacher cette horreur et de s'en débarrasser, mais chaque fois, Trosky s'interposa ; il frappa Luzi en criant :

— C'est *mon* poisson !

Losskow réussit enfin à détacher le requin, qui n'avait d'ailleurs plus rien d'un requin, en le matraquant d'un coup de gourdin violent. Trosky poussa un hurlement, se précipita sur le sacrilège et le colla contre la cloison extérieure de la cabine.

— Salaud ! bredouilla-t-il hors de lui. Espèce de salaud ! Tu détruis mon poisson uniquement parce que tu n'en as pas, toi ! Tu es jaloux, hein ? Mais fais gaffe : pas touche ! A partir de maintenant, le premier qui porte la main sur mon requin, je lui fous mon couteau dans le ventre !

— Cette puanteur nous empeste ! cria Losskow.

— Pas moi. C'est vous qui puez !

Peter calculait plusieurs fois par jour la position. Ils ne devaient plus tarder à arriver au niveau des îles Malouines ; la température baissait rapidement, malgré l'éclat du soleil qui ne les quittait pas. La mer se refroidit, on sentait que le pôle Sud approchait, encore qu'il faille compter plusieurs milliers de milles avant d'atteindre enfin le but. Les nuits surtout devenaient pénibles. Sous le ciré qu'ils étaient obligés de garder sur eux, car le rythme de l'océan devenait de plus en plus capricieux, ils portaient un pull-over épais et un bonnet de laine, et devaient ôter tout cela dès qu'une journée plus chaude affolait le thermomètre.

Ce fut une de ces journées ensoleillées que choisit Lucrézia pour détacher les restes du requin et les jeter à la mer pendant que Trosky, au salon, mangeait une soupe au vermicelle. Le cadavre était dans un tel état de décomposition que le seul choc contre l'eau le fit éclater. Une nausée abominable souleva le cœur de la jeune fille ; elle dut s'adosser au bastingage et ouvrir toute grande la bouche pour reprendre son souffle.

Ils avaient eu le temps de s'habituer aux hurlements de Trosky, mais cette fois, ils assistèrent à un spectacle inédit. Trosky remonta sur le pont, gavé, le pas traînant, et son premier coup d'œil fut pour le requin. Mais la place où il gisait était vide. Il ne restait que le crochet et quelques lambeaux de cordes qui pendaient.

Cette fois, le cri qu'il poussa n'avait plus rien d'humain. Son visage envahi par une barbe de trois semaines, car il ne se rasait plus, se mit à grimacer d'une façon effrayante. Il se précipita à la proue, fixa sur la mer un regard de dément et se mit à hurler comme un loup.

Dans la cabine, Lucrézia se réfugia sur sa couchette et se mit en boule, après avoir eu soin de s'enfermer à double tour.

Losskow posa son revolver sur la table et en lança un autre à Héléna qui ne le quittait pas des yeux, assise sur le banc, au comble de l'épouvante.

— Ça aussi, nous en viendrons à bout, dit-il d'une voix dure. Bon Dieu, je vais l'abattre !

— Ce serait un meurtre...

— Légitime défense, Héléna !

— Comment pourras-tu expliquer cela plus tard ?

— Plus tard ? Quelle idée ! — Il se mit à rire, d'un rire plein d'amertume. — Une lame l'a balayé du pont, tout simplement. Il a eu l'imprudence de ne pas s'assurer avec la ceinture, un vent de quarante-cinq nœuds, des vagues qui nous passaient par-dessus la tête... ! Qui pourra prouver le contraire ? Je porterai même l'incident sur le journal de bord...

— Tu es incapable de tuer un homme, Peer ! Toi ? Allons donc, et tu le sais très bien.

Trosky continua à hurler sur le pont. Puis il descendit d'un bond les marches et se précipita dans le salon. Son regard tomba aussitôt sur le revolver de Losskow et sur celui qui était posé sur la table et qu'Héléna, d'un geste prompt, prit en main.

— Qui a fait ça ? hurla Trosky d'une voix enrouée. C'est elle, la putain ! La salope ! La garce ! Il n'y a qu'elle pour faire ça ! Elle était toute seule là-haut ! Nous trois, nous étions en train de manger la soupe ! — Il recula jusqu'à la première marche de l'escalier, serra les poings et fusilla du regard la porte fermée de Lucrézia.

— Sors, charogne ! Ce n'est pas la porte qui me dérange, va ! Un coup de pied, et on n'en parle plus !

— Il faut d'abord que tu ailles jusque-là, déclara Losskow d'une voix glacée. Et je te le déconseille...

— Vous croyez que vous allez m'en empêcher, avec vos flingues ? — Il se mit à rire ; mais on percevait derrière ce rire tonitruant le spectre de la démence. Peter von Losskow frissonna des pieds à la tête. — Vous voulez vraiment tirer sur moi ?

Il risqua un pas en avant. Losskow leva l'arme et la braqua sur la poitrine de Trosky, à l'endroit du cœur.

— Soyez maudits, tous tant que vous êtes ! dit-il encore d'une voix rauque tandis que sa physionomie se contractait en une horrible grimace qu'il ne pouvait plus contrôler. D'ailleurs, nous allons tous pourrir ensemble, et ce sera bien fait pour vous ! Moi, je m'en fous, je n'ai rien à perdre !

Et soudain, il se mit à pleurer comme un enfant. Il alla s'asseoir sur le banc, à côté d'Héléna, et renversa la tête en arrière ; sa bouche s'ouvrit ; tout son corps fut secoué de sanglots, la salive lui coulait des commissures des lèvres et se perdait dans sa barbe hirsute.

C'était un spectacle désolant, qui aurait dû engendrer la pitié dans le cœur des autres, s'il ne s'était pas agi de Trosky.

— Nous prendrons un autre poisson, dit Losskow soudain. Autour de la Terre de Feu, la mer est très peuplée. Il y a aussi des phoques, des milliers de phoques. Ils occupent des îles entières. Et peut-être même une petite baleine. Nous arrivons bientôt dans leur secteur.

— C'était mon premier requin, balbutia Trosky au milieu de ses sanglots. Trois heures ! Trois heures, il m'a fallu lutter pour l'attraper. Trois heures ! Il m'appartenait, à moi tout seul ! Elle n'avait pas le droit d'y toucher !

— Il tombait en lambeaux...

— Est-ce une raison pour le jeter à la mer ? Nous aussi nous pourrirons un jour. Personne ne nous jette à la mer pourtant !

— Ça, mon vieux, aucun d'entre nous n'en est certain ! répondit Losskow, la gorge serrée. Quand nous manquerons d'eau... Il faut que je change le cap. Il faut que nous allions directement sur les Malouines. Le calme plat nous a coûté presque trois semaines de retard. Notre stock ne nous permet plus d'aller jusqu'au cap Horn sans escale.

— Et tes sacrés Vikings, ils pouvaient, eux ?

— Ils ont peut-être eu plus de chance que nous, un vent meilleur, Jan. Tu veux un whisky ?

— Tu me fais chier !

— Ça t'aidera peut-être à surmonter le choc !

Trosky regarda Losskow de ses yeux aux paupières rouges et gonflées. Puis il se leva du banc, jeta encore un coup d'œil meurtrier sur la porte fermée derrière laquelle Lucrézia se recroquevillait sur sa couchette en tremblant de tous ses membres, puis il remonta sur le pont. Héléna poussa un soupir et se détendit. Elle lâcha le revolver qui tomba sur le sol.

— J'ai prié, dit-elle d'une voix sans timbre. Aurais-tu tiré sur lui pour de bon ?

— Non. — Il baissa la tête. — Je ne sais pas...

— Mais moi, je sais une chose : j'aurais tiré, moi ! — Héléna ferma les yeux, et tout son corps se mit à trembler aussi. — Vraiment, Peer, j'aurais tiré. C'est pourquoi j'ai prié.

Trosky se vengea dès le lendemain.

Cela se passa très brusquement, sans signe précurseur, sans paroles, sans effervescence.

Lucrézia se dorait au soleil. Tout d'un coup, Trosky se trouva près d'elle ; il tenait un revolver en main, et sans un mot, il tira sur Losskow qui revenait de l'avant du bateau pour rentrer dans le cockpit. La balle siffla sans faire de victime, le tireur ayant volontairement mal visé, mais en clair, cela signifiait que la prochaine balle pourrait bien atteindre son but... Puis avec une force monstrueuse, il se jeta sur Lucrézia, la frappa comme un dément, et d'une main, il réussit à maintenir la jeune fille étendue sur le dos, tandis que, du genou, il la forçait à écarter les jambes et que de sa main libre, il lui tenait les cheveux. Pendant un instant, il posa le revolver sur le sol pour ouvrir sa braguette.

Lucrézia poussa des hurlements stridents. Losskow s'approcha du couple, mais Trosky avait eu le temps de saisir son arme. De tout son poids, il immobilisa sa victime, et tira une balle. Heureusement Losskow s'était pris les pieds dans un cordage, ce qui le fit trébucher, et la balle passa à côté de lui. Héléna apparut au bas des marches, mais elle rentra bien vite dans la cabine en voyant le revolver de Trosky braqué sur elle. Il tira encore, mais une fois de plus la balle se perdit dans la nature.

— Dans la vie, tout se paie ! hurla Trosky hors de lui. Et maintenant, j'encaisse le prix de mon requin !

Le revolver dans une main, l'autre agrippée aux cheveux de Lucrézia, il prit possession du corps nu et offert avec une bestialité sauvage. Les cris de Lucrézia se muèrent progressivement en une plainte grêle, puis elle cessa toute résistance et se détendit, les bras sur les côtés.

Il ne fallut pas longtemps à Trosky pour en arriver à ses fins. Lorsqu'il se redressa, Lucrézia gisait sur le sol, comme une superbe poupée disloquée à laquelle on aurait décroché les membres.

Trosky se pencha vers elle ; il se mit à genoux, et soudain, baisa tendrement les yeux clos, la bouche, le cou, la poitrine, tout le corps. Puis il lui donna une gifle retentissante.

— Et voilà ! dit-il d'une voix calme.

Il boutonna son pantalon et lança son arme aux pieds de Losskow.

— Et maintenant, tire sur moi, vieux. Je ne me défendrai pas !

Losskow se pencha pour reprendre le revolver.

— Fous le camp ! dit-il d'une voix sans timbre.

— Quoi ? — Trosky se planta, jambes écartées, devant la jeune fille immobile. — Eh bien, tire ! Qu'est-ce que tu attends ? Tu as des scrupules parce que je suis désarmé ? N'importe quelle bête sauvage est désarmée devant le chasseur qui ne se pose pourtant pas de questions, lui, avant de tirer ! Je suis une bête sauvage, tu peux appuyer sur la détente en toute conscience, Peer !

— Fous le camp, répéta Losskow.

Trosky hésita un instant, puis il passa lentement devant Losskow comme s'il s'attendait à une attaque brutale qui le précipiterait par-dessus bord. Pour Losskow, c'était la meilleure chance de s'en tirer à bon compte. Il lui aurait suffi alors de ne pas tourner la tête et de continuer à filer toutes voiles dehors. Trosky n'aurait jamais pu rejoindre le voilier à la nage.

Arrivé en haut des marches, il se retourna une fois encore vers Losskow.

— Je me demande bien ce qui te fait hésiter ! dit-il. Plus jamais tu ne retrouveras une occasion pareille !

A peine Trosky eut-il disparu dans la cabine que Lucrézia bondit sur ses jambes ; elle courut jusqu'à la poupe, passa par-dessus bord et suspendue à un cordage, elle se laissa tirer à travers les vagues. Au bout de dix minutes, elle remonta sur le pont, se secoua comme un chien mouillé et tordit ses cheveux pour les essorer.

— Me voilà débarrassée de cette saleté ! dit-elle à Losskow qui lui tendait une serviette éponge. Quelle brute !

La nuit suivante, Héléna se réveilla en sursaut. Elle avait

entendu un choc. Elle leva la tête et aperçut Lucrézia qui se glissait vers la couchette de Trosky. Une silhouette claire dans l'obscurité nocturne.

Elle attendit quelques instants, puis sur la pointe des pieds, monta sur le pont pour rejoindre Losskow dans le cockpit. Le barreur avait bloqué le gouvernail et, assis sur le petit banc, il lisait à la lueur d'une lampe-torche.

— Luzi est allée chez Jan ! dit-elle hors d'haleine. Il y a quelques secondes seulement.

— Tu n'as rien vu ! répliqua Losskow. Qu'elle l'assomme si ça lui chante !

— Ça m'étonnerait ! riposta Héléna sur un ton ironique. Elle était toute nue...

A partir de cette nuit-là, Lucrézia et Trosky dormirent ensemble sur la couchette arrière.

— A présent, les fronts sont nettement dessinés, déclara Trosky à Losskow un peu plus tard. L'équilibre est rétabli. Inutile de te gêner maintenant, ni de continuer à jouer le moine. Va rejoindre ta belle et accordez-vous quelques heures de folie avant que nous ne tombions tous les quatre dans cet océan maudit !

Trois jours plus tard, la tempête se leva. La HELU avait ramené toutes ses voiles sauf le petit foc ; elle exécutait une danse folle sur les vagues gigantesques, puis se précipitait tête première dans les bas-fonds mouvants pour repartir à l'assaut du ciel. Elle virait d'un côté sur l'autre, piquait du nez, mais ne se retournait pas ! Le poids de la quille la maintenait en équilibre sur l'eau, malgré tous les assauts des éléments déchaînés. La composition particulière de la carcasse l'empêchait de sombrer.

Attaquée sans répit par les flots en furie, balayée par des lames impitoyables, elle résistait à tous les chocs. Trosky et Losskow se tenaient côte à côte dans le cockpit, assurés par leurs ceintures de sécurité, liés à des filins suffisamment longs pour leur permettre, le cas échéant, de parcourir toute la longueur du bateau. Ils se cramponnaient tous deux à la barre et rentraient la tête dans les épaules quand une vague fonçait sur eux, dressant le bateau presque à la verticale. Ils restaient ensuite quelques secondes suspendus entre ciel et eau, dans un néant de grisaille et de mugissements, pour se précipiter aussitôt dans les profondeurs écumantes.

— Ce cochon d'océan ne nous aura pas ! cria Trosky à son compagnon d'un air triomphant. Nous allons lui montrer de quel bois nous nous chauffons !

Ruisselant d'eau salée, les yeux étincelants, il regarda Losskov : une tête envahie par une barbe broussailleuse qui respirait le courage et la vigueur. Un gars dont chaque lame de fond augmentait les forces. Là où tous les autres étaient remplis d'effroi, lui, il riait.

Il est vraiment fou, se dit Losskow en se préparant à recevoir un nouvel assaut des vagues. Mais je suis tout de même content de l'avoir là, à côté de moi, en ce moment !

L'être humain est-il capable de supporter un tel ouragan pendant sept jours et sept nuits ?

Son cœur et son cerveau peuvent-ils résister à ce jeu inégal de l'homme livré sans défense à des éléments déchaînés et impitoyables, avec pour seule consolation la certitude de ne pas pouvoir sombrer ! La mer peut nous rompre les os, mais pas nous engloutir ! Quoi qu'il arrive, nous surnagerons !...

Ils survécurent à cette semaine de cauchemar. Héléna et Lucrézia, solidement attachées dans la cabine, Trosky et Losskow suspendus à leurs cordes comme des pantins dans le cockpit, uniquement soucieux de prévoir les assauts de la mer.

Il ne leur était plus possible de mesurer la vitesse du vent, car l'anémomètre ne dépassait pas soixante-cinq nœuds ; or il devait bien en faire quatre-vingts ! Ce qui correspondait à plus de cent milles à l'heure ! Il n'était plus question de faire le point ou de naviguer au compas. Le soleil avait disparu, laissant place à un ciel gris, déchaîné et zébré de nuages noirs qui filaient aussi à toute allure.

Sept jours et sept nuits.

A partir du troisième jour, Losskow et Trosky se relayèrent toutes les cinq heures sur le pont. Chacun dormait cinq heures, et chose étrange, ils dormaient pour de bon. Ils se ligotaient sur leur couchette et sombraient dans une sorte d'inconscience dès qu'ils étaient étendus. Puis ils remontaient en chancelant sur le pont où ils étaient accueillis par une lame furieuse qui s'infiltrait jusque dans la cabine.

Le sixième jour, Losskow dit soudain :

— Il y a longtemps que nous devrions avoir dépassé les Malouines ! L'ouragan vient exactement du sud-est. Nous filons droit sur la Terre de Feu !

— C'est bien là notre objectif ! s'écria Trosky en riant ; en fait, on n'entendait pas son rire, on le devinait seulement sur sa physionomie. — C'est exactement l'accueil qui convient au cap Horn ! Il sait ce qu'il doit à un marin, le bougre !

— Les icebergs aussi le savent ? lui cria Peter dans l'oreille.

Trosky lui jeta un coup d'œil étonné.

— Comment cela, les icebergs ?

— Par un temps pareil, on peut s'attendre à voir apparaître des blocs de glace jusqu'ici ! Même en cette saison !

— Le vent vient de la direction opposée !

— Ou bien nous sommes devant eux et filons droit sur eux...

Ils s'enveloppèrent d'une bâche imperméable et firent le gros dos dans le cockpit. Il y avait longtemps que les pompes étaient incapables de refouler ces trombes d'eau. Les deux hommes pataugeaient jusqu'aux genoux.

— Que dit le bulletin météo ? demanda Trotsky.

— Tempête, tempête, tempête toujours tempête. Et baisse de la température. C'est cela qui m'inquiète.

— A propos, de quand date ton dernier contact radio ? — Trosky regarda Losskow comme s'il venait de faire une découverte effrayante. — C'est vrai, mon Dieu, ce détail m'avait tout à fait échappé. Est-ce qu'on sait où nous sommes au moins ?

— Non. Pas de contact radio depuis Ténériffe...

— Depuis Ténériffe... ? — Il eut du mal à reprendre son souffle. — Mais tu es complètement cinglé !

— Le contact radio est réservé aux cas d'urgence, et nous n'en avons pas encore eu ! Les Vikings non plus n'avaient pas la radio !

— Mon Dieu ! Espèce de crétin, va ! — Trosky se mit une fois de plus en boule. Un nouveau coup de bélier leur tombait du ciel. — Alors pour le monde entier, il y a longtemps que nous sommes portés disparus ! Peer, bon Dieu, tu comprends ces mots-là au moins ! Nous sommes portés disparus depuis des semaines ! Morts ! Engloutis dans l'océan ! — Dans les yeux de Trosky s'alluma la flamme menaçante. — Il y a longtemps que nous sommes rayés du monde des vivants !

— Dieter Randler nous attend à Ushuaia.

— Nous n'y arriverons jamais !

— Qu'en sais-tu ? — Losskow desserra la bâche autour de son corps. — Après la tempête, le soleil reviendra et il recommencera à briller comme si de rien n'était. C'est une loi de la nature, qui est en vigueur partout, même au cap Horn. Dès que le soleil reviendra, nous pourrons faire le point. Et voilà, nous aurons gagné ! Nous n'en sommes plus très loin, Jan. Nous devrions foncer sur le cap Horn.

— Il n'y a plus aucun contact radio depuis Ténériffe...,

gémit Trotsky d'une voix sourde. Qui pourra comprendre une telle folie ! Les Vikings non plus n'avaient pas la radio... Bon Dieu, va !...

Il se mit à éclater de rire, de son rire hystérique qui le pliait en deux et faisait frissonner les autres ; puis il frappa Losskow au creux de l'estomac d'un violent coup de poing et sortit de dessous la bâche. D'un pas vacillant, il alla jusqu'aux marches de la cabine, toujours attaché à son filin, et descendit au salon.

— Savez-vous que nous sommes devenus le Vaisseau Fantôme ? cria-t-il aux deux filles épouvantées. Parfaitement ! Nous sommes des fantômes ! Peer a fait de nous des êtres inconsistants !

Il se débarrassa de son ciré, s'installa dans le coin radio et brancha l'appareil. Les aiguilles oscillèrent, le poste émetteur fonctionnait encore.

— Bon, dit-il d'un air rassuré. A présent, je vais donner des nouvelles de l'Au-delà. Que ça plaise ou non au Viking, là-haut !

Il envoya par les ondes l'appel au secours des bateaux en perdition, mais personne ne lui répondit. Il eut beau s'acharner. Pas de réponse. Comme si la tempête engloutissait aussi les signaux.

— Je n'en savais rien, moi ! dit-il encore en abandonnant le poste de radio d'un air résigné. J'ai le pressentiment que nous nous sommes détruits nous-mêmes...

La huitième nuit. Pour la première fois, ils fixèrent la barre et quittèrent le cockpit, laissant la HELU voguer à sa guise, escalader les montagnes d'eau et se précipiter tête première dans les fonds insondables. Ils étaient tous les quatre étendus sur leur couchette et dormaient profondément, rassurés par le dernier bulletin météorologique annonçant la fin de la tempête. Cette nuit-là, où ils pouvaient espérer à juste titre avoir gagné leurs galons, un choc brutal secoua le bateau.

Trosky était étendu auprès de Lucrézia. Il dormait paisiblement, la main gauche abandonnée sur la poitrine nue de sa compagne. Le bruit inhabituel le réveilla ; il sursauta et s'assit sur son séant. Lucrézia se retourna et murmura d'une voix noyée de sommeil :

— Qu'y a-t-il ?... Ce n'est pas nouveau...

— Non, cette fois-ci, il ne s'agit pas d'une lame. — Il avait repris ses esprits. Le balancement irrégulier de la HELU l'inquiéta aussitôt. Il était doué d'un flair particulier dans ces sortes de choses. — Nous avons heurté un obstacle !

— Encore un requin peut-être ?

— Idiote !

Il se laissa glisser sur le sol et saisit son pantalon ; au même moment, un poing impatient frappa à la porte.

— Tout le monde debout ! cria Losskow. Le bateau prend l'eau !

— Je m'en doutais ! dit Trosky. J'en avais le pressentiment.

Il ouvrit la porte et vit Héléna vêtue de son ciré jaune courir vers la proue. La cloison étanche avait déjà été fermée. Debout sur la première marche, Losskow enfilait un pull-over.

— Quelle merde ! s'écria-t-il en apercevant Trosky.

— Où ?

— A la proue ! Je ne sais pas encore ce qu'il y a eu exactement. De toute façon, il y a une voie d'eau !

— Mais nous, nous sommes insubmersibles ! compléta Trosky sur un ton sarcastique. Allons, ce n'est pas l'avis du cap Horn !

Ils coururent sur le pont et eurent tout de suite l'explication de ce choc fatal : le bateau se trouvait dans un secteur envahi par les glaces. Le spectacle était curieux à voir : une infinité de plaques de glace qui pouvaient mesurer tout au plus trois cents mètres de longueur sur cent mètres de largeur environ dansaient sur une mer d'encre, petites taches blanches dans l'océan immense, après un voyage de plusieurs milliers de milles en provenance du pôle Sud. Une sorte de colonie de glaçons égarée dans l'Atlantique. Mais la HELU s'était jetée sur eux ; et un de ces mini-icebergs l'avait blessée mortellement.

L'arête glacée avait frappé la proue du bateau d'un coup de hache ; une large fissure, juste au-dessus de la ligne de flottaison, laissait entrer les flots avides. La cavité se remplissait vite, et la HELU commençait déjà à pencher vers l'avant comme si elle voulait s'enfoncer la tête dans l'eau.

Trosky courut à son tour vers l'avant et se pencha sur le bastingage. La brèche se trouvait déjà au-dessous de la ligne de flottaison, et la soute avant était pleine d'eau. Il revint à pas lents vers le cockpit où Losskow détachait la barre et la reprenait en main tout en lançant des ordres aux deux filles. En plus du petit foc, il fit hisser le gênois II, ce qui lui permit de naviguer dans le dédale des plaques de glace. Impossible d'en sortir... Ils étaient en plein dedans, mais heureusement les icebergs étaient assez espacés les uns des autres pour lui permettre de les éviter, en faisant une sorte de slalom.

— La cloison étanche tient ! dit Losskow. Nous ne pouvons pas sombrer !

— Dis-le à l'océan !

— Il n'y a que la soute avant qui est atteinte ?

— Nous avons déjà le nez dans l'eau !

— Quelques minutes encore et la lenz aura pompé suffisamment pour qu'on puisse apporter une pompe auxiliaire à l'avant. Il faudra pomper à la main, car j'ai besoin des piles pour autre chose.

— Compris ! fit Trosky avec une grimace. Cette fois, tu te rappelles que tu possèdes un poste émetteur ?

— Nous ne sombrerons pas ! cria Losskow d'une voix nerveuse. Même le nez dans l'eau, nous continuons à avancer !

— A contourner le cap Horn. A propos, y a-t-il un prix Nobel pour les mégalomanes ?

Trosky retourna à la proue. La lenz fonctionnait à plein régime, le bateau se redressait lentement, mais il était à prévoir que l'océan en fin de compte aurait le dessus. Certes la construction particulière de ce voilier avait fait de lui un champion de l'insubmersibilité. Certes on l'avait étanchéisé plusieurs fois ; mais en fait, on n'avait jamais pensé qu'il pourrait se produire un accident de cette espèce. Aussi les dimensions de la lenz, par exemple, répondaient-elles davantage à des normes optiques que fonctionnelles.

Trosky revint au cockpit. Losskow avait manœuvré l'embarcation avec une grande habileté ; il lui avait fait traverser sans autre dommage toute la colonie d'icebergs flottants, la mer s'étalait de nouveau sous ses yeux, dégagée et vide. De son phare puissant, il explora les alentours, la confiance se lisait sur ses traits.

— Je vais voir à l'extérieur pour essayer de boucher le trou, dit Trosky. On ne peut rien faire contre la pression de l'eau. — Il se déshabilla et parut hésiter. Il faisait glacial, la température de la mer ne devait pas dépasser quelques degrés au-dessus de zéro. — Si tu découvres plus tard un glaçon de forme étrange, ce sera moi !

Il sauta par-dessus bord, toujours assuré par son filin, alla jeter un coup d'œil sur les dégats et remonta en vitesse. Lucrézia lui posa un peignoir de bain sur les épaules et lui frotta énergiquement le dos ; il claquait des dents.

— Je me suis contenté de constater les dégats au toucher. Le trou fait environ la largeur de deux mains. Si la mer veut bien se calmer, on jettera l'ancre flottante dès qu'il fera jour et on réparera la brèche.

— Avec quoi ? demanda Losskow.

Question très simple, mais fatidique. Trosky tremblait de froid. Héléna lui apporta un verre de whisky qu'il but d'un seul trait.

— Qu'est-ce qu'on a pour faire une réparation de fortune ?

— Rien !

— Quoi ? Ce n'est pas possible... ! bredouilla-t-il.

— Puisque le bateau est insubmersible !

— Une bâche et du goudron ! J'étale devant la brèche une toile de tente goudronnée qu'on pourra fixer de l'intérieur avec la pompe tournant à vide...

— Je n'ai pas de goudron. Je possède trois plaques de fibre de verre et un seau de colle spéciale pour polyester laminé. Mais on ne peut s'en servir qu'à sec.

— Nous sommes sauvés ! s'écria Trosky. On colle une plaque devant le trou, de l'intérieur, et ensuite on fonce droit sur la côte la plus proche ! Peu importe où ça nous mènera ! Même si on débarque chez les pingouins !

— Et comment veux-tu colmater de l'extérieur pour pouvoir vider l'intérieur de la soute ?

— J'y clouerai des planches ! s'écria Trosky.

— Clouer des planches ? Dans une carcasse en polyester ?

— On colmatera ensuite les trous avec ta colle spéciale !

— Bon, admit Losskow. Essayons toujours. Ramenez les voiles ! Si Dieu est avec nous, il nous enverra le beau temps et le soleil.

Mais Dieu ne l'entendit point. Il envoya une nouvelle tempête.

Tandis que la radio annonçait le retour au calme, de nouveaux paquets de mer roulaient contre la HELU et se fracassaient sur le pont. La violence des vagues élargit encore la brèche ; la pression de l'eau était tellement forte qu'Héléna grimpa sur le pont tant bien que mal, maintenue à son filin et rejoignit le cockpit à tâtons pour avertir Losskow.

— J'ai peur que la cloison étanche ne tienne plus ! Elle prend déjà l'eau. Luzi est en train de pomper le salon...

— Elle tiendra ! cria Losskow à travers les hurlements de la tempête. N'aie pas peur, Blondie !

Elle revint une seconde fois, et à sa troisième visite, ce fut Losskow qui demanda :

— Tu crois qu'elle tiendra ?

— Non ! La pression de l'eau peut défoncer toute la cloison !

— Alors, ce sera la fin pour nous ?

— Nous n'y sommes pas encore. Pour l'instant, elle tient !

— Combien de temps ? — Losskow leva les yeux au ciel. — C'est à eux, là-haut, qu'il faut poser la question !

Trosky agita la tête d'un air furieux.

— Allez, sors de là ! cria-t-il à son tour pour dominer le fracas des éléments. Je tiendrai bien la barre tout seul ! Va donc lancer un S.O.S. !

— Pourvu qu'on nous entende !

— Nous ne devons plus être bien loin de la Terre de Feu... ?

— D'après mes calculs, nous avançons droit sur les îles des Etats.

— Ce serait formidable !

— Mis à part les récifs qui les entourent. — Losskow s'assura au bout du long filin. — Et même si quelqu'un nous entend, qui viendra à notre secours par un temps pareil ? Qui pourra nous trouver sur cette mer déchaînée ? Je ne peux même pas donner notre position exacte. Quelque part dans l'Atlantique Sud ! Au nord des îles des Etats, ou même plus au sud, sur la route du cap Horn. Où nous chercher ?

— Tu peux toujours essayer ! cria Trosky.

Une nouvelle lame lui fit courber le dos. Lorsque l'eau écumante s'écoula, la tête de Trosky réapparut, bouche grande ouverte, sur le point d'étouffer.

— Si seulement quelqu'un nous entendait ! C'est notre seul espoir d'en sortir, Peer !

Losskow passa plus d'une heure à manipuler son poste émetteur. Pendant qu'il lançait ses appels au secours, derrière lui, Lucrézia et Héléna pompaient sans relâche l'eau qui s'infiltrait par la brèche de la proue et envahissait le salon.

— S.O.S., lança-t-il. Ici le voilier la HELU DJ 348 — quatre personnes à bord — deux hommes et deux femmes — ici Peter von Losskow, Hambourg. — S.O.S. ... S.O.S. ... Nous avons une voie d'eau... brèche importante à la proue... La cloison étanche prend l'eau... S.O.S. ... S.O.S. ... S.O.S. ... Je ne sais pas combien de temps encore je pourrai maintenir le bateau à la surface... Les pompes fonctionnent à plein, mais sans résultat... S.O.S. ... S.O.S. ... position approximative au large des îles des Etats. Nous voguons sous le vent vers le sud-est...

Peter attendit. Il y eut des craquements et des crissements dans le casque, puis un long sifflement, et entre-temps loin, très loin, inintelligible, à peine perceptible, une voix humaine !

— On nous entend ! s'écria-t-il. On nous entend !

Il répéta son appel en anglais, entrecoupé de S.O.S., le

symbole international de la détresse. La voix lointaine répondit en espagnol, puis en anglais, un anglais très embryonnaire, haché par les parasites atmosphériques.

— Ici Pablo Cerroso. Pablo Cerroso, de Rio Gallegos. Radio amateur — Rio Gallegos — Où êtes-vous ? S.O.S. reçu — votre position, s'il vous plaît !

— Un radio amateur ! gémit Losskow, le souffle court. Le seul qui nous entende. Tous les autres sont muets. Rio Gallegos... Mon Dieu ! C'est d'un navire que j'ai besoin ! Un grand navire capable de résister aux tempêtes, de venir nous rejoindre et de nous sortir de là ! Un radio-amateur...

Il se mit à rire et retourna à son poste.

— Impossible de déterminer la position exacte — Quelque part du côté des îles des Etats, ou un peu plus au sud encore — S.O.S.... S.O.S.... Pablo, appelez à l'aide — Sinon nous sommes perdus — Pablo, avertissez tout ce que vous pouvez joindre — Vous m'entendez ? Pablo... ?

De l'autre côté, silence. Les écouteurs n'étaient remplis que de hurlements et de sifflements. Losskow se tourna vers les deux filles. L'eau montait dans le salon ; il en avait déjà jusqu'aux chevilles malgré le fonctionnement incessant des pompes.

Trois fois encore, Losskow réussit à capter un interlocuteur sur les ondes. Tout d'abord, un bateau à moteur, la Paloma, qui se trouvait lui-même en difficulté ; puis le Cordoba III, un cargo qui donna sa position. Il se trouvait à cinq cent vingt milles de la HELU... à condition qu'elle se situe là où le pensait Losskow. Le troisième qui se manifesta était le Prince de Polignac, un bateau à moteur aussi qui luttait contre l'ouragan au nord des îles Wellaston. C'était lui le plus proche, mais où le chercher ?

— Nous essayons de vous trouver, lui dit l'opérateur-radio du Prince de Polignac. Nous mettons le cap sur les îles des Etats. Et nous prévenons aussi le secours en mer de la côte. Dieu vous garde !

La cloison étanche tint bon encore le lendemain. Trosky n'en revenait pas, car la voie d'eau ne faisait que s'agrandir ; il n'était plus possible de songer à une réparation de fortune, même par beau temps. La HELU était perdue, ils en avaient conscience tous les quatre. Mais elle flottait encore, le nez profondément enfoncé dans la mer. Le pont incliné servait de tremplin idéal aux vagues. Il ne fallait plus songer à naviguer. Losskow fit amener la dernière voile, le petit foc, mais la fixa sur le mât, prête à intervenir comme contrepoids en cas de nécessité.

Une fois, au cours de son heure de repos, Trotsky retourna sur le pont complètement inondé.

— Qu'y a-t-il ? lui cria Losskow. Nous coulons ?

— Non. Je voulais seulement te dire que tu es un gars formidable...

— C'est pour me dire ça que tu tournes autour de moi comme une toupie ?

— Ça en vaut la peine, non ?

— Bon. — Il esquissa un sourire grimaçant, toujours suspendu dans le cockpit, accroché à quatre mousquetons, sans cesse balayé par les vagues. — Après je monterai à mon tour pour te dire que tu es un type sensationnel. Oublions tout...

— Je ne suis pas ici pour faire des comptes ! répondit durement Trosky. Ne te fais pas d'illusions ! La seule chose à laquelle je tienne, c'est vivre !

On ne vit pas le Prince de Polignac, il ne donna plus signe de vie par radio. Seul l'opérateur de Rio Gallegos répondit trois jours après, lorsque Losskow lança un nouvel S.O.S.

— Ici Pablo ! Ici Pablo ! J'ai alerté tout ce que j'ai pu trouver ! Je continue à appeler à l'aide pour vous. Mais quelle est donc votre position ?

— Je ne sais pas ! — La voix de Losskow tremblait. — Je n'ai plus aucun moyen de m'orienter. Depuis ce matin, le compas ne marche plus non plus. Nous allons devoir évacuer le bateau. Nous prenons l'eau de plus en plus malgré les pompes. Pablo, vous êtes notre seul espoir ! Continuez à appeler sans arrêt ! Mettez tout en œuvre !

— Je fais ce que je peux ! Si seulement on savait où vous chercher !

Le soir de ce jour, le gouvernail céda. Une lame énorme éleva la HELU vers le ciel puis la laissa retomber dans un gouffre. Même Trosky, suspendu à son crochet, interrompit le chapelet d'injures qu'il lançait à la mer pour pousser un cri d'horreur. Puis l'avalanche l'atteignit, et quand il refit surface, il se rendit compte que la HELU était bel et bien perdue.

Il rejoignit en titubant le salon dans lequel il s'écroula. Losskow et les deux filles aussi étaient suspendus à leurs crochets.

— Je sais, dit Losskow en passant son bras sur les épaules du Tchèque. Je sais. Le gouvernail est foutu. Tu n'as pas entendu le bruit là-haut. Ça fait une seconde voie d'eau...

— On en a encore pour combien de temps ?

Il regarda les filles ; en trois jours, les visages s'étaient creusés et durcis.

— Trois heures... — Losskow se passa la main sur les yeux. — Il faut sortir le canot de sauvetage. Heureusement que nous avons fait de nombreux exercices. Chacun emporte un sac de vivres et de l'eau.

Ils montèrent sur le pont, s'assurèrent, et préparèrent le canot de sauvetage. Les vagues ne cessaient de les plaquer contre les cloisons, mais dès qu'ils eurent tout emballé dans des sacs en plastique, ils assurèrent le petit canot de tous les côtés. Losskow contrôla une dernière fois le chargement : du pain séché, de l'eau en boîte, des fruits secs et vitaminés, du chocolat sans sucre, des biscottes, de la viande en conserve, des biscuits, du jus de fruits déshydraté. Ils y ajoutèrent des comprimés contre la douleur et la fièvre, de la crème pour les blessures de la peau, des bandages et du sparadrap, des couvertures, des cordes, des pistolets à signalisation, des gilets de sauvetage, des projecteurs à main avec des piles, deux signaux clignotants rouges, des pull-overs, des châles, des bottes, des vestes fourrées, un poste de radio à transistors... La place serait comptée dans le canot.

Deux hommes, deux femmes et un petit chien entre les mains de Dieu...

Héléna et Lucrézia furent évacuées les premières. Mr Plump hurlait de peur, campé sur ses quatre pattes.

— Allez donc, crétin ! fit Trosky en lui donnant un coup de pied.

Le petit chien déboula, heurta le bord gonflé d'air du canot et serait certainement passé de l'autre côté si Losskow ne l'avait pas attrapé à temps. Il le jeta à l'intérieur de la tente d'abri avant que la vague suivante ne fonde sur eux.

— Excellente ambiance au bordel ! déclara Trosky gaiement. Blondie rumine de nouveau des idées de meurtre ! Allez, Peer, à ton tour !

— Et toi ?

— Je me jetterai au moment où la prochaine lame se préparera à nous balayer du pont. — Un coup d'œil sur la mer... il n'allait pas attendre longtemps ! — Attention ! Je coupe les amarres !

Il libéra le canot de sauvetage et plongea effectivement à l'intérieur au dernier moment. Il s'écroula sur Héléna et Lucrézia et eut encore le temps de dire :

— Pardon, Mesdames...

Losskow remonta la fermeture à glissière qui protégeait l'intérieur de la tente. Puis la lame se saisit de la minuscule embarcation, l'éloigna de la HELU et la plaqua sur l'océan où elle se mit à danser une valse folle, tantôt à la cime des vagues, tantôt dans les profondeurs obscures. Le jeu cruel de la mer et de l'homme... qui serait le plus fort ?

Mr Plump avait tellement peur qu'il mordit Trosky à la jambe, mais Trosky avait tellement peur, lui aussi, qu'il ne sentit rien. La peur tue les sensations.

— Nous en sortirons ! déclara soudain le Tchèque. Ici, on est en sécurité ! On peut affronter n'importe quel ouragan ! Soyons tranquilles. Pour la mer, nous ne sommes que des poids plume.

Ils étaient recroquevillés tous les quatre sur le fond épais du canot, les uns contre les autres ; le cœur serré, ils attendaient... Ils attendaient quoi ? Qu'une vague plus furieuse que les précédentes pulvérise leur dernier refuge ? Que le canot heurte la HELU en perdition ? Que l'océan les engloutisse ?

Au bout d'un certain temps, Losskow se souleva et se risqua à entrouvrir l'abri et à jeter un œil au-dehors. Il n'espérait plus revoir la HELU, et pourtant, elle était toujours là, à bâbord, ballottée de tous côtés par l'océan impitoyable. Sans relâche, elle grimpait les montagnes mouvantes pour retomver aussitôt dans le gouffre, et toujours elle revenait à la surface. Le brave petit voilier ne voulait pas céder. Mais il était promis à une mort atroce, une mort lente qui pouvait durer des heures entières ?

Losskow revint à sa place et se cacha sous la couverture. Il frissonnait de froid, comme les autres d'ailleurs, car ils étaient tous transpercés d'humidité. Grâce à son exiguïté, leur refuge se réchaufferait vite, avec la chaleur animale de quatre corps ; mais pour l'heure, ils frissonnaient aussi de peur et de nervosité. Tous les nerfs vibraient, après l'épreuve des jours passés et les perspectives peu rassurantes pour les jours à venir.

— Elle était toujours là ? demanda Héléna à mi-voix. Losskow acquiesça d'un signe de tête.

— Oui. A bâbord. Elle n'a pas encore abandonné la lutte... — Il ferma les yeux et tourna la tête sur le côté. — J'ai envie de pleurer...

— Sommes-nous partis trop tôt ? demanda Trosky.

— Non. Que nous soyons là-bas ou ici... Nous sommes maintenant des jouets entre les mains d'un monstre... Il peut faire de nous ce qu'il veut. Nous n'avons plus de volonté propre. Il ne nous reste plus qu'un clignotant qui fonctionnera tant que les piles marcheront, et qui nous donne l'espoir d'être aperçus par quelqu'un. Après, fini. Peut-être ce Pablo de Rio Gallegos aura-t-il réussi à ébranler les secours en mer. Et peut-être cette tempête finira-t-elle par se calmer un jour!

— Ce n'est pas grand-chose...

Trosky donna un gifle à Mr Plump parce que le petit chien tremblant de peur voulait s'étendre sur sa cuisse. Il poussa des cris plaintifs et alla se réfugier auprès de Lucrézia qui le prit dans ses bras. Héléna fit mine de s'approcher de Trosky, mais celui-ci lui enferma le pied dans sa poigne solide en riant, la contraignant à l'immobilité.

— Et si personne ne vient nous chercher? Ou si on ne nous trouve pas?

— Nous finirons bien par arriver quelque part...

— Bien sûr. A l'état de momies. Les journaux écriront alors : « La mer vient de rejeter un canot de sauvetage sur la côte de la Nouvelle-Zélande; il transporte les restes de quatre personnes dont il est impossible de déterminer l'identité! Ce doit être un canot pneumatique ancien, datant de plusieurs décennies...

Trosky ricana, lâcha le pied d'Héléna et ôta son ciré. Il ôta également ses bottes et ses vêtements et s'étendit tout nu près de Lucrézia.

— Nous devrions tous ôter nos vêtements pour les faire sécher. Je déteste les rhumes, c'est la maladie la plus stupide devant laquelle l'humanité capitule.

Losskow passa encore une fois la tête dans l'ouverture de la tente. A la troisième fois, il déclara :

— On ne la voit plus... la HELU a disparu... ce qui ne veut pas dire qu'elle a sombré! C'est un espoir de plus pour nous. Elle va continuer à dériver et sera repêchée. On saura alors où nous chercher!

— Optimiste invétéré! dit Trosky. Il fait partie de ces gens qui, la tête sur le billot, diraient au bourreau : « Fais gaffe, ton couteau n'est pas bien affûté! ».

— L'essentiel, c'est que nous soyons tous en vie!

Héléna ouvrit un sac de plastique et en sortit une bouteille. Puis elle la leva à bout de bras et l'agita en l'air.

— Du cognac, les enfants! Nous l'avons bien mérité!

— Ah! Tu es bien la meilleure de toutes! cria Trosky à tue-tête, en tendant les deux mains vers elle. — En échange d'une bonne gorgée, je t'autorise à me donner un coup de pied!

Le quinzième jour.

Mer calme, température clémente, bien qu'ils se dirigent

vers le sud, ce qu'ils pouvaient observer d'après la position du soleil. La boussole à main qu'ils avaient emportée était devenue folle depuis qu'une petite goutte d'eau s'était infiltrée à l'intérieur par une minuscule fente ; elle avait perdu tout contrôle sur elle-même. Il ne leur restait plus pour s'orienter que le soleil et les étoiles.

Dans le canot de sauvetage, tous les quatre serrés les uns contre les autres dans un espace exigu, ils n'en pouvaient plus. Trosky s'était glissé à l'extérieur, un vieux chapeau sur le crâne, et il essayait d'attraper des poissons. Il s'était fabriqué un hameçon à l'aide d'une épingle de sûreté et d'un morceau de saucisse en provenance d'une boîte de conserve. Les gros poissons, il les tuait d'un coup violent sur la nuque ; quant aux petits, il leur tordait le cou et s'en servait comme appât.

— C'est une charogne, dit Héléna à Losskow en frissonnant. On peut tuer les poissons autrement !

— Il te dira que c'est la meilleure méthode et la plus rapide...

Ils mangeaient les poissons crus, ce qui leur permettait d'économiser leurs vivres, dans lesquels ils puisaient le moins possible.

Le neuvième jour, Trosky jeta les poissons au ventre béant à l'intérieur du canot en disant :

— Aujourd'hui, repas de gala : poisson au sel...

Son corps nu était couvert de cristaux de sel blanc. Il prit un poisson, le vida avec les doigts et le frotta contre sa cuisse enrobée de sel, puis il le lança à Lucrézia qui s'empressa de le rejeter à la mer.

— Quelle enfant gâtée ! fit Trosky en riant. Elle a l'estomac tellement plein qu'elle refuse les meilleurs plats ! Sommes-nous au pays de Cocagne ?

Il lui arrivait aussi de revenir à l'intérieur de la tente les yeux exorbités. Il attrapait alors Lucrézia, la couchait sur le dos et la possédait ainsi devant les deux autres sans aucune pudeur. La première fois, Lucrézia s'était défendue avec l'énergie du désespoir, mais ensuite, ils s'y habituèrent tous, acteurs et spectateurs. Tout sentiment de honte disparut et les idées de morale s'estompèrent. Pendant que Trosky faisait l'amour avec Lucrézia comme une bête sauvage, Héléna et Losskow, assis côte à côte lisaient ou écoutaient la radio, ou bien, ils nageaient, encordés au canot.

Une fois, lorsque Trosky était seul en mer, Lucrézia dit à Losskow :

— Il sait nager, mais il nage très mal. Et il n'a aucune endurance. Il me l'a dit lui-même !

— Ne crains rien ! répondit naïvement Losskow. Il est assuré...

— Et si on coupait la corde...

— Luzi ! — Losskow fixa sur elle des yeux épouvantés. — Oublie ça, par pitié !

— Je le déteste ! Je le déteste ! Quand il m'écrase de tout son poids, je voudrais être une bombe qui explose et le fasse exploser aussi ! Un jour, j'ai vu dans un film japonais un homme et une femme qui faisaient l'amour. Et au moment de l'orgasme, la fille planta un couteau dans le dos du garçon... Je serais bien capable d'en faire autant !

Tous les regards se portèrent sur Trosky qui batifolait dans l'eau en riant.

— Maintenant... murmura Lucrézia d'une voix sourde. Maintenant on peut couper la corde. Nous avançons plus vite qu'il ne peut nager. Peer, un coup de couteau, et nous voilà tous débarrassés de lui. Peer, je t'en prie ! Toi qui es un homme !

— Mais je ne suis pas un tueur ! — Il posa le bras sur les épaules de la malheureuse qui se mit à trembler et à pleurer tout bas. — Tu en as parlé à Blondie ?

— Oui. Elle s'attend à ce qu'il lui tombe dessus un jour ou l'autre. Que feras-tu alors ?

Losskow ne répondit pas. Oui, que ferait-il alors ? Finirait-il par tuer Trosky tout de même ?

Pendant un instant, il se demanda ce qu'il adviendrait d'eux si on ne les retrouvait pas. Si les vivres venaient à manquer. Si les provisions d'eau douce étaient épuisées. S'ils n'avaient plus la force de pêcher des poissons et de recueillir l'eau de pluie, la seule méthode pour ne pas mourir de soif.

Mais cette perspective était tellement horrible qu'il la chassa de son esprit et revint à ses formules optimistes qu'il ne cessait de se répéter comme un long poème.

Ils nous recherchent... Oui, ils nous recherchent. Ils ne peuvent pas ne pas nous rechercher.

Trosky revint vers l'embarcation, se hissa à l'intérieur et s'étira voluptueusement. Puis il saisit Lucrézia par les cheveux, l'étendit sur le fond et se coucha sur elle en disant gaiement :

— Ah ! Un bain comme celui-là, c'est la meilleure cure de jouvence ! Je me sens fort comme dix Turcs, ma parole !

Pendant qu'il se trémoussait sur elle, Lucrézia ne quitta pas Losskow des yeux. Donne-moi un couteau, suppliait ce regard. Par pitié, donne-moi un couteau, un couteau à longue lame effilée pour que je puisse l'enfoncer jusqu'au cœur !

Le vingt-septième jour.

Les premiers abcès apparurent sur le corps d'Héléna et de Lucrézia.

Malgré toutes les précautions qu'ils avaient prises. Ils ne cessaient de se laver, puis de se frotter mutuellement ; mais le sel était plus fort qu'eux. Il collait partout. Il était partout. Non seulement dans l'eau, mais dans l'air, dans l'écume produite par le choc des vagues entre elles, dans les embruns. Au début, on ne voyait pas les minuscules cristaux dissous dans l'eau ; mais une fois l'eau évaporée, on distinguait déjà la fine couche blanchâtre.

La peau se mit à brûler ; puis elle forma des cloques qui éclatèrent, mettant la chair à nu ; le sel pénétrait partout, dans les blessures, dans les muqueuses, dans les pores... Impossible d'en venir à bout. L'agressivité de l'eau de mer était invincible ; elle détruisait systématiquement la peau.

— Agréable variante, déclara Trosky en s'épluchant le corps deux jours plus tard avec un couteau pour essayer de se débarrasser de la pellicule de sel qui l'attaquait sournoisement. Nous n'allons pas nous dessécher ou voguer sur les eaux à l'état de squelettes, mais mis en conserve pour les générations à venir comme du petit salé.

— Il va pleuvoir. Il devrait pleuvoir...

Losskow leva les yeux vers le ciel uniformément bleu. Pas un nuage à l'horizon malgré une température de quinze degrés à peine. Depuis longtemps déjà, ils ne se baignaient plus, la mer était glacée. Ils vivaient en pull-over et en pantalon, et ne se déshabillaient que pour dormir, étroitement serrés les uns contre les autres sous la couverture.

— Bon Dieu, quelle volupté de pouvoir offrir son dos à une bonne douche de pluie !

— Et deux jours plus tard, nous sommes de nouveau salés.

Trosky se passa les doigts dans la barbe, une barbe sauvage qui ne faisait que prendre du volume ; en les retirant, il montra à Losskow les fins cristaux de sel accrochés sous ses ongles.

— Je suis une saline vivante ! Je parie que si je fais un enfant à Lucrézia maintenant, elle ne pondra rien d'autre qu'une salière !

— Il faut qu'il pleuve ! répéta Losskow à haute voix pour

se faire entendre du ciel. Pas une goutte d'eau depuis neuf jours ! Ce n'est pas normal dans cette contrée !

— Cette contrée ? Où sommes-nous donc ? Aujourd'hui, vingt-septième jour de notre glorieuse expédition : La Terre de Feu sur un canot de sauvetage... Je me trompe ?

— Non, tu as raison.

— Eh bien, les Vikings vont nous envier ! Ce n'est pas eux qui auraient eu cette idée-là, hein ? — Soudain dans les yeux de Trosky, la flamme dangereuse s'alluma. — Combien de temps tiendrons-nous encore ?

— Encore très longtemps !

— Ce n'est pas une réponse. — Trosky se pencha vers Losskow. — Et si nous parlions de l'avenir ?

— Ma foi...

— Nous allons encore errer sur l'océan pendant cent jours !

— Imbécile !

— Cent jours ! répéta Trosky d'une voix péremptoire. Sans rien à manger, sans eau douce ; il ne nous reste que l'eau de pluie... mais il y en a trop peu aussi. Nous ne voguons pas vers la Terre de Feu, mais à travers tout l'Atlantique Sud en direction de l'Afrique... Est-ce que ce n'est pas possible ?

— Ce n'est pas vraisemblable.

— Tu es vraiment très diplomate ! La vérité, tu la connais parfaitement, mais tu sais très bien aussi la camoufler. Donc, vers l'Afrique. Donc cent jours aussi. Sans vivres, sans eau, deux hommes, deux femmes et un chien... Ah non ! Sans chien ! Nous l'avons déjà tué et dépecé au bout de vingt jours, et en avons fait un excellent tartare !

— C'est faux ! Il aurait fallu d'abord que tu passes sur le corps d'Héléna !

— Même elle, notre charmante Blondie, elle a faim et elle ne peut se nourrir de tes maigres étreintes, la pauvre ! Supposons donc, cent jours. Plus le temps passe et plus il devient évident que... quatre personnes à bord, c'est trop ! Tu sais ce que je pense ?

— Je crois deviner, répondit Losskow avec prudence. Il se garda bien d'exciter Trosky, dont le regard seul était déjà une menace. Un mot de trop, et il recommencerait à hurler, à lancer des injures et des provocations. L'enfer approchait.

— Qu'est-ce que tu crois deviner ? demanda Trosky. Que tu survivras ? Justement c'est de cet avenir-là que je voulais te parler. Je voulais seulement te garantir une chose : je serai le dernier à survivre sur ce canot de sauvetage !

Losskow prit son temps pour répondre. Il sentit son cœur se serrer et eut du mal à reprendre son souffle.

— Autrement dit, tu as l'intention de nous supprimer les uns après les autres ?

— Oui. Et je commencerai par toi ! — Il se mit à rire ; son visage mangé par la barbe et constellé de fins cristaux blancs ressemblait à un masque horrible, à ces têtes fichées sur des pieux que l'on peut voir en Nouvelle-Guinée, chez les indigènes. — Tu ne peux pas te sauver, Peer... pour moi, c'est la meilleure des garanties. — Du bras, il fit un grand geste au-dessus de l'océan. — Ou plutôt, si, tu peux te sauver. De ton plein gré. Comme le ferait un gentleman pour protéger ces dames. Un buveur d'eau en moins. On élèvera un grand monument à ta mémoire...

— Et ensuite, tu supprimeras les filles...

— Disons que cent vingt jours se seront écoulés. Il aura plu, nous aurons donc un peu d'eau en réserve, mais nous n'aurons plus rien à nous mettre sous la dent... Les poissons nous évitent, la faim nous tenaille. On ne peut tout de même pas manger une couverture, des sacs en plastique, des boîtes de conserve, des cordes de nylon. Quant aux chaussures, Charlie Chaplin est le seul qui pouvait les manger... en film ! On pourrait survivre, bien sûr... grâce à la pluie, mais...

— Tais-toi, Jan ! intervint Losskow d'une voix sans timbre. Sinon je cogne !

— Pourquoi toujours fermer les yeux devant la vérité ? Pourquoi toujours refuser de regarder la situation en face ? ... La suivante, ce sera Héléna, Peer. Au bout de cent vingt jours, elle sera un peu plus maigre, mais on en trouvera bien assez encore pour se rassasier momentanément !

— Tu oublies que je pourrais te devancer ! répliqua Losskow. Tes visions d'avenir représentent à mes yeux le tocsin.

Il laissa là Jan Trosky et s'éloigna.

— De quoi parlez-vous ? cria Héléna de l'intérieur.

— Nous avons fait assaut de recettes de cuisine, répondit Trosky gaiement. C'est un jeu charmant quand l'estomac crie famine !

Cette nuit-là, Losskow dormit avec son revolver enroulé dans la couverture qui lui servait d'oreiller. Trosky s'en était bien rendu compte, et il se mit à ricaner.

— A partir du centième jour seulement ! dit-il, et Peter fut le seul à comprendre l'allusion. Nous n'en sommes qu'au vingt-huitième...

Quarante et unième jour.

Les réserves d'eau douce baissaient, les vivres aussi ; il leur fallait à présent se contenter de chocolat et de fruits secs, de biscuits moisis, de biscottes molles et d'un peu de pain noir. Dans un sac, Héléna conservait encore trois boîtes de pâtes avec de la viande de bœuf, deux boîtes de saucisses et deux paquets de pommes de terre épluchées et conservées sous vide. Elle défendait son trésor comme une tigresse ses petits et dormait avec lui.

Celui qui voulait se servir en cachette, la nuit, devait commencer par lui passer sur le corps.

Il y avait déjà eu des précédents. Le trente-sixième jour, une violente dispute avait éclaté entre Losskow et Trosky à propos de Mr Plump : Trosky avait calculé qu'ils pourraient prolonger leurs chances de survie d'un tiers en se partageant le chien et sa ration d'eau, et soudain il fut pris d'une crise de furie et se mit à hurler :

— C'est trop fort ! J'ai l'estomac qui se tord ! Il faut que j'avale quelque chose ! — Il se glissa vers le garde-manger, mais Héléna s'interposa et le repoussa dans son coin. — Va-t'en, sale pute ! hurla-t-il encore en la renvoyant d'un violent coup de poing.

Puis il eut le temps de saisir la bouteille de cognac et d'en boire trois longues gorgées avant que Losskow la lui arrache des mains. La bouteille tomba par terre et, dans un hurlement bestial, Trosky se mit à quatre pattes et lampa comme un chien le reste de son contenu qui s'était répandu sur le fond du canot.

— Tu m'as frappé ! dit-il ensuite en toisant Losskow d'un regard méprisant. Tu m'as frappé, espèce de pauvre petit nabot ridicule ! Moi, Jan Trosky ! Tu me le paieras... !

En ce quarante et unième jour de leur épopée, ils oscillaient doucement sur une mer d'huile, le corps couvert d'abcès purulents, la peau mangée par le sel, secoués d'hallucinations ou de crampes d'estomac. Lucrézia restait étendue dans son coin, complètement apathique. Elle ne consentait à se lever et à sortir que pour les urgences. Quant à Héléna, elle protégeait son dernier sac de vivres et les réserves d'eau de pluie, comme Albéric gardait jalousement l'Or du Rhin. Les prévisions de Trosky semblaient se réaliser : on n'allait pas les retrouver à l'état de momies desséchées, car le ciel renouvelait leurs provisions d'eau. Ils étaient tout simplement en train de mourir de faim.

Il y avait longtemps déjà qu'ils n'essayaient même plus de calculer approximativement leur position. Ils tournaient au gré du vent. Tantôt l'océan les emportait vers le nord, tantôt vers l'est, puis pendant plusieurs jours consécutifs, vers le sud.

— Nous voguons vers l'Amérique, vers l'Afrique, vers Hong Kong et Hawaï ! chantonnait Trosky. Seule la Terre de Feu ne nous verra pas ! Il y a longtemps que nous l'avons dépassée !

La lampe clignotante perchée au sommet de la tente ne fonctionnait plus non plus depuis longtemps ; les contacts étaient oxydés, les batteries vides, le mécanisme rongé par le sel. Une fois, le trente-troisième jour, Trosky crut apercevoir un navire au loin. Une sorte de bâtiment qui se soulevait au gré des vagues. Losskow ne vit rien, mais Trosky hurla comme une bête fauve pour obtenir le pistolet à balles traçantes.

Il y mit une balle rouge, leva le bras en l'air et appuya sur la détente. Il y eut un petit déclic, puis plus rien. La balle s'enraya dans le canon.

— Andouille ! hurla-t-il à l'adresse de son arme. Allez, fais ton boulot ! Il y a un navire là-bas ! Un navire !

Il appuya encore une fois, mais le résultat fut aussi décevant. Avec prudence, Losskow ôta le pistolet de la main de Trosky.

— La poudre est humide, dit-il d'une voix enrouée, car le sel s'attaquait aussi au palais et au larynx.

Trosky le fixa d'un regard hébété.

— Ça veut dire que nous ne pouvons plus nous signaler aux bateaux qui passeraient à proximité ?

— Oui.

— Ils nous frôlent, et nous ne pouvons rien faire ?

— Oui.

— Rien ? Absolument rien ?

— Si. Crier, faire des signes et espérer qu'on apercevra notre petite tache jaune sur l'eau. On ne peut plus se servir de feu, tout est humide, jusqu'à nos os !

— Qu'est-ce que nous attendons encore alors ? aboya Trosky en s'agrippant à une corde.

— Un miracle, répondit Losskow gravement. Je crois aux miracles, moi.

C'était le quarante et unième jour, quelque part dans l'Atlantique. Héléna s'était métamorphosée. A peine si elle adressait encore la parole à Losskow. Et quand il était étendu près d'elle, elle grinçait des dents.

— Ne me touche pas surtout ! Ne me touche pas !

Et tout bas, comme une démente, elle ajoutait :

— Tu es un lâche ! Cette bête fauve, tu la laisses faire tout ce qui lui passe par la tête ! Fais-le disparaître ! Tu ne comprends donc rien ! Fais-le disparaître ! Va-t'en, ne me touche pas, lâche !

Va-t'en... A quatre dans un petit canot de sauvetage rond qui dansait sur les vagues.

A Ushuaia, en Terre de Feu, Dieter Randler attendait depuis presque deux mois un signe de la HELU.

Après avoir perdu sa trace, il avait mobilisé tout ce qu'il avait pu trouver, mais n'avait rien obtenu, mis à part quelques mots polis de la part des autorités. Tant à Dakar qu'à Buenos Aires, on l'écouta avec patience et on lui demanda, avec un petit sourire :

— Est-ce que ce Monsieur Losskow a la radio à bord?

— Oui ! répondit Randler, prévoyant déjà la question suivante.

— Pourquoi ne donne-t-il pas de nouvelles alors ?

— Peut-être a-t-il eu un incident à bord ? Voire un accident ?

— Et que voulez-vous que nous fassions s'il a eu un accident ? Où pourrions-nous le chercher ? Et surtout : *que* devrions-nous chercher ? Des épaves ? Des cadavres flottant à la surface de l'eau et vêtus d'un gilet de sauvetage... Vous avez déjà examiné la carte... ?

— Le bateau est insubmersible !

— Dans ce cas, on le retrouvera !

— Il peut voguer au fil de l'eau, à l'aventure...

— Alors Monsieur Losskow lancera certainement un S.O.S. On le cherchera et on le trouvera. Mais a-t-il donné de ses nouvelles ?

Randler comprenait bien qu'il n'avait aucun argument à présenter pour justifier une vaste opération de recherche qui aurait coûté des milliers de marks. Et surtout, la question primordiale demeurait sans réponse : où chercher la HELU sur ce vaste océan ? Pourquoi Peter n'envoyait-il pas de message radio ?

La rédaction de Hambourg eut l'impudence de traiter de « con » un reporter aussi dynamique que Randler.

— J'ai eu un mauvais pressentiment dès le départ, grogna le rédacteur en chef au téléphone.

Installé dans les bureaux portuaires d'Ushuaia, Randler avait enfin obtenu la communication avec Hambourg, au bout de quatre heures d'attente.

— Deux hommes seuls, d'accord, ils s'en sortent toujours.

Mais quand j'ai vu les deux femmes, j'ai fait la grimace. Si au moins je ne m'étais pas laissé influencer par votre baratin ! C'est de l'argent jeté par les fenêtres ! Bon, bon, nous n'en mourrons pas, d'accord. Mais à vous de mener à bonne fin ce que vous avez lancé vous-même, Dieter ! A vous maintenant d'écrire une oraison funèbre poignante sur ces quatre fous ! Avec tout le pathos désiré. « Les derniers jours des héros de l'Atlantique », ou quelque chose d'approchant. En insistant surtout sur les filles. Il faut mettre en branle les glandes lacrymales, compris ?

— Et s'ils vivent encore ?

— Je m'en fous !

Le rédacteur en chef asséna un violent coup de poing sur la table, qui retentit jusqu'à la Terre de Feu. Randler voyait la scène comme s'il y était : le gros Pfeiffer, lunettes sur le front, une table de travail bardée de photos de famille, à gauche celle de Madame Pfeiffer, ancienne chanteuse dans une revue, qui avait — dit-on — épousé Pfeiffer pour se venger d'une mauvaise critique qu'il avait osé écrire sur son compte ; à côté, la photo du patron, une énigme pour les membres du personnel, étant donné que le patron était l'amant de Madame Pfeiffer, ce qui était de notoriété publique et assurait au rédacteur en chef l'inamovibilité. Et voilà qu'il faisait trembler le bureau et les photos d'un violent coup de poing...

— Randler ? Vous êtes toujours là ? aboya le rédacteur en chef dans le combiné.

— Oui.

— Alors, que se passe-t-il ?

— Ils sont seulement portés disparus !

— Mais c'est une histoire fantastique ! On peut en tirer une story formidable ! Questions : Où se trouvent-ils ? Pourquoi se laissent-ils dériver au gré des flots ? Que font-ils à bord ? Ah ! ah ! Le drame de la navigation... Randler, c'est un sujet en or ! Meilleur que l'article nécrologique ! Allez-y, écrivez, et vous pourrez mettre la main tout entière à la caisse !

Mais Dieter Randler n'écrivit pas un traître mot. Il loua un logement à Ushuaia, en espérant que ses quatre amis avaient échappé au pire.

— Pour l'instant, je reste ici, télégraphia-t-il à Hambourg.

Ce à quoi la rédaction répondit :

— Okay. Ne te brûle pas les fesses !

Maigre plaisanterie pour un pays dont les montagnes sont couvertes de neiges éternelles et dont les glaciers gigantesques descendent lentement vers les vallées. Un pays au bout du monde, un pays bizarre, qu'aucun peintre ne pourrait imaginer. La Terre de Feu.

Et le port d'Ushuaia reçut également l'appel de Pablo Cerroso, en provenance de Rio Gallegos : Voilier HELU en perdition ! Voie d'eau dans la coque ! S.O.S. Position indéterminée. Quelque part dans le secteur des îles des Etats !

Dieter Randler partit aussitôt en chasse. Il adjura toutes les autorités officielles qu'il put approcher de lancer une grande opération de recherche ; il télégraphia à Hambourg et reçut la réponse suivante : « Formidable ! Un grand titre en lettres rouges : En perdition dans l'ouragan... Rapport téléphoné tous les jours à midi ! »

Puis Dieter Randler s'en alla lui-même au cap Horn dans un hélicoptère de la surveillance côtière, et de là, en hydravion jusqu'aux îles des Etats.

Mais on ne voyait rien à perte de vue. Pas trace de Losskow ni de la HELU. Et plus un seul message radio non plus en provenance des naufragés. On ne savait qu'une chose : ils étaient encore tous vivants au moment où Pablo avait intercepté ce S.O.S. Le bateau devait errer quelque part, à la surface de l'océan Atlantique. Voie d'eau dans la coque... C'était bien vague. Si la HELU n'était pas entièrement remplie d'eau, elle continuait à voguer sur la mer. Même en plein ouragan. Elle ressemblait à un bouchon de liège.

Il était impossible de sonder de vastes superficies tant que durait la tempête ; mais dès qu'elle commença à se calmer, trois avions décollèrent et passèrent des jours et des jours à contrôler la surface de l'océan, secteur par secteur. Le poste émetteur d'Ushuaia avertit tous les navires qui croisaient au large du cap Horn, des îles des Etats et de la Géorgie du Sud. D'après les calculs des vents et des courants, la HELU devait se trouver dans cette partie de l'Atlantique Sud. Un petit point blanc à peine repérable au milieu des vagues écumantes.

— Vous savez quelles sont nos chances de les retrouver ? dit le chef de l'administration portuaire d'Ushuaia.

Randler acquiesça d'un signe de tête. Il n'avait pas quitté ses vêtements depuis quatre jours, se contentant de dormir quelques heures sur une chaise pendant que les avions faisaient le plein et passaient au contrôle. Les messages radio des navires en mer étaient désespérants. Visibilité très réduite. Vagues très hautes encore, vent fort de quarante-cinq nœuds. Par endroits même, l'ouragan sévissait toujours et la visibilité était quasi nulle.

A Rio Gallegos, Pablo Cerroso ne recevait plus de nouvelles non plus. Le dernier message était l'appel désespéré de Losskow : « Il nous faut évacuer la HELU ! Gouvernail arraché. Voie d'eau également à l'arrière — impossible de maintenir le bateau en surface. »

— Pensez un peu, ils disposent des meilleurs équipements de sauvetage que l'on puisse trouver actuellement sur le marché ! dit Randler d'un air suppliant aux autorités argentines. Leur canot de sauvetage est jaune, muni d'un clignotant. S'ils ont abandonné la HELU et se sont réfugiés sur le canot, ils ont toutes les chances de survivre ! Il faut continuer les recherches !

— Nous avons déjà fait le maximum et nous ne pouvons rien faire de plus. Si au moins vous aviez une petite idée de leur position...

Toujours le même point d'interrogation ! La question fondamentale : Où se trouvait la HELU ?

Losskow s'était tu. Il errait quelque part sur l'Océan avec son minuscule canot de sauvetage. Rien qu'à cette pensée, Randler tremblait des pieds à la tête.

Quelle réserve d'eau douce ont-ils pu emporter ? Et pour combien de temps ont-ils des vivres ? Et les jeunes filles, vont-elles supporter une telle épreuve ? Dans quel état physique sont-ils tous ? Quel degré d'épuisement faut-il atteindre pour se laisser mourir sans réagir ?

Au bout de quarante-quatre jours, on arrêta toutes les opérations de recherche. Bien qu'il connût d'avance la réponse, Dieter Randler alla une nouvelle fois de bureau et bureau pour essayer de fléchir les fonctionnaires.

— Au bout de quarante-quatre jours, il n'y a plus aucun espoir ! lui dit-on partout. Les navires qui se trouvent dans ce secteur ne voient rien. Le temps est redevenu clément, la mer est calme. L'Essex, le porte-avions britannique qui croise justement dans cette partie de l'Atlantique Sud a fait survoler toute la région depuis une semaine. Sans résultat. Il faut se résigner à l'évidence, la HELU doit être portée disparue, corps et biens.

Malgré tout, Randler demeura sur la Terre de Feu.

— Je me refuse à croire qu'ils ne reviendront pas ! dit-il au gros Pfeiffer par téléphone. Je connais trop bien Peter von Losskow !

— Soyez donc raisonnable ! cria Pfeiffer à son tour. Ne confondez pas l'Atlantique avec le lac de Bag ! Quarante-quatre jours ! Ils doivent déjà être momifiés !

Le quarante-cinquième jour, Randler parti au cap Horn en hydravion, à son compte, et il survola la région en tous sens. C'était une journée magnifique, claire, ensoleillée, comme il y en a peu dans cette contrée. L'Atlantique s'étalait au-dessous d'eux comme une couverture bleue à ondulations.

Ils scrutèrent l'océan jusqu'à ce que la lampe rouge du niveau du carburant s'allumât.

— Il n'y a aucun espoir, dit le pilote, un Anglais déplacé au service de la Terre de Feu argentine. Non pas à cause de ces quarante-cinq jours,... Qui peut connaître d'avance la capacité d'endurance de l'organisme humain ? Si au moins on avait une petite idée de l'endroit où ils se trouvent !

Toujours le même refrain. Et ensuite vint la phrase qui coupa l'inspiration à Dieter Randler, parce qu'elle était d'une logique implacable.

— Ils connaissaient les dangers d'une telle expédition ! Ils l'ont entreprise de leur plein gré... Ce qui se passe actuellement, ils ont dû y penser avant ! Ils sont les seuls et uniques responsables de ce drame... !

Soixante-neuvième jour.

Ils vivaient encore.

Mais comment ?

Accroupi à l'entrée de la tente, Trosky grognait. Héléna et Lucrézia, le corps rongé par les abcès, gisaient sur la couverture, complètement apathiques, muettes, les yeux fixés vers le ciel. Losskow les lavait de temps en temps ; il sacrifiait une tasse d'eau de pluie pour ôter les pellicules de sel collées aux plaies béantes et partageait les vivres : deux biscuits, un morceau de chocolat et une demi-biscotte ramollie par jour, une gorgée d'eau toutes les heures. Le sel brûlait le palais et augmentait la sensation de soif jusqu'à la torture. Il leur devenait de plus en plus pénible de déglutir.

Peter nourrissait les deux jeunes filles comme des nouveau-nés ; il posait leur tête sur ses genoux et attendait qu'elles aient avalé le morceau de biscuit. Puis il leur donnait de l'eau à boire, lentement, prudemment, en surveillant la moindre goutte qui coulait des commissures de leurs lèvres, comme des perles précieuses. Lucrézia était trop faible pour tenir elle-même le gobelet. Ses lèvres, son visage, ses articulations étaient enflées, ses yeux enflammés, sa peau tannée et crevassée par le sel.

Pendant trois jours, Trosky avait assisté à la distribution des vivres et de l'eau, tête basse ; sa mâchoire inférieure ne cessait de mastiquer dans le vide. Mr Plump aussi recevait sa part, un biscuit, une demi-biscotte, une gorgée d'eau, un morceau de chocolat. Les doigts de Trosky tambourinaient nerveusement sur ses cuisses pendant la répartition, puis il détournait la tête, fixait l'océan à travers la fente ouverte de l'abri, ou bien il se glissait dans l'eau et, suspendu à la corde, il se laissait caresser par la mer, jusqu'à ce que le froid le fît remonter à bord, claquant des dents ; et il s'enroulait dans sa couverture.

Le soixante-neuvième jour, Trosky grognait sans faire un mouvement, les yeux fixes, la bouche immobile. Depuis deux jours, Losskow l'observait avec une inquiétude croissante. Il se rendait compte que la folie s'installait irrémédiablement dans la tête du Tchèque ; l'homme n'avait plus la force de lutter contre ce mal implacable, prélude au drame.

— J'ai faim ! criait Trosky d'une pauvre voix cassée en battant la mesure de ses deux mains. Faim ! Faim ! Faim !

Assis sur le bord du canot, il laissait pendre les pieds dans l'eau, battait les vagues et gémissait à intervalles de plus en plus longs.

— Il y a de la viande... de la viande... de la viande... à portée de la main... de la main... de la main... J'ai faim... faim... faim...

Puis il reprenait le refrain :

— De la viande... de la viande... de la viande... on en a plein... plein... plein...

D'un bond, il rentra sous la tente, donna un coup de pied à Peter et l'atteignit au ventre. Celui-ci perdit l'équilibre et tomba sur Héléna. Le canot oscilla dangereusement, mais Trosky ne voyait plus rien. La folie se lisait dans ses yeux, on la percevait à travers ses cris. A peine si les autres entendirent le gémissement plaintif de Lucrézia quand Trosky lui arracha brutalement Mr Plump des bras.

— Voilà de la viande... de la viande... de la viande..., cria-t-il en serrant le chien contre lui.

— Jan ! hurla Losskow.

Il voulut se lever, mais le coup de Trosky lui paralysait les membres inférieurs. Il resta couché sur Héléna qui ne fit pas un mouvement, se tourna sur le côté pour attraper son revolver. Puis il pointa le canon sur le fou et appuya sur la détente. Tout comme pour le pistolet à fusées, il y eut un craquement. Les munitions aussi souffraient de l'humidité et l'arme était rongée par le sel.

Trosky éclata d'un rire tonitruant ; il souleva Mr Plump en l'air et posa la main droite sur la tête du chien. La pauvre bête semblait deviner ce qui l'attendait ; elle gémit et essaya de mordre son bourreau ; elle battait des pieds d'un air désespéré et fixait sur Trosky le regard triste de ses grands yeux vitreux, seul moyen pour lui d'exprimer sa terreur et sa souffrance. Il essaya même d'aboyer encore, mais ses cordes vocales ne répondaient plus, et d'attraper la main gauche de Trosky qui lui palpait le ventre.

— En voilà, de la viande ! déclara soudain Trosky d'une voix paisible. Quelques jours supplémentaires de survie !

Peter von Losskow ferma les yeux. Il y eut un bruit sourd et un craquement sec au moment où Trosky frappa Mr Plump. Il lui avait suffi d'un coup violent sur la nuque pour le tuer.

Trosky sortit de la tente, le cadavre du chien dans les mains, et il alla s'installer sur le bord du canot pour accomplir sa sinistre besogne. D'un coup de couteau, il lui ouvrit le ventre, le vida et lui arracha la peau et les poils. Puis il dépeça le corps maigre, et prenant une cuisse toute chaude encore, il y mordit à pleines dents. Le sang lui coulait des commissures des lèvres, le long du menton, se perdait dans sa barbe broussailleuse et reparaissait sur le cou et la poitrine en longues stries écarlates. Mais il ne le sentait même pas. Il se tourna vers Losskow, écœuré par ce spectacle digne d'un autre âge, et lui lança le reste du chien sur le ventre.

— De la viande ! grogna-t-il. De la viande... de la viande pour une semaine...

A le voir manger ainsi, on eût pu le prendre pour une bête fauve affamée. Du reste, c'est bien ce qu'il était devenu. De ses fortes mâchoires, il arrachait la chair de l'animal et l'avalait, les yeux brillants de plaisir.

Couchée sous sa couverture, Héléna n'avait pas fait le moindre mouvement. Losskow n'aurait pas su dire si elle s'était rendu compte du drame, et si elle était d'ailleurs encore capable de se rendre compte de ce qui se passait autour d'elle. Elle mangeait et buvait d'une façon mécanique, quand Peter la nourrissait. De temps en temps, il la traînait dehors pour qu'elle pût faire ses besoins ; sinon, elle restait allongée, les yeux clos, et ne répondait pas aux questions qu'il lui posait.

— Personne n'en veut ? s'écria Trosky. Bon, dans ce cas, je garde tout !

— Crèves-en ! dit Losskow.

— Espèces d'hypocrites ! Quelle sensiblerie...

Trosky enfouit les restes de Mr Plump dans un sac de plastique.

— Ça ne vous dérange pas de bouffer un steak tartare ou

une escalope de veau, hein ? Mais pour un malheureux clébard, vous avez les dents qui claquent de pitié... Une bête, c'est une bête, et de la viande, c'est de la viande... En tout cas, le repas était succulent !

— Oui, je sais, une spécialité de Prague ! — Losskow se tenait le ventre. Ses entrailles lui brûlaient encore, mais il sentait revenir la vie dans ses membres inférieurs et pouvait remuer les pieds.

Trosky le regarda de ses yeux exorbités et s'essuya le sang du revers de la main.

— Parfaitement ! dit-il, le souffle court. Espèce de sale Boche ! Le prochain, ce sera toi ! De la viande, c'est de la viande...

Soixante-douzième jour.

La folie s'installait au milieu d'eux en souveraine. On la trouvait partout, dans le cerveau, dans le moindre geste des mains, dans les mouvements, dans le sifflement du vent, dans le claquement des vagues, dans le balancement du canot, dans le crissement des couvertures, et même dans la respiration. Elle était partout.

Lucrézia et Héléna se laissaient voguer vers la délivrance ; elles attendaient la mort, à moitié inconscientes. Leur corps couvert d'abcès n'était que plaies suppurantes, et Losskow se demandait comment des corps aussi déshydratés pouvaient fournir encore tant de liquide. Il continuait à les laver tant bien que mal tous les jours avec un peu d'eau de pluie.

Jusqu'au moment où Trosky lui cria :

— L'eau, c'est pour la soif ! Si tu gaspilles encore une seule goutte, je te casse la gueule !

Il observait Peter depuis des heures déjà, assis à l'entrée de la tente d'un regard froid et avide. De temps en temps, ses yeux bougeaient dans leurs orbites, sinon son visage semblait pétrifié.

Le soleil était devenu un peu plus chaud, la mer un peu plus calme, l'eau un peu plus tiède. Il ne servait plus à rien d'essayer tant bien que mal de s'orienter d'après le soleil ou les étoiles. Quelle signification peut-on accorder à des concepts comme ceux du sud ou du nord, lorsqu'on est entouré de tous côtés par des milliers de milles d'océan !

— On finira peut-être par accoster à Fidji, dit une fois Trosky par un jour de chaleur exceptionnelle. Qui sait, nous voguons peut-être déjà sur le Pacifique, sans le savoir !

Il lui arrivait aussi de temps en temps de craquer, malgré sa résistance incroyable. Dans ces cas-là, il restait assis à l'entrée de l'abri, les yeux fixés sur les vagues, et il pleurait tout haut comme un enfant. Ou bien, il se dressait de toute sa hauteur et abreuvait l'océan d'injures ; il lui criait toute sa haine, toute sa peur, toute sa détresse, sa volonté de survivre.

Et puis, tout aussi brusquement, il redevenait la bête fauve qui observait Losskow avec convoitise, qui mesurait la taille des biscuits et le nombre de gouttes d'eau. Il léchait le précieux liquide qui se perdait sur le menton de Lucrézia, quand la malheureuse n'avait même plus la force de l'avaler.

Ce jour-là, le soixante-douzième, Trosky était calme. Assis dehors contre le bord du canot, il bougonnait à mi-voix. Losskow connaissait par cœur sa ritournelle, elle ne variait plus :

— De la viande... de la viande... de la viande... on en a... plein les mains... on en a... plein les mains...

Il se méfiait et ne le quittait pas des yeux. Rien ne lui échappait, pas le moindre geste, pas le moindre mouvement, pas le moindre frémissement. Il surveillait aussi ses yeux et le jeu de ses doigts et de ses orteils.

Le volcan bouillonne de l'intérieur, se dit-il. L'éruption se prépare. L'énergie de la démence se concentre...

Il s'était assis devant Héléna et Lucrézia pour les protéger de son corps. Les deux jeunes filles ne sortaient plus de leur inconscience. Elles étaient épuisées jusqu'à la limite de la résistance, seuls les cœurs continuaient à battre. La force de l'habitude, sans doute. Mais eux aussi, ils finiront par céder un jour ou l'autre ; ils s'arrêteront de battre tout simplement, comme un moteur s'arrête de tourner, faute de carburant.

Elles ne s'en rendraient pas compte, de même qu'elles ne sentaient plus les souffrances de leur corps constellé d'abcès. Les nerfs avaient déjà cédé.

Losskow ne s'y était pas préparé, bien que d'instinct il se soit tenu à distance de Trosky. A distance... Quelle expression ridicule pour les quelques mètres carrés qui constituaient leur espace vital. Sans bruit, comme un tigre, Trosky bondit soudain sur lui. Ses yeux lançaient des éclairs, sa bouche se tordait de convoitise. Ils tombèrent tous les deux sur l'entrée de l'abri, solidement cramponnés l'un à l'autre, et incapables de remuer.

— De la viande..., bredouillait Trosky d'une voix rauque. De la viande... on en a... plein les mains...

Un frisson de terreur glaça le dos de Losskow. La minute décisive sonnait. Il se laissa tomber dans la mer en arrière, entraînant Trosky avec lui dans sa chute. Et il le poussa de toutes ses forces sous l'eau. Trosky se débattit ; sa main droite tenait un couteau avec lequel il voulait tuer Losskow pour le manger. Mais sous l'eau, il n'avait plus la force de frapper. Il revint à la surface, hurla comme une bête blessée, chercha Losskow qui revenait aussi près de lui, pour recommencer la manœuvre.

Combat affreux, désespéré, où l'un des combattants devait périr. Losskow disparut à nouveau sous l'eau. Il saisit Trosky par les jambes et l'entraîna une fois encore sous les vagues. Avec la force du désespoir, il se cramponna aux hanches du fou, bien que ses poumons à lui menaçassent d'éclater. La peur et l'asphyxie le paralysaient presque, mais il ne lâcha pas les jambes de Trosky et ne revint lui-même à la surface qu'au dernier moment.

Trosky remonta lui aussi, les yeux exorbités. Sa tête émergea de l'écume des vagues, dans un instant, comme si elle était arrachée du corps... et la main aussi sortit de l'eau, la main qui tenait toujours le couteau. Losskow se jeta de nouveau sur lui, le repoussa vers le fond où il le maintint le plus longtemps possible, puis d'un coup de pied, il l'éloigna de lui et revint au canot en quelques brasses. Agrippé à la corde, il attendit.

Trosky ne remonta plus à la surface. Les vagues le recouvrirent et l'emportèrent dans leur univers sans vie. Il pouvait bien reparaître quelque part... peu importe, personne ne le verrait, personne ne le retrouverait jamais.

Le front appuyé contre la paroi du canot, Losskow se mit à sangloter. Il resta là, à moitié dans l'eau, jusqu'à ce que le froid lui contractât les muscles.

Suis-je un assassin ? se demanda-t-il. Suis-je un assassin, maintenant et pour le restant de mes jours ? Dieu m'est témoin qu'il voulait me dépecer. Comme il a dépecé son requin ! Il voulait me manger, comme il a mangé Mr Plump. C'était la seule solution.

Il se glissa péniblement sous la tente et se jeta sur le sol. Tout au fond, Héléna leva la tête.

— Ça y est ? demanda-t-elle d'une voix à peine perceptible.

Ses premiers mots depuis des jours et des jours. Losskow se mit à trembler de tout son corps ; un frisson d'horreur lui glaça le dos.

— Oui, bredouilla-t-il. Ça y est. Il est parti...

— Maintenant nous pouvons mourir tranquillement...

— Oui.

— Car nous allons mourir, Peer ?

— Oui.

— Donne-moi ta main. — Sa main tâtonna jusqu'à ce qu'elle rencontrât celle de Peter von Losskow. — Tu vois, je suis très calme...

Il acquiesça d'un signe de tête et pleura tout bas. Les larmes roulaient sur son visage émacié, sur ses joues tannées. Il se glissa tout près d'elle, s'étendit contre elle et étreignit le pauvre corps qui n'était plus que plaies et crevasses. Ses cheveux blonds avaient poussé depuis l'accident ; ils avaient perdu tout leur éclat. Ils tombèrent sur lui et lui couvrirent les yeux.

— Je t'aime, dit-elle tout bas. Je suis si heureuse de te sentir là, tout contre moi. Je n'ai pas peur de mourir avec toi, Peer.

Puis vint la nuit.

Et ils vivaient toujours.

Le soleil se leva, il illumina l'océan d'une lumière radieuse, et ils le virent encore. Mais ils ne savaient plus que le soleil les éclairait et les réchauffait. Pour eux, il faisait clair. Tout simplement.

Le soixante-quatorzième jour, un cargo français, le *Liberté,* les repêcha.

Une barcasse vint prendre le canot en remorque, et on le hissa sur le pont à l'aide d'un treuil et de cordes.

On enveloppa les corps de Peter von Losskow, Héléna Sydgriff et Lucrézia Panarotti dans des couvertures et on les transporta dans la cabine du capitaine.

Le hasard, et le hasard seul, présida à ce miracle. Un petit marmiton qui venait de vider une poubelle par-dessus bord vit danser une tache jaune sur les vagues, loin, très loin. Trop loin pour distinguer les formes.

— Est-ce qu'il existe des baleines jaunes ? demanda-t-il ingénument au chef cuistot.

— Ne pose donc pas de questions stupides ! grogna le cuisinier.

— Puisqu'il existe des baleines blanches, il doit bien y en avoir aussi des jaunes ! insista le gamin. D'ailleurs j'en ai vu une dehors. J'ai même vu sa tête !

Le cuisinier avertit le capitaine qui donna l'ordre de faire demi-tour. Le *Liberté* partit à toute allure en direction de la petite tache jaune.

Soudain le lieutenant de quart déclara d'une voix neutre dans le micro :

— Epave jaune à bâbord. Canot de sauvetage...

Puis il prit conscience de l'énormité de cette découverte.

— Comment ? Un canot de sauvetage ici ? En plein Atlantique ? Mon Dieu, qu'allons-nous trouver à l'intérieur ?

Une heure plus tard, le miracle était accompli. On commença par laver les trois corps inconscients et par nettoyer les plaies, puis on les banda et on les porta sur des lits frais.

— La résistance humaine est vraiment incroyable ! Dans quel état sont-ils ? Et ils vivent encore ! Savoir s'ils s'en tireront...

Ils s'en tirèrent.

Après avoir été transportés du *Liberté* jusqu'au continent en hydravion, ils passèrent six semaines à l'hôpital de Buenos Aires. Tous les trois dans la même chambre, à droite Héléna, à gauche Lucrézia et au milieu Peter von Losskow. Ils refirent ensemble leurs premiers pas. Et ils se promenèrent ensemble dans le parc de l'hôpital.

Dieter Randler devint en une journée la star du journalisme.

Ses articles émouvaient les lecteurs, leur arrachaient des larmes ; le gros Pfeiffer piaffait d'enthousiasme. L'affaire provoqua même une querelle médicale sur les possibilités de séquelles, et il s'ensuivit un grand débat, surgi de l'esprit fécond de Pfeiffer, dans lequel les lecteurs étaient invités à donner leur opinion :

« Doit-on avoir pitié des gens qui jouent ainsi avec leur vie et les admirer, ou doit-on les abandonner à leur sort ? Pourquoi sont-ce des héros ? Est-ce que les solutions extrêmes ont encore de la valeur à notre époque ? Doit-on dire : les Héros de la Terre de Feu ? Ou les cinglés de la Terre de Feu ? »

— Nous tenons l'aventure du siècle ! jubilait Pfeiffer. Vous allez voir ce que nous allons en faire, ici à Hambourg ! Randler, allez, vieux fainéant, au boulot ! Envoie-nous du papier. Les bulletins médicaux ! Il faut qu'on en parle ! Qu'on en discute ! Qu'on en débatte ! La problématique de la Terre de Feu doit faire le sujet de toutes les conversations : comment l'idiotie devient-elle héroïsme ? Ou le contraire...

Le juge d'instruction de Buenos Aires referma lui-même

le dossier concernant le cas de Jan Trosky. Impossible de réfuter les témoignages. Dans une crise de folie furieuse, Trosky s'était jeté à la mer et avait été emporté. Ceux qui avaient eu l'occasion de voir les trois rescapés au moment de leur sauvetage avaient compris aussitôt que, dans des conditions comme celles-là, on pouvait fort bien passer la frontière du néant sans même s'en rendre compte.

Par une belle journée ensoleillée d'automne, Peter von Losskow, Héléna, Lucrézia et Randler débarquèrent à l'aéroport de Hambourg. Une foule de journalistes, de reporters, de photographes et de curieux les attendaient, ainsi que la télévision.

Lucrézia regarda tout ce monde autour d'elle de ses grands yeux noirs et vides ; assise dans un fauteuil profond, elle se laissa photographier, mais répondit invariablement à toutes les questions en secouant la tête ; de temps à autre, elle enfouissait son visage dans ses deux mains.

Héléna repoussa toutes les démonstrations d'un geste las.

— Je n'ai rien à dire ! cria-t-elle dans le microphone. Je vis, c'est la seule chose qui compte pour moi !

Losskow fit des yeux le tour de toute cette foule. Les caméras de télévision étaient braquées sur lui, les flashes crépitaient ; il était entouré de micros qui se dressaient vers lui comme une hydre à cent têtes !

— La question essentielle pour commencer, dit un reporter de la télévision en le regardant de ses yeux brillants, comme s'il était Miss Monde. Comment vous sentez-vous ?

— Vidé..., répondit Losskow à haute voix.

Les journalistes éclatèrent de rire.

— Voilà une réponse claire, au moins !

Les caméras de télévision le prirent en gros plan.

— Au cours de votre expédition, vous avez fait de nombreuses expériences, je suppose. Quelle est celle qui vous a le plus marqué ?

Losskow sourit d'un air sarcastique. Comment ? se dit-il. Ils osent poser cette question ? L'expérience qui m'a le plus marqué... Il examina les visages tendus vers lui. Des visages gras, rougeauds, épais, des masques avides, des gens à l'affût de sensations nouvelles pour tromper la monotonie de leur existence.

— L'expérience qui m'a le plus marqué ? répéta-t-il. L'homme nu, dépouillé de son masque, dépouillé de tout le vernis que lui a collé la civilisation, la fameuse humanité dont nous sommes si fiers. L'homme à l'état brut, sauvage, primitif. L'homme-instinct... Vous comprenez ce que je veux dire ?

— Non ! répondit le reporter.

— J'aurais dû m'en douter ! — Il leva les deux mains pour écarter tous les microphones braqués sur lui. — Nous sommes tous des bêtes sauvages, des brutes !

Il joua des coudes pour fuir cette foule haletante et alla rejoindre Lucrézia toujours écrasée dans son fauteuil, suivi d'Héléna.

Ils la prirent chacun par un bras, Losskow la serra contre lui pour la protéger des curieux.

— Laissez-nous passer ! dit-il d'une voix dure. Nous n'avons plus rien à faire ici ! Et nous n'avons plus rien à dire !

A l'arrière-plan, les reporters reliés en direct à leurs téléspectateurs poursuivaient leur tâche. Ils se sentaient frustrés d'une partie de leur sensation, et devaient présenter des excuses aux millions de curieux qui attendaient la suite, le cœur battant.

— Vous avez entendu vous-mêmes ! Les épreuves horribles qu'ils ont subies au cours de cette expédition dramatique et que nous allons vous révéler d'ici quelques jours ont atteint Peter von Losskow plus profondément qu'il n'y paraissait à première vue. Il va falloir certainement le mettre en observation un certain temps dans une clinique psychiatrique. Espérons qu'il s'en remettra, ainsi que ses deux compagnes. Pour aujourd'hui, nous n'avons plus qu'un commentaire à vous transmettre : c'est la première fois dans l'histoire du monde que des êtres humains abandonnés à eux-mêmes et à leurs seules forces réussissent à vaincre l'Atlantique dans un petit canot de sauvetage, pendant soixante-quinze jours et soixante-quinze nuits ! C'est un record absolu ! Et ces trois conquérants de la Terre de Feu que nous venons de voir, malgré tout en excellente forme physique...

Deux jours plus tard, on transporta Lucrézia Panarotti dans un hôpital psychiatrique. Elle refusait de se tenir debout sur ses jambes ; elle ne consentait qu'à rester étendue ou à marcher à quatre pattes. Toute sa beauté était revenue, intacte, sa peau avait retrouvé son velouté et ses cheveux leur brillant ; mais ses grands yeux noirs restaient vides ; ils se contentaient de fixer le néant.

Le jour du mariage de Peter von Losskow et d'Héléna Sydgriff, on amena Lucrézia à l'église dans une chaise roulante. On la mit au premier rang, et elle ne cessa de sourire en regardant le couple ; mais elle ne les reconnaissait plus. Pourtant elle chantonna en entendant les orgues, mais son texte ne variait jamais :

— De la viande... De la viande... On en a... plein les mains...

A l'hôpital, elle avait une jolie chambre qu'elle partageait avec une femme qui se prenait pour Anne Boleyn, et s'était imaginé qu'elle avait été décapitée par son royal époux, Henri VIII.

— J'ai mal à la nuque ! disait-elle parfois. La hache était rouillée et je vais sûrement attraper un abcès. Regarde un peu...

Il leur arrivait aussi de s'asseoir devant la fenêtre, côte à côte, et de jouer avec des morceaux de bois.

— A toi ! disait Lucrézia gaiement. C'est toi qui mourras la première. C'est ton tour. Trosky va te manger.

A présent, elle passe de longs moments à la fenêtre de sa chambre, les yeux perdus dans le vide ; elle contemple les branches qui se balancent au vent et déclare d'un air ravi :

— Le soleil ! Le soleil rouge ! Vous entendez la mer ?

Il lui arrive aussi d'ôter tous ses vêtements et de s'étendre toute nue par terre, dans le rayon du soleil ; elle bat l'air de ses jambes en chantonnant :

— J'aime le soleil, la mer et le vent...

Et puis, tout aussi brusquement, elle éclate en sanglots.

Comme hurle la tempête autour de la Terre de Feu.

Achevé d'imprimer en mai 1984
sur presse CAMERON,
dans les ateliers de la S.E.P.C.
à Saint-Amand-Montrond (Cher)

— N° d'édit. 4900. — N° d'imp. 428-239. —
Dépôt légal : mai 1984.
Imprimé en France